La Búsqueda

Raúl Calvo

La Búsqueda

Primera edición: noviembre de 2016

© Publicación y comunicaciones Caudal, SL.
© Colección Arquero
© Raúl Calvo

ISBN: 978-84-16824-18-2
ISBN Digital: 978-84-16824-19-9
Depósito Legal: M-36799-2016

Editorial Adarve
Cea Bermúdez, 14
28003 Madrid

editorial@editorial-adarve.com
www.editorial-adarve.com

IMPRESO EN ESPAÑA - UNIÓN EUROPEA

I

Eran días de posguerra, pos civil española y segunda mundial. Guerra para matarse sin saber por qué ni el porqué, entre compatriotas, entre vecinos, incluso, entre hermanos, a veces. Días que, para cualquier corazón medianamente sensible, eran mucho peores, más trágicos y crueles que los de la guerra misma. Peores porque durante la guerra, muchos estaban ciegos por el odio y, por consiguiente no se enteraban de nada, y muchos otros, la hacían convencidos de que pegando tiros, matando a diestra y siniestra, solucionaban el problema que ellos mismo habían inventado. Sin embargo en el tiempo de posguerra, reinaba la desolación en sus partes más tremebundas: muerte, destrucción, hambre, pena, etcétera. Sólo la misma vida con esperanza, incluso sin ella, era el único motivo de vivir.

La española había terminado el día 1 de Julio de 1939, con el triunfo y el boato —fiesta de los llamados nacionales—. En cuanto a la segunda concluyó sin conseguir la paz del mundo, terminó el día 15 de agosto de 1945. Terminó con holocausto de Hiroshima y Nagasaki; culpa de la primera bomba atómica lanzada desde el Anola Gay por una de las potencias unidas, concretamente por los Estados Unidos de América.

Igual que en todas aquellas peores clase de guerras, había dos grupos los cuales, como para demostrar que el llamado ser humano puede vivir el mismo hecho de diferente manera y fondo —según los intereses que tenga en él— un grupo lo vivía como triunfo, y el otro como fracaso causante del miedo y de la venganza.

Aunque la desdicha era evidente en todo el territorio nacional, donde más se notaba y, por supuesto, sufría era en las ciudades: cuanto más grande la ciudad, mayor era la ruina y el sufrimiento. Por ejemplo Madrid se quedó, además de sin muchas vidas, sin transporte, sin luz, sin agua y sin pan, o sea sin lo imprescindible para sobrevivir; todo después de ser invadido por las llamadas fuerzas nacionales, tras apropiarse del Alcázar de Toledo, vencer en la gran batalla de la Casa de Campo y derribar la fortaleza del cuartel de Montaña. Sin lo más necesario para sobrevivir, Madrid no sólo sobrevivió, sino que vivió sin milagros: sólo con el esfuerzo, el trabajo, la tenacidad y hasta la alegría de sus habitantes.

En los pueblos y aldeas de campo, era otra cosa, pues, además de la persecución de los vencedores menos sangrienta e inhumana, había algo de trigo, maíz, patatas, gallinas, cerdos y «algún animal más». Productos y privilegios que eran propiedad de unos pocos, y por consiguiente, no se repartían por igual, pero a todos le llegaba algo: suficiente para ser pobres sin morirse de hambre, como sucedía en las ciudades.

Evidentemente, como ya se ha insinuado, los terribles efectos de la posguerra se notaban menos en las aldeas que en las ciudades, menos se notaba aún en las de Galicia, pues, ¿quién en aquella tierra minifundista no poseía en trozo de tierra para plantar patatas y grelos para cocinar el famoso caldo gallego? ¿Cuál de las familias bien acomodadas, como era la de los «Aldao», no disponía de una o dos vacas y una docena de gallinas, cuyo producto daba para vender y algo para consumo familiar? Y no sólo eso: en Galicia los efectos de la posguerra era mucho menos, porque en aquella región, la guerra fue más «benevolente», pues, por estar sus habitantes muy con la derecha, apenas había sonado los fusiles, ni los cañones ni las bombas.

En la casa de Aldao, aldea de «as Campás», se celebraban el día de 18 cumpleaños de Palmira y Pablo, sus dos hijos gemelo. Se celebraba con una gran fiesta en la casa familiar, a la que asistían todos los miembros de la familia, que eran muchos y algunos amigos. La comida era extraordinariamente casera y abundante en calidad y cantidad para tiempos de hambre: callos a la gallega —con garbanzos— de primer plato y cocido de jamón, de según; todo regado con un torrentes de vino del Riveiro. De postre: tarta de Santiago rociada por más de un «chopido» de anís «La Asturiana», imprescindible para cantar «a rianseira», al termina el banquete. Naturalmente los gemelos eran los protagonista y, como tales, además de los «que cumplas muchos más», habían recibido muchos regalos, especialmente, la chica, como muestra de que ellas ha de ser más generosas espectaculares cuando de lucirse se trata.

La noche de un día como aquel lleno de sol, porque un óvolo se había dividido en 2 y fecundado por un espermatozoide también divido en 2, en el mismo acto, habían caído en este mundo lo homenajeados. Ambas criaturas eran físicamente preciosas; pero, a causa de alguna trasgresión biológica, se asemejaban tan poco que no parecían, ya no gemelos, sino que a simple vista, ni podía saber si eran hermanos. Para que fuesen en algo semejantes, su madre cuya gran ilusión era parir gemelos, quiso (por supuesto con el consentimiento del padre que era el que tenía el privilegio de la última palabra, en todo) bautizarlos con un nombre que empezara por P, sin saber por qué, su letra preferida. Según habían ido creciendo y su excelente figura se hacía adulta, también crecían sus diferencias psicológicas. Al revés de la realidad biológica, aquellas diferencias, en lugar de separarlos como suele ser normal, les acercaba como si en lagar de ser hermanos gemelos fueran dos seres nacidos para quererse y vivir inseparables.

Por ello, casi todo lo hacían juntos y juntos iba al mismo colegio, aunque quisieran ir separados no podrían porque era el único que había en muchos kilómetros, y eso porque era cabeza de parroquia: en las demás aldeas, los niños únicamente podían a prender a trabajar para comer algo. Colegio al que sólo asistían ellos y otros 5 niños y, como excepción una niña de otra aldea; niños entre los cuales estaba Alfredo, amigo de juegos de Pablo e hijo de Manuela Montes y, según malvados rumores, de un cura que, pese a ya no estar destinado en la parroquia, era la fuente de ingresos que le permitía a Alfredo y su madre vivir sin apuros económicos. Tenían como profesora a doña Clotilde (cuya enseñanza nada tenía en común con el sistema de Francisco Giner de los Ríos), una señora que no se sabía si, por hacerse mayor antes de tiempo o por no tener ganas de enseñar, algunos días no se presentaba, lo que daba lugar a que los alumnos se dedicaran a jugar y a otra cosas menos confesables. Entre ellas estaba el hecho de que, quizás por no parecerse, Palmira y Pablo todo lo vivieran juntos. A medida que iban creciendo, también crecía entre ambos un rayo de amor que nada tenía que ver con el de hermanos. Sin embargo nunca supo —ni siquiera ellos sabían lo que era porque, sin duda, se ocultaba tras la impenetrable montaña familiar. Al contrario, todos consideraban formidable el hecho de andar juntos, como hermanos.

La falta de parecido de Palmira y Pablo, no hacía feliz a la madre que, como ya se ha insinuado, había soñado mucho con parir gemelos idénticos en cuerpo y alma. Sueño inspirado en las palabras de su ginecólogo quien, más por aumentar la ilusión de la interesada que por razones científicas, le había dicho que por ser tan joven, disponía de muchas posibilidades de que los gemelos vinieran a este mundo iguales; menos en sexo, casi clonados. Visto que el parto demostró otra realidad, es decir, sin parecerse en nada el doble producto de su maternidad, Narcisa, así se llamaba la madre, no sólo arremetió contra el médico, sino que, esfumándose su gran placer de ser madre primeriza con gemelos iguales, pasó de joven dulce a mujer amarga. Transcurriendo el tiempo se desvaneció su mal estado; pero siempre llevando como símbolo la idea de ser madre de dos criaturas iguales. Empujada por esa potente idea, lo intento otras dos veces, y al no conseguirlo, culpó a su marido del fracaso. Idea de fracaso tan fuerte que le hizo soñar con dejar a Manuel (pese a que no existía ni la separación, ni el divorcio legales). Como posible solución del problema, pensó en conseguirlo en secreto con otro hombre; mas no consiguió el hombre del que enamorarse, y ella sin amor no quería sexo ni para parir gemelos.

La casa que sin parecerse siquiera a un palacete, era la mejor de «as Campás». Aldea que bien pudo haber sido soñada por quienes todavía vivían y morían, en cavernas y chozas; con su iglesia románica del siglo XII, declarada monumento nacional y situada en el centro mismo de la aldea, cuyo campanario, además de servir por su altura para contemplar la aldea con todo el paisaje que la rodeaba a lo lejos, servía para sujetar las 4 campanas que, a su vez, servían de reloj anunciando las horas y otorgarle por derecho el nombre de: aldea de «as Campás»; con su camino —antes corredoira— principal recientemente asfaltado; con sus casas construidas de barro y piedra en bruto, sin ningún orden urbano; con su corredoiras, caminos de carros, animales y miedos nocturnos; con su lavadero donde las mozas aprendían la segunda asignatura de amas de casa, mientras aquéllas se divertían o se peleaban en la tertulia de la murmuración; con el riachuelo donde los niños descubrían secreto del mar jugando a lo barcos; con sus dos tabernas donde los hombres mataban el cansancio diario con tazas de «ribeiro» y el aguardiente que era su mejor sofisma.

De pronto, cuando la fiesta estaba en todo su apogeo con el primer brindis en honor a Palmira —con la que no se había reparado en preferencias— llamaron a la puerta, utilizando el aldabón instalado hacía 2 días después ser adquirido por Narcisa en una tienda de antigüedades de la ciudad a donde iba a vender, diariamente, la leche (lechera) entregada por todas las vacas del lugar.

La llamada dejó a todos petrificados por la sorpresa; tanto que el aldabón tubo que funcionar 3 veces más para dejarse oír. Interrumpiendo el acto del brindis, todas las cabezas se giraron hacia la puerta.

—¿Quién llama? —preguntó por fin, Narcisa.

No hubo respuesta y el silencio se hizo aún más duro.

—¿Quién es? ¿Quién es? —repitió Manuel en tono de protesta.

—¡La Guardia Civil!

Un ¡ooooh! de estupor resonó en toda la estancia.

—¡Virgen santísima: La guardia civil! —exclamo Narcisa con voz decadente y un suspiro de auxilio.

Con el temor reflejado en la mirada se preguntaron unos a otros, pero nadie supo que contestar. La fiesta se interrumpió bajo el presentimiento colectivo de que algo peligroso iba a suceder porque todos sabían que cuando llamaba la guardia civil no era para regalar nada.

—¡Ay Dios! ¿A quién habrán matado ahora para que vengan aquí el día del cumpleaños de los rapaces, precisamente? —estalló Salustiano, tío paterno de los homenajeados.

Tras dudarlo un minuto y carraspear repetidamente, Manuel, padre, inició el descenso por la escalera que conducía al puerta, cual si lo hiciese hacia el patíbulo. Al abrir la puerta vio con sorpresa, que los culpables de la desagradable llamada eran dos hombres vestidos de traje y corbata. Sin embargo, al darse cuenta que a pocos metros también hacía acto de presencia la pareja de la guardia civil con sus capas, sus tricornios y sus fusiles al hombro, supo que la cosa iba en serio. Echando mano del valor tantas veces demostrado:

—¿Quiénes son ustedes y que quieren? —preguntó Manuel sin abrir de todo el postigo.

—Somos de la policía social...

—Sí, y venimos a detener al que supongo será su hijo —contestó el que parecía ser el jefe, con voz trueno, interrumpiendo al otro.

La pareja de la guardia civil permanecía, como si estuviera de escolta, en el mismo sitio y en silencio.

—Y así... ¿están ustedes de servicio? —se atrevió a preguntar Manuel.

—¡Claro que estamos de servicio! —ratificó el otro con voz de trueno, añadiendo—: y venimos a detener a un tal Pablo Aldao González. ¿Cuál de los comensales de la fiesta es?

¿Y este desgraciado por qué sabe que estamos de fiesta? se preguntó Manuel sin pensar que las fiestas siempre son motivo de publicidad.

Haciendo uso de la filosofía popular a la que era muy aficionado y también sabiendo algo de la de Platón, es decir, como que «todos los problemas, menos los muerte, tienen solución», después de un «hasta luego», habiendo bajado tras su padre, de puntillas, inesperadamente:

—Soy yo, pero aún no he terminado de comer —contestó Pablo con su habitual sonrisa.

—¡Ah! Sí: el mismo —intervino Manuel, haciéndolo señales para que guarde silencio—. Y yo soy su padre. Pero, digan: ¿a dónde y por qué lo llevan, ustedes, si se puede saber?

—Lo llevan a nuestro cuartel. Pero no se preocupen que nada le va a pasar —dijo, por fin, el cabo 1° de la guardia civil.

No importándole lo dicho por el cabo ni el hecho de no haber terminado de comer, el de la «social»:

—A dónde no se sabe, el por qué sí: lo llevamos por «rojo» —aclaró con una sonrisa cínica, añadiendo el de la social—: lo de «rojo» lo voy a comprobar ahora mismo.

—A ver, chico, ¿tú sabes quien fue Calos Marx el creador del socialismo científico?, ¿a qué sí?

—A qué no —replico Pablo.

—Chicho que esto no juego —dijo al agente con voz amenazante.

El joven se encogió de hombros con la indiferencia de un nearderthal que le hablaran de *Albert Einstien*.

—Lo que sea lo empezó usted.

Antes de que el policía hiciera lo demostrado en sumida dirigida al joven:

—Es muy buen estudiante. Pero, ¿pera que coños va saber eso? —intervino Manuel, el padre.

—Tiene razón, el señor —asintió el de la «social» que mandaba más—: a nosotros sólo nos dijeron que lo lleváramos por «rojo». Venga Pepe, no le demos más vueltas: ponle las esposas y «pa lante».

—Hombre —intervino de nuevo el de uniforme con galones, intuyendo inocencia del joven—: los grilletes no hace falta ponérselos: la cosa no es para tanto. Además alarmaría mucho al pueblo.

—Bueno, vale; pero que conste: la responsabilidad es vuestra si se da la fuga —dicen los de la social, al unísono. Sin embargo, alejados los de uniforme para continuar con su servicio, le colocaron las esposas apretadas como si fuera un delincuente habitual. Mientras realizaba tan burda e inhumana operación:

—Sí, señor, conozco a un... Carlos: es mi amigo, pero no se apellida Marx, sino... Seberino y, que yo sepa, lo único que inventó fue una trampa para pillar mirlos, que son difíciles de cazar —respondió Pablo sin cambiar, por inconsciencia, su talante de alegría interior, pero un poco alelado.

Ante tan inesperada respuesta los de la «social» no supieron que contestar de inmediato; mas pasado 20 segundos, el que, pese a su estatura de gigante, parecía ser el manda menos, dirigiéndole una mira asesina:

—Serás hijo de puta, chaval ¿Qué pasa, qué vas a cachondear de nosotros? —dijo mientras a brutales empujones lo metía dentro del vehículo oficial, para despista, con matrícula de Cuenca.

A partir de aquel momento y de aquel golpe, Pablo tomo conciencia de que aquello no era un juego de niños, pues, aquellos hombres eran seres inauditos, no pertenecían a la especie humana, sino a una clase de bestias desconocidas. Tanto era así que, de pronto, los dos se le antojaron actores secundarios de aquella única película americana de terror, de *Orson Welles*, que había visto la última vez que fue a la ciudad.

Cual si todo lo importara un bledo, el joven se encogió otra vez de hombros; no obstante, fue entonces cuando cambió su talante festivo por una profunda aflicción.

La aflicción a amargura de saber que su situación, al no permitir volver a su casa con la familia, especialmente con Amelia, era como un destierro no se sabía por cuanto tiempo: perdurable quizás para siempre. En medio de los dos guardias de uniforme, llevando, ahora a los de paisano como escolta, Pablo cruzó la aldea, paseo que, lógicamente, produjo el espanto y la incertidumbre de los vecinos encontrado al paso y los asomados a las ventanas.

Naturalmente la detención de Pablo se convirtió en un gran acontecimiento, pues, los vecinos, además de salir a las puertas y ventanas con el espanto pintado en sus rostros, se hacían toda clase de preguntas, sintiendo así mismo toda clase temores, incluso de que aquella detención podía ser prolífica por cuanto podía generar otras muchas. Sin embargo nadie se atrevió a formularlas en voz alta. Entre todas, la pregunta que más se repetía y destacaba entre todos como una nube negra en un cielo azul, era de: ¿será por qué es «rojo»? Tanto se repitió la pregunta que al joven fue señalado con el pseudónimo de «rojo» para siempre. Tanto que los comunistas verdaderos lamentaron la pérdida del único representante de sus ideología en la aldea de «as Campás».

Días en que en cualquier parte de país, un pelotón de ejecución con los mosquetones cargados, podía esperar únicamente la orden de ¡fuego! Para que muchos cuerpos inocentes pasaran de la posición vertical a la horizontal para no ¡levantarse jamás! Cuando alguno, por miedo o principios, se negaba a ver venir tan cerca la muerte, se le concedía la «gracia» de vendarle los ojos con un pañuelo ex profeso; pero jamás se le permitía recibirla la parca por la espalda.

Cuando la muerte era digamos oficial, se ejecutaba a la puerta de los cementerios. Tal hecho era objeto de muchos y diversos comentarios por parte del pueblo llano, y como lo muy dicho por esta clase social siempre alcanza la categoría de rumor, se rumoreaba en forma de verdad absoluta que los mataban así para que estuvieran más cerca del sitio donde alcanzar el descanso eterno. Pasando el tiempo, el rumor alcanzó la categoría de símbolo nombrado durante los funerales por los muertos. A pesar de todo, a la mayoría de los que allí les quitaban la vida, descansaban en tumbas colectivas y hasta mixtas.

Por supuesto, todos la fiesta se mal logró y lo invitados se fueron despidiendo unos detrás de otros. Ante de que se lo llevaran a su hermano —no podía ver su desaparición—, Amelia dejó de comer el manjar que era para ella la tarta de Santiago y lo miró en silencio, con una mirada en la que se podía leer el mensaje de amargura que invadía su corazón. Sin dejar de mirarlo, un desfile de lágrimas rodó por sus pálidas mejillas. Se levantó y, dando un rodeo en torno a la mesa —siempre se sentaban frente a frente—, se le acercó mientras él se ponía de pie con una sonrisa escéptica. Con lágrimas y sonrisas para disfrazar la pena, se abrazaron, fuerte y cariñosamente; luego ella desapareció por la puerta de atrás, con un «hasta luego», cargada con la amarga sensación de no volver a verlo. Sin embargo, sola en su cuarto se hizo el controvertido y firme propósito de volver a verlo, abrazarlo y hacer aquello… que, no sabía por qué, habían dejado de hacer aquel día, pasara lo que pasara…

«Anda, ¿y dónde? Bueno, es fácil porque estará en el cuartel y, aunque el cuartel no sé dónde está, a cualquiera que le pregunte me lo dirá. Y cueste lo que cueste, lo traeré conmigo como siempre; sino me iré con él, en todo caso» se dijo para sí, pensando no obstante, que Pablo era, más que otra cosa, víctima de sus propias truculencias.

Sospechando su desaparición como otras veces por igual motivo, Narcisa, su madre la buscó registrando sobre todo el cuarto de baño que era donde sabía que refugiaba cuando tenía algún problema o para ponerse más guapa; pero no la encontró. «Esta ya fue a buscarlo» pensó.

Efectivamente, Amelia, cambiando el llanto por el pensamiento ya rato que había marchado para hacer algo que pretendía perdurara como hazaña familiar. «he de llegar al pueblo antes que se lo lleven a otro sitio». Pensado y hecho, cogió el bolso, y cambiando las zapatillas caseras por lo zuecos que, además de buen caminar protegería sus pies de los charcos y del barro formado por la lluvia, salió por el corral para no ser vista por sus progenitores. Mas, antes de salir al camino por la cancilla, recordó que caminar en zuecos por la ciudad no causaría buena impresión; entonces cogió lo zapatos de medio tacón que, regalo de su abuela Virtudes, no podría estrenar para ir al baile aquel día de su cumpleaños, y volvió a salir de puntillas, pues estaba segura de que si alguien oía sus pasos le prohibirían la marcha.

A los pocos metros de transitar por el sendero, se encontró con el primer barrizal, que gracias a los zuecos salvó sin más problemas. El camino iba en descenso y cada paso se presentaba más intransitable y oscuro. Menos mal que, de cuando en cuando, la melodía de algunos pájaros alegraban las sombras y como si marcara el ritmo de sus pasos y el del sol que discurría hacia el horizonte. A pesar de que lo zuecos estaba provistos de clavos especiales para evitar patinajes, Palmira resbaló en la capa de barrillo que cubría la hierba. Resbaló, se desplomó y rodó por el suelo hasta chocar contra un roble próximo de no menos de 100 años de vida. Rodó, pero sin soltar el capacho de su madre que, con las prisas había cogido en lugar de su bolso. Capacho que, como sí en él guardara un tesoro, sujetaba baja su brazo derecho. Lo primero que pensó antes de levantarse fue en que se habría ensuciado el vestido de percal estampado y complemento de su bien perfilada figura; vestido que tenía que limpiar con lo que fuese antes de llegar a su destino. Su pensamiento no se equivocó, pues tenía una mancha en la parte que cubría su redondeada nalga derecha. Utilizando las hojas de los árboles con las cuales el otoño alfombraba el suelo, la hizo desapareces pensando que, aunque era poca la suciedad, así no podía andar por la ciudad, pues, sería el hazmerreír de la gente. Al incorporarse sintió un fuerte dolor en el costado derecho, ocasionado por el impactado con el árbol. Con un hondo suspiro y algo de temor, sospechó que tendría alguna costilla rota. Sin embargo, como si nada hubiese pasado, continuó caminando hasta el fundo del valle donde había una pequeña laguna natural, crecida por la lluvia reciente. Laguna cuya familia de ranas había interrumpido su canto al verla, y donde crecía algunas plantas de agua —biomas y lirios entre otras—.

Las sombras allí se multiplicaba y el silencio era fúnebre hasta que, de pronto, del abrigo de una roca salió a cuatro patas una fiera y todas las aves despegaron cual escuadra de aviones: volando y piando de espanto. La joven se quedó estupefacta y temblando de miedo hasta descubrir que no era ningún bicho de la sabana, sino un zorro como el que ya había visto cuando su padre lo sorprendiera antes de llevarse las gallinas del gallinero.

Estaba exhausta de tanto caminar, rodar y luchar con el barro. Sin embargo, una fuerza como subterránea y una idea misteriosa como de descubrir un nuevo mundo, le empujaban sin descanso, hacia delante. A recuperar sus fuerzas contribuyó el canto de algunos pájaros, cuyos colores imaginó como por sinestesia. Consultando el reloj de pulsera que le había traído su tío Gumersindo cuando hizo el servicio militar en infantería de Tetuán, se percató que, yendo por allí, en lugar de adelantar tiempo lo que hacía era perderlo; en consecuencia, pese al dolor del costado, se propuso aumentar la velocidad para conseguir su propósito; lo que pudo conseguir porque, lógicamente, al Sur, el camino se presentaba más seco y transitable. Aquello además de ahorrar tiempo, le permitió dejar volar su memoria por todo lo que había sido la vida de Pablo y ella, junto y separados: la escuela, las locuras de él jugando al escondite, la alegría de encontrarlo cuando se escondía, los juegos a la billarda y a la mariola y, pasado los 13 años sin saber por qué ni por qué no, la inaudita atracción que sentían uno por el otro. Atracción que, pese a la preocupación de sus progenitores (pensando que podía ser indecoroso, temían la crítica de los vecinos) perduraba cada día con más fuerza.

En aquel contexto y mientras todo aquello ocurría Palmira y Pablo pensaban por coincidencia casual o tal vez por telepatía, en sus diferencias como personas, aunque, como hombre y mujer se hacían cada hora más afines. Como ya se dijo, iban al mismo colegio lo que era un motivo más para que permanecieran mucho tiempo juntos. No obstante, Pablo siempre tenía tiempo y ocasión para perderse en los acantilados del mar o entre los árboles del bosque, cercanos (era un apasionado de los lugares naturales y difíciles, capaces de hacer volar la imaginación). Cuando eso ocurría, Palmira, su hermana, lo buscaba por todas las partes, con afán de perro rastreador. Lo buscaba tan ansiosamente que, cuando no lo encontraba sufría una sensación mezcla de decepción e impotencia, y por lo contrario, cuando lo encontraba experimentaba el placer de descubrir el mejor tesoro. Y ni ella misma sabía porque hacía y sentía aquello sin otros motivos. Sí, era algo inaudito; sin embargo había una fuerza interior que la empujaba a realizarlo, y eso sí lo sabía porque muchas veces, considerándola absurda, luchaba contra ella, que era igual a luchar contra sí misma.

Pensando y hablando sin interlocutor, apenas sin darse cuenta, después de recorrer unos 30 decámetros, recordó con efímera satisfacción, la existencia del atajo que discurría por senderos y corredoiras a través del valle de «A noite», llamado así por la oscuridad que allí reinaba a causa de la frondosidad de los pinos y otros árboles que la botánica había tenido a bien donar para beneficio de todos; sobre todo de la multitud de aves que allí anidaban. Recordar aquel camino que por oscuro y difícil sólo había transitado una vez, le reconfortó por el ahorro de tiempo y la contemplación del paisaje, lo cual, por otra parte la potenciaba para enfrentarse con los problemas, incluso, con los posibles peligros que podían surgir. También le satisfacía el hecho de que el camino desembocaba en la aldea de «Sabón» donde podía encontrar con alguien que le prestara ayuda si la necesitaba. «Además allí vive Marina la que hizo la primera comunión conmigo, y que después nos hemos visto varias veces en la verbena por la fiesta de San Tirso, y también vive Eduardo —Edu— el que me tiraba los tejos en el colegio, cuando todavía estábamos en la peligrosa frontera de la niñez y la adolescencia», se dijo.

En Sabón, aunque con todos los que se cruzó la miraron de arriba a abajo, en particular los hombres, no se topó con nadie conocido, ni que le conociera, lo que aprovechó para llegar a la carretera que le permitiría recuperar el tiempo perdido. Al llegar a las ruinas del castillo —decían de años antes de Cristo— que había a la entrada del pueblo, se detuvo para darle otro repaso al vestido deslizando ambas manos por las bien moldeada curvas de su cuerpo. Luego, sentándose en una piedra resto de una almena, se cambió los zuecos por lo zapatos, regocijándose con los 4 centímetros que había crecido, aparentemente, claro.

Aunque pareciera algo o muy extraño, paso un rato mirándolos con el interés de quien contempla una joya y, como si quisiera acariciar la parte de un cuerpo querido, les pasó la mano derecha a lo largo de toda la piel. Después, recordando a la abuela que se los había regalado, con el sensación de haber cumplido un deber ineludible y la idea de ser tan truculenta como su hermano, se puso de pie e inició el camino con la seguridad de, al ser la ciudad de su destino inmensamente más graden que Sabón, muchos más ojos la iban a acariciar con sus miradas pícaras (que poco sabía de multitudes); más nadie reparó en sus encantos, aunque eran considerables.

Ciertamente, como había recordado (no era la primera vez que estaba), 2 kms. antes de llegar a la ciudad la carretera estaba dotada de asfalto y estrechos paseos de piedra labrada. «Qué bien, esto me va a permitir llegar mucho antes, tal vez antes de que se lleven a Pablo» se dijo la joven. Sin embargo, sabiendo que en la ciudad era tan importante ir guapa y elegante como llegar pronto, se detuvo un momento para revisar de nuevo su cuerpo y, recordando que en el capacho había metido un pequeño espejo en el cual hizo reflejar su cara, comprobando con lógico placer, que había recuperado algo de su brillo natural. A pesar de la artificialidad de su crecimiento que la alejaba de su estatura natural, se sintió más en forma para entrar en la ciudad y más cerca de sí misma; tanto que por un instante se olvidó de cometido que ella misma se había impuesto y metida en sí misma, como autómata, se esforzó en entrar imitando a aquellas modelos de pasarela que había visto en la revista La Semana. Cuando volvió a la realidad, se quitó lo zapatos y caminó descalza... Y fue así cuando en verdad la miraron tanto que, un turismo de los pocos que aún circulaban por carreteras y calles de España, se detuvo a su altura y sacando la cabeza por la ventanilla, un hombre con el adusto semblante de monje, le pregunto:

—Pero, hija ¿a dónde vas así? ¿Estás haciendo alguna penitencia, acaso?

—Pues, sí, señor —mintió—. Pero también voy a cuartel de la guardia civil. ¿Sabe usted dónde está?

—Claro que lo sé, mujer; no lo voy a saber. Si quieres te llevo en el coche —se ofreció el hombre.

—No, gracias, prefiero ir a pie.

—Bien, pero, por Dios: cálzate, o ¿no tienes calzado?

—Tengo 2 pares —afirmó la joven—. En seguida me pongo los zapatos.

Antes de llegar al cuartel, se detuvo en aquel alto donde estaba situado para ponerse los zapatos. Después dio media vuelta y paseó la mira por todo la parte de la que sus ojos eran capaces de alcanzar. Mirada que le sirvió para sentir el deseo, una vez más, de abandonar para siempre la carcelaria aldea de «as Campás» y vivir en la ciudad cuanto más grande mejor. Era un sueño reflejado en su memoria desde aquel día que, acompañada de todas las compañeras de clase, organizada por la sección femenina del estado, había hecho aquella excursión a Madrid. Como contrapunto a aquel deseo, de pronto, acudieron a su memoria los recuerdos de todo lo vivido en la aldea; sobre todo las historias infantiles que le contaba su padre de cuando era niña. Aquella mezcla de sentimientos tan desiguales, inesperadamente, terminó incrementando el empeño y el ansia de buscar y contra a Pablo, su hermano del alma.

Desde allí, Palmira pudo dirigirse, tranquilamente, a la casa en cuya fachada destacaba el rótulo simbólico y prolífico: TODO POR LA PATRIA. Por supuesto el calabozo sería la antítesis de una «suite», incluso, la de una habitación de una fonda de antes. Sin embargo el cuartel en general, si no fuera por el axiomático rotulo, bien podría confundirse con un hotel del siglo XIX: edificio de 3 plantas, construido con ladrillo pulido, con incrustaciones de piedra virgen y 40 metros de fachada en cuya 2 esquinas destacan otras tantas torres de piedra virgen con adornos de mármol.

—¿Qué deseas? —preguntó el guardia de puerta sin darle las buenas tardes.

—Encontrar a un chico alto y de ojos azules, que, seguro anda por aquí. ¡Por favor! —contesto la joven al final en tono implorante.

—Será tu… Novio, ¿no, eh? —masculló el guardia, suspicaz.

—Pues, no, señor: es mi hermano, para que usted lo sepa.

Bueno, espera un momento que avise al sargento.

—Buenas tardes, ¿a qué debo el honor de recibir a un chica tan linda? —saludó el sargento antes de que Palmira dijera esta boca es mía.

—Buenas tardes, señor —respondió ella con su timbre de voz más dulce.

—¡Pase, pase! —le recomendó el suboficial ejecutando un gesto torero con su mano de mano derecha y con tono emocionado, pues podían pasar meses sin ver una chica en aquella especie de castillo medieval.

—No, gracias: prefiero esperar aquí, si no le importa —contestó la joven señalando el suelo con el dedo índice de su mano izquierda.

—Cómo quieras… Bueno, a ver, ¿qué es lo qué te trae por aquí a estas horas, si se puede saber?

—Busco, mejor dicho, vengo a buscar a mi hermano, Pablo —anunció cambiando el tono tembloroso por el de réplica, añadiendo—: que está ahí dentro —repitió, señalando el interior con un movimiento de su mano izquierda—. Supongo que lo tienen ustedes ahí encerrado, ¿no?

Como si las palabras y la mirada al interior de la joven, cambiaran el talante del hombre:

—Mira, moza, ahí dentro no está nadie que no pertenezca al cuartel —afirmó con voz menos tierna, añadiendo—: a tu hermano, Pablo, se lo llevaron, ¿quién sabe a dónde?

—Bueno, para que yo pueda hacerme una idea, ¿sabrás usted quien lo llevó y hacia dónde se fueron, por los menos? —interpeló Palmira con voz de hiriente reproche; pero despúes el temor a las consecuencia de su tono, pintando su lindo rostro de ictericia, añadió invocando al todo poderoso—: se lo pido por Dios, y perdóneme.

—Nada que perdonar, guapa. Mira, hace un rato se lo llevaron los de la social. Tú no sabes quiénes son, ni falta que te hace; pero te diré que son los que llevan, sin que nadie sepa a dónde, a cualquiera por el simple hecho de respirar. Así y sin un por qué, se llevaran a tu hermano —explicó el comandante de puesto, prosiguiendo—: bueno, en cuanto hacia dónde, sí te lo puedo decir porque los acompañe hasta la puerta principal. Ven conmigo —y yendo los dos a la citada puerta, continuó señalando con su mano izquierda—: mira: por esa calle a la izquierda, rumbo a Portugal. Por ahí los seguí hasta que los perdí de vista como se pierde una gaviota en el aire.

Las emotivas palabras del sargento completaron su temeraria decisión de continuar la búsqueda de Pablo: desde allí mismo, sin volver a casa. Buscarlo y encontrarlo aunque para ello tuviera que recorrer el mundo. Pero, ¿cómo si no disponía del mínimo referente ni medios de subsistencia? Además tal decisión suponía una aventura inconcebible en una chica tímida por naturaleza. Decisión que provocó la sorpresa de sí misma. «¿Me habré vuelto loca?» se preguntó. El azar, cosa —verdad o superstición— en la que, pese a su poco saber, ella confiaba, sobre todo en los momentos límite. Sí, el azar vino a resolverle la situación de momento.

—Bueno, señor, algo es algo: por donde usted me dice empezaré a buscarlo sin descanso, hasta que lo encuentre. Muchas gracias, señor guardia...

Y rota la esperanza de encontrar a su hermano en el cuartel, después de un rato en silencio, volviendo de nuevo al centro de la tragedia, Palmira, en tono de despedida fúnebre, reanudó el llanto.

—Tienes razón, y seguir así porque es la única manera de encontrarlo y atrapar al culpable, aunque corramos el riesgo de molestar algún inocente, como puede ser el caso —contestó el de los galones pensando en tomar parte.

II

Después de terminar el tiempo de lo imposible, Palmira salió del cuartel de la guardia civil con la decepción y la congoja en la mochila del alma; más sin perder un ápice de la fuerza e ilusión que le proporcionaba la esperanza de encontrar a Pablo, su adorado hermano. Bajando con paso rápido la cuesta que separaba el cuartel del centro de la ciudad, cuando cruzaba la plaza que por su nombre: Plaza de Colón, recordaba al famoso descubridor o primer invasor de tantas tierras gracias a la cuales en «España no se ponía el sol», recibió la sorpresa de encontrarse con un joven que la seguía y miraba. Después de soportar el seguimiento y agradecer la mirada, se atrevió a protestar, dando media vuelta:

—Oye, chico ¿tú por qué me sigues y me miras tanto?

—¿De verdad, qué no me conoces, Palmira? —preguntó el seguidor con extrañeza.

«¡Ufff! Y hasta sabe mi nombre» se dijo, ya pensando que de algo lo conocía. Después de pasear una vez más su mirada por la cara del recién llegado. «Él mismo, Eduardo el de los Zas. ¡Qué cabrón!» se dijo recordando, a pesar de los años transcurridos, el problema que se había originado entre las dos familias cuando el chico había pretendido llevarla al zaguán después de hacerle, repetidamente, la «rosca» en el colegio. Y también le vino a la memoria el polvo que se había levantado en la aldea cuando él se estampó el tatuaje en el hombro izquierdo.

—Pues, no. Sin embargo, me suena tu donaire; pero ahora no caigo —respondió la joven moviendo la cabeza de un lado a otro.

—Bueno, pues para que me recuerdes está invitada a lo que quieras, ahí en ese bar —invitó señalando con el dedo índice de la mano derecha, un edificio en cuya fachada se colgaba un rótulo fluorescente que anunciaba: bar LA MONTAÑA.

El bar, de alguna manera hacía un poco de honor a su nombre, pues estaba situado sobre una especie de colina a cuya cima se subía por unas escalera, en uno de los barrios llamado de la Rampas; sus mesas estaba situadas en altillos y las paredes se adornaban con muchos cuadros alusivos al mar y un par de ellos al Camino de Santiago. Tal vez por ser la hora del vino de la tarde, había muchos parroquianos: hombres a la barra. Pero no sólo era vino tinto de la tierra lo que bebían; por qué se estaba poniendo de moda, sobre todo en los más jóvenes, también consumían cerveza mientras se divertían discutiendo de fútbol o del trabajo, con voces para ensordecer.

—Te lo agradezco mucho, pero ya sabes que las chicas no entramos en los bares —y se ruborizó cual si hubiera sido invitada a un lupanar—. Si entrara y se enterasen en la aldea, sería muy criticada por todos, sobre todo las cotillas, me pondría de pendón «pa riba».

—Eso pasa en la aldea «da Campás»; aquí en Padrón: «Iria Flavia» como se llamaba en otro tiempo —empieza el joven con pretensiones académicas, prosiguiendo—: las mujeres entran y beben lo qué les apetece como hombres —miente—. Y no te preocupes que en la aldea nadie se va a enterarse. Además, la calle no es el sitio para contarme lo que me tienes que contar.

—¿Y qué carajo te tengo que contar?

—Nada, bonita: lo que tú quieres. Te lo dije para que aceptases —se disculpó él con una risa de pillastre.

Efectivamente era época en la cual las mujeres, particularmente, las residentes en las aldeas de Galicia, estaban sometidas a muchas limitaciones (algunas buenas como el no fumar), entre otras, a no entrar en los bares solas o, aunque acompañadas de otro hombre que no fuera su marido como Dios mandaba. Ni así tampoco la hacían porque ellos preferían ir con sus amigotes para hablar de fútbol y otras cosas propias de su género.

Los domingos, cuando la sed las acuciaba en el descanso del baile, le pedían a un amigo que les fuese a buscar, a cualquiera de los muchos bares que ya pululaban por todas partes, un refresco —boliche—. Refresco que solamente en casos muy excepcionales de generosidad o intención de conseguir algún favor amoroso de la chica, pagaba el hombre. Por todo eso, Palmira mostró reticencias antes de aceptar la invitación.

Sin embargo, ante lo insistencia del hombre, terminó accediendo con la esperanza de conocerlo y de que en la aldea nadie se enteraría.

Los hombres la miraban no sólo porque tuvieran hambre de mejer, ni porque fuera la única falda entre tantos pantalones —por entonces las mujeres no vestían pantalón—, sino que los menos hambrientos y más románticos la admiran por su belleza como admirarían a una obra de arte. Y el paisaje femenino no era para menos, pues, en verdad, Palmira era poseedora de la belleza imperante en aquellos años: ojos grandes y negros; boca no grande y de labios prominentes; cabello largo —melena— y ondulado (sino con permanente). En el cuerpo lucía la parte que más se apreciaba en la mujer, que eran unas piernas largas y bien labradas. Se decía: «a lo Sofía Loren». Pero lo más lindo e interesante en la joven, eran algo que los pocos dotados de capacidad para apreciarlo, lo hacían en negativo: su incesante glamour adornado por una sonrisa tímida brotando —cuando lo hacía— cual flor en primavera. Glamour —en aquella época no se llamaba así— y sonrisa que la naturaleza había tenido a bien concederle.

La joven levantó la vista del suelo, interrumpiendo sus maquinaciones mentales. A su frente vio de nuevo al joven, alto, robusto sin perder esbeltez; ataviado al estilo de los funcionarios medios, a sea, de traje oscuro a rayas; camisa blanca y corbata azul con franjas rojas. Se le antojaba una figura señorial y conocida de algo; mas. por muchas vueltas que le daba no acertaba a saber de qué ni de cuándo. No lo reconocía, en cambio, por fin el tono de sus palabras le sirvió para que se esfumara las sombras del desconocimiento. Intuyendo así, él acentuó más el tono de sus palabras, al decir después del silencio generado por la expectación:

—A ver, hermosa flor, por fin, ¿ya recuerdas de qué me conoces? —prosiguió Eduardo.

A Palmira le resulto bastante inaudito el piropo, porque ignoraba las triquiñuelas usadas por los hombres para intentar entrar y probar la fruto del huerto femenino.

Tras un minuto de silencio:

—¡Ah, sí: ya recuerdo! De la escuela, ¿no? Tú eres —Edu—, ¿a qué sí? Eduardo —se corrigió dándose palmadas en la frente, añadiendo—: que tonta.

Después de pasear la vista por todo el local, y ser ella paseada una vez más, por los ojos de los ocupantes del mismos, se quedó, primero, entre afrentada y orgullosa por ser el blanco de tantas miradas masculinas, y luego al límite por ser la primera vez que entraba en un bar lleno de hombres —algunos la miraban cual si fuera un objeto de escaparate—. Para aliviar la tensión de tantas miradas, quiso creer que a ello contribuía el ir acompañada del más guapo y mejor vestido, nada menos. A propósito, recordó aquella única película del Oeste que había visto, en la cual, en el salón del hotel Lwhithig lleno de hombres, una sola mujer jugaba a las cartas y les ganaba a todos (truculencias del cine). No se lo podía creer y tenía la sensación de estar viviendo un sueño. Cuando ya volvió a su estado normal: «Bah, cosas raras de mi cabeza», pensó.

Tomo asiento en una mesa de mimbre con sillas del mismo material.

—Bueno, y, ¿qué tal estás? Bien, como una rosa, claro —preguntó el joven.

«Madre mía, que romántico: no me esperaba yo tan bonitas palabras de un niño tan bruto como era y espía de estos tiempos», pensó la joven, recordando lo de espía porque se había rumoreado mucho cuando Eduardo Zas desapareció de la aldea.

—Hombre, tanto como decir como una rosa... Digamos mejor que antes de encontrarte; ahora por lo menos, además de la alegría de encontrarte, espero contar con tu ayuda y tu presencia que es mucho. Entre unas cosas y otras, estoy como viviendo un sueño a dos tiempos: uno de pesadilla y el otro de paraíso, gracias a Dios —contestó la joven con una mezcla de ilusión y pena, retrepándose en su asiento.

—¿Ayuda de mí? La tienes toda para lo que sea —afirmó Eduardo, dada la belleza de la joven, pensando más en sacar que en ayudar.

Palmira, tras un suspiro de placer, relató con detalle y su natural elocuencia los acontecimientos vividos en relación con Pablo, su hermano.

Mientras ella habla, Eduardo pensaba que se las veía con una mujer, en verdad, inteligente, sensible y versátil a más no poder. Pensamiento confirmado al recordar lo buena estudiante que era cuando iban al mimo colegio. Confirmación que le aconsejaban en situación tan escabrosa, hilar fino en las relaciones con ella. Por otra parte, se confirmaba también aquel error general, que los habitantes de la ciudad eran más listos y mejor formados que la de las aldeas. Él, después de viajar por todas la de España había descubierto que era todo lo contrario, pues la formación de las ciudades, como, casi todo en ellas, era una fábula, un artificio; en cambio, la de la de las aldeas era real por natura, sobre todo en los principios espirituales y éticos. Imperecedera porque nacía en el seno familiar y, pasando de padres a hijos, respiraba de la Naturaleza, mientra la de las ciudades empezaba y se desarrollaba entre todos los artificios y peligros de la calle y de las tecnologías en ya empezaban irrumpir, a veces sin tener encueta los principios humanos.

—Me alegro mucho…—contestó él con la sensación de no tener argumentos para una respuesta adecuada, añadiendo—: espero que de ahora en adelante lo pases mejor, todavía.

—Claro que sí, con tu ayuda que te agradezco muchísimo. Vas a ser mi Santo guía en lo de buscar y hallar a Pablo. ¡Ah! Encontrarte fue una sorpresa y una salvación. Pero todavía no me has dicho qué haces por estos andurriales, ni tampoco cómo me vas ayudar.

Hubo un silencio desconcertante; silencio que aprovechan para vaciar las copas y volverlas a llenar: la de él porque ella no quiso más.

—Lo que hago aquí son muchas cosas —empezó Eduardo evidenciando la falta de ganas para dar explicaciones—. Pero sobre todo espero el tren para desplazar a Lisboa, ciudad, mira por donde, seguro se perderá y encontraremos a tu querido hermano. Antes de llegar a Lisboa, por si acaso y, aunque yo tenga alterar algo mis proyectos, exploraremos Aveiro y Coimbra. ¿Qué te parece la película? —terminó en tono irónico de hombre adusto con mando.

—Me parece fetén, lo mejor del mundo… ¿Qué otra cosa podría decir? —respondió ella abrazándolo espontáneamente, abrazo al cual no él respondió como se podía espera. Pero los otros parroquianos se quedaron atónitos. ¡Qué tanto mirar, coño! Se os van a reventar los ojos.

—No miran sólo por eso: miran porque la palabra, siendo el nombre de algo de las mujeres, no está de acuerdo con tu hermosura —y terminó con una carcajada.

—Dios, y ¿cómo se me ocurrió a mí semejante «taco»? —se preguntó visiblemente arrepentida como si hubiese dicho una blasfemia en acto de la misas—. ¡Uy, qué «taco», madre mía!

—¿El de coño? Bah: esa es una palabra fea antes, para las mujeres. Pero, ahora no es nada indecoroso: se está haciendo normal. Además, creo como prosaica, es más bien bonita; hace un rato has dicho otra bastante más fea, horrible. Bueno, más que una palabra, fue una frase —explico él, consolador.

Se produjo otro silencio tan amargo y oscuro que, en verdad, no admitía ni siquiera el recurso de la palabra. Sin embargo, Palmira encontró las armas para romperlo. Rodeando la mesa que les separaba, se sentó a la derecha del hombre, haciendo que ambos cuerpos entraran con conexión. Cuando creyó que él no resistía el deseo del beso con el cual poco antes se le había insinuado, con la delicadeza de una geisha y el fuego de un gran amor, empujo sus labios hasta chocar con los otros; al tiempo que sus brazos rodeaban el cuello masculino; mas no por impulso, sino por un sentimiento de agradecimiento.

—Bueno, pues, cuando quieres empezamos el periplo de búsqueda —dijo el joven incorporándose—. Venga, vamos a coger el coche.

—¡Aaah! Pero tienes coche y todo...

—Y, ¿quién no de donde yo vengo?

—Pero, bueno, ¿no dijiste que el esperas el tren? —interpeló la joven con desconfianza.

—Y es la verdad. Como soy aficionado al ferrocarril, dejo aquí el coche y viajo en el tren. Además, me sala más borato. Por hoy, como tenemos que buscar a Pablo, vemos en el de cuatro ruedas —y terminó con una leve carcajada.

—Maravilloso. Entonces aún tengo que agradecerlo más —dijo Palmira evidentemente conmovida.

—Nada tienes que agradecerme: lo hago con mucho gusto, guapa —contestó el joven displicente.

A pesar de aceptar su ayuda, Palmira sólo conocía de Eduardo la parte de vida correspondiente a la niñez —de cuando iban a la misma escuela—. Sin embargo ignoraba todo cuanto había pasado y hecho, después de haberse hecho mayor, desde que había desaparecido de «as Campás». Por ejemplo, no sabía que su bienhechor, aun siendo un hombre fuerte, como la naturaleza y el trabajo lo habían fraguado, después de haber visto matar a tantas persona y, desde los 18 —eran la edad mínima para ser movilizado oficialmente— a los 19 años que él había matado no sabía cuentas en el frente de Asturias, juró no utiliza jamás la violencia, ni siquiera para defenderse (en aquella ocasión descubrió que el juramente adquiría más solidez todavía si la violencia venía, particularmente, de un frente femenino). Aquel comportamiento, siendo como había sido el chico más retorcido de «as Campás», y en la actualidad un hombre normal con todos sus defectos y virtudes, constituía una gran paradoja, pues nadie podía creer ni siquiera sospechar semejante santidad en un tiempo en que la violencia era un arma defensora de la vida. Por otra parte, después de haber oído de boca de su hermano, Rafael, 4 años mayor que él, las cosas que se aprendían en la mili, detestaba la existencia de los ejércitos, pues no podía entender que a una persona, a veces en nombre de Dios, le enseñara a matar y, para más INRI, crear un enemigo ficticio. Tanto era así, que temía cumplir los 21 años de ser movilizado. Pero, como los ejércitos eran prolíficos en guerras, lo fue a los 18.

El Fiat topolino de Eduardo —Edu—, sin ser un alta gama, le produjo a Palmira una grande y grata sorpresa. Sorpresa y miedo, pues era la primera vez que subía y viajaba en automóvil. Al tiempo que circulaba por la carretera plaga de baches que, con la lluvia algunos se habían convertido en charcas, el miedo, pese a los baches, se fue transformando en seguridad, placer e incremente de la esperanza.

La presencia de Eduardo era una especie de garantía y la ayuda que le había ofrecido y ya le estaba dando, sí aumenta la esperanza de encontrar pronto a su hermano. Y no sólo eso: lo miraba de reojo mientras él conducía en silencio, y sentía como un si un grupo de mariposas volara por el estómago, mientras notaba la fuerza invisible que brotaba del hombre, incluso de su hermosura varonil, que había desterrado la fealdad de cuando iban a la escuela. Ya lo había observado y más detenidamente mientras permanecían en el bar. Pero, en aquel monto la atraía como un imán misterioso. Apartando la vista, se encontró con el bosque verde y profundo que bordeaba la carretera: «esto que siento no vendrá de ahí, no será cosa de meigas», se preguntaba evocando aquella única película vista en el cine Goya de A Coruña. Fuera lo que fuese, tanto la atraía que más de una vez aquella fuerza había desplazado, por mucho minutos, el motivo por el cual estaba allí, es decir, la búsqueda de Pablo, se querido gemelo.

Llegaron a Aveiro cuando las sombras ya anunciaban la llegada de la noche. Después de dejar el coche aparcado cerca del ayuntamiento y de recorrer algunas de las estrechas calles del centro, se detuvieron frente a un decrépito edificio en cuya fachada del segundo piso había un rótulo en el que se podía leer en español: pensión La Formidable. Señalándola con un movimiento de cabeza, Eduardo anuncio:

—Mira, esa será tu casa por unos días. Aunque como se ve su estado exterior choca con el nombre, por dentro ya verás que no es uno 5, pero está bastante bien, perfectamente habitable.

Amelia no tuvo tiempo de contestar porque, inesperadamente, el vehículo tropezó con un bache semejante a una trinchera de guerra, construida para la lluvia y para defenderse del tráfico de vehículos. Después de entrar con su rueda anterior derecha, el coche salió como catapultado, dando bandazos, que gracias a la pericia del conductor no se volcó en la cuneta. Al tiempo que se desplazaba hacia delante —por entonces aún no eran obligatorios los cinturones de seguridad— con riesgos de romper el parabrisas con la frente, la joven lanzó un grito de terror que espantó a una bandada de gaviotas que revoloteaba procedente de la playa cercana. Después del grito, un silencio envuelto en la densa bruma procedente del mar, convirtió el momento en una especie de velatorio hasta que, tras supera su propio colapso, Eduardo se percató que la joven permanecía apoyada en el salpicadero del auto. Como no daba señales de vida, recostándola en su asiento le acarició la cara hasta que recobró los sentidos.

—¿Qué fue, que te pasó? —preguntó el joven algo alarmado.

—No te preocupes: sólo fue en mareo —aclaró Palmira, añadiendo—: Bueno, y ¿Qué hacemos?

—Pues poca cosa: solamente cambiar la rueda delantera derecha, que, lógicamente, reventó. ¿Vale?

Dado que la joven demostraba estar preocupada:

—Oye, relájate, que no fue nada, chica guapa: sólo un bache en la calzada —le hizo saber el joven, pensado en que si tenía aquella obsesión por encontrar a su hermano y si por tan poca cosas como era un bache en la carretera, se ponía así, el joven llago a pensar, fugazmente, que Palmira padecía algún trastorno psíquico capaz de entorpecer la búsqueda. No obstante, no dejó de consolarla hasta que consiguió su estado normal. Pasando el tiempo descubriría que llevaba dentro algo genial como era la poesía, considerada también por muchos, un sutil trastorno.

Cuando Eduardo terminó de montar la rueda —se le había complicado más de lo esperado—, reanudaron la marcha, mientras la tarde si iba por el camino de las sombras.

—Se está haciendo de noche. Es buena hora para escribir poesía —dijo la joven mirando al cielo.

—Ah, claro: tú tienes ese bichito o, como dicen los entendidos, capacidad de hacer viguerías con las palabras: yo demostrabas en la escuela —recordó con una sonrisa llena de ironía.

—Bueno, algo sí, que no sé lo que es. Mi padre dice que es poesía, y me dice también que podía aprender hacer versos como un tal Valle —Inclán o no sé quién. Yo ya los hago pero a mi manera y con lo que aprendí en la escuela.

—«Booo», chorradas. Por lo de la noche no te preocupes que el coche tienes luces; además ya pronto llegamos porque pasados dos kilómetros la carretera es mejor y, aunque hay más coches se puede ir a más velocidad. Ya veras, ya como acelero; por los menos, a noventa por hora.

—Bueno, ¿y cuándo lleguemos allí qué hacemos? —peguntó ella mirándose en el espejo retrovisor con una sonrisa desarmada, sin decir nada ni darle ninguna importancia a la erosión de su frente, lo que aumentó la sospecha de Eduardo, mientras se apeaba para ver los daños.

—Lo primero, buscar alojamiento y luego de cenar bien, ya sabes: hoy es sábado y la noche es joven, y podemos ir de cachondeo: a tomar unos vinos y a bailar. A ver. Además aún no ha terminado el día de tu cumple años, ¿o lo has olvidado? Entonces, eso: champán, wiski y bailar, bailar. ¿No te gusta bailar? —terminó él con una risa más explícita que sus palabras.

—Estás loco. Conmigo no cuentes —advirtió ella sin sospechar siquiera las intenciones de él—. Creo que ya te dije que sólo bailo y bebo algo de vino en las fiestas de mi parroquia. ¿A bailar así sin desarreglar como estamos? No te lo crees ni tú —añadió y pasándole como revista, añadió—: y sino mira cómo estás tú.

—Joder, sí desarregladísimo; pero como arreglé el coche, enseguida me pongo de punta en blanco, en cuantito que lleguemos al hotel. Y a ti no te hace falta: estas hecha una rosa, con perfume alucinante y todo.

—¿Perfume? Pero si hoy no me eché ninguna colonia. No me huelo a nada —contesto la joven desencantada, y luego llevar la nariz por sus hombros—. Nada...

—A ver si padeces eso, ¿cómo se llama, coño? Ah, sí: anosmia —terminó él en tono escolástico.

Como a Eduardo no le importaba el tema, camuflándose en una mejor atención a la conducción, originó un largo silencio, silencio que ella interrumpió con voz algo quebrada. Sin embargo, sus ojos parecían incendiarse con una chispa de su mismo color.

Efectivamente gracias a que el tráfico aumento; pero seguía sien muy escaso (sólo el 5% de los habitantes poseían coche), carretera había sido perfectamente asfaltada y construida con un carril para cada dirección y arcén marcados con líneas discontinúas; por supuesto, el Fiat, como había pronosticado su conductor, pudo alcanzar los 90 kilómetros a la hora, incluso, rebasarlos en algún momento.

Amelia nunca había montado, y apenas sabía visto un avión, cambio, tenía la sensación de volar; por ello, cerrando los ojos experimentó la sensación de ser ave semejante a las gaviotas que tantas veces había visto, sobre todo las tardes que iba la playa a lucir su bañador —no bikini— último modelo.

Inmersa en aquella sensación, volvió al mundo real cuando el vehículo se detuvo y Eduardo efectuó algunas maniobras para meterlo en el estacionamiento que otro acababa de dejar.

—¿Dónde estamos, dónde estamos? —preguntó la joven como si despertara de un largo sueño.

—En el paraíso. Venga, deja los tus sueños absurdos y apéate —bajándose a la vez, en tono que en nada se parecía a la al júbilo mostrado momentos antes.

Ambos situados en la acera:

—Mira —continuó señalando con su mano derecha el letrero colgado en quinto piso, en el cual se leía Pensión la Luna—: esa será tu casa por algunos días. Por fuera es una mierda, pero por interior está bastante bien, no te creas.

En efecto, el piso destinado a alojar personas estaba muchos mejor que si fuese para cobijar otra clase de seres... Estaba limpio y ordenado; sus paredes estaban decoradas con láminas—copia de obras de *Giotto, Rembrndt,* Dalí y otros. El mostrador de recepción también se adornaba con algunas figuras estatuadas y la habitación que le había sido asignada por un hombre que, por su poca destreza en el oficio, debía de estar sustituyendo a otra persona, estaba equipada de baños completo, dos camas separadas, más lámina y hasta un aparato de radio. Despúes de pasear su mirada por todo lo sitios e instalado en el dormitorio:

—Tenías razón Edu: está mucho mejor.

—No me llames Edu, joder —corrigió Eduardo con voz del que mando soy yo.

—¿Por qué? Pero si es muy bonito.

—Porque hace mucho que dejé de ser niño. Además no me gustan los diminutivos.

—¿Te pasa algo malo, Eduardo? —quiso saber ella.

Él preguntado negó meneando la cabeza, en silencio, y luego:

—Tú te quedarás aquí durante unos días: mientras yo inicio las primeras investigaciones.

—No me digas, ¿aquí sola? Yo creo que debería ir contigo. No si te has dedo cuenta..., pero se trata de buscar a mi hermano del alma —apostilló ella sentándose en una de las cama.

—Precisamente porque de buscar se trata, las circunstancias exigen que vaya solo, a ti cuanto menos te vean mejor.

—Bueno, que le vamos hacer... —dijo ella, resignada.

El cambio de talante de Eduardo y el no hablar más de pasar la noche —el tiempo que faltaba de sus cumpleaños— de juerga, demostraba que Eduardo era un ser versátil a más no poder; versatilidad más tendente a cambiar lo bueno por lo malo, que al revés. Eso era, al menos, lo que demostraba con aquella transformación. Sin embargo el tiempo y las circunstancias se encargarían de demostrar otra cosa.

Mientras todo aquello ocurría en el bar LA MONTAÑA, en la casa de los Aldao reinaba la pena y el desconcierto. A pesar de que por genética era de una apariencia genuina, naturalmente, por ser madre, Narcisa era la más afectada por aquella situación; tanto que no comía, se pasaba las noches en vela, y para frenar los nervios y no perder el sosiego del todo, tomaba 5 tilas y rezaba otros tantos Padre Nuestro al día. Aun así, a veces el sol se le convertía en ceniza y el resto de las estrella en sombras; entonces imploraba a la Virgen de la Luz patrona de la parroquia. Lloraba sin pausa, traspasada por el dolor ante la posibilidad de perder a sus dos únicos hijo, muy queridos pese a que no cumplían su gran ilusión de ser iguales por ser gemelos. Y podía hacer con mayor intensidad y alboroto, si no fuera por las palabras de consuelo de Manuel, su marido que no exteriorizaba lágrimas porque pertenecía a una época en la que «los hombres nunca lloran»; pero sin librarse de congoja que también le invadía.

El sol, triste de no poder ser todo lo histriónico que le correspondía y cansado de luchar todo el día con los nubarrones y el orvallo, se despedía para dar los buenos días en el otro hemisferio. Pronto llegaría la noche y con ella, naturalmente, se multiplicaría y, según pasaran los minutos, las sombras se hiperbolizarían a ritmo de canción fúnebre, la desesperación.

—Tranquila, mujer que, antes de que llegue la noche, llegaran los dos juntitos como siempre y tan campantes, ya los verás.

—Dios lo quiera. Pero, no sé, no sé porque, el chico en manos de los guardias y ella, siendo como bien sabes un poco atolondrada, sería una chiripa. Ojala que vuelvan pronto, por la Virgen de la Luz, porque esto es una penuria —dijo Narcisa cambiando el llanto por un profundo suspiro de esperanza.

—Perdona, pero los animales que nos dan el pan no aguantan más el hambre; así que le voy a echarles la comida y luego hablamos —se disculpó el marido para alejarse cansado de tanto consolar.

Llego la noche y el amanecer y con él la lluvia que había sido una contingencia desde que el sol se había despedido. Sin embargo, los jóvenes desparecido no dieron señales de vida; ausencia que, por supuesto incrementa la estatura de la tragedia con el riesgo de hacerse perdurable.

—¿Qué pasa, que no has duermes? —repitió cambiando, aunque ya sabía que no lo había hecho por estar dando vuelta en la cama de al lado—. Dormían separados desde que Narcisa, por lo bajo, te culpaba de no haber tenido gemelos copiados.

—Tienes unas preguntas, marido, que vaya por Dios. Como voy a dormir sin saber dónde están nuestros hijos, si están vivos o muertos. «Y luego», tú has dormido; a lo mejor sí, como eres así de: aquí me las den todas —le reprochó.

—Por favor, mujer a ver si dejas de pinchar, que ya está bien...

—Mira, Marido, tú lo que tienes que hacer es ir a buscarlos: corriendo y antes que les pase algo malo, porque por esos mundos de Dios andan muchos demonios. Debes de ir, aunque yo me tenga que quedar en esta bendita casa —y volvió al llanto rompedor del silencio de la mañana.

Narcisa como la mayoría de los nacidos en aquella tierra, ignoraban el hecho de que, tradicionalmente en la época en la cual se sitúa esta narración, en Galicia las casas de labranza se construían con la técnica siguiente: las cuadras ocupando la mayor par de la superficie del bajo, con su ganado y el estiércol que servía de calefacción para todo el edificio; en el mismo nivel de las cuadras, la cocina que servía de comedor, de sala de estar y retrete; el piso con sus ventanas, se distribuía en 2, 3 o 4 habitaciones, según en nivel social y económico de la familia. En el primer caso, un cuarto más amplio para el matrimonio y el otro para los hijos.

—En eso tienes razón —convino Manuel, añadiendo luego de no atreverse a decir también podía ir ella—: y deja de sufrir, mujer que pronto los encontraré si Dios quiere...

De pronto, el canto de los gallos en el gallinero y el mugido de las vacas, los bueyes y las becerras, sonando a coro en la cuadra, detuvieron las palabras hasta que:

—Ya sabes que Pablo está... en el cuartel de la guardia civil, y sabiendo que Palmira siempre lo busca como perro rastreado busca al conejo, seguro... que también está allí; así que arrea a «Corredor» —era el caballo— y, arrea a por ellos, a galope —dijo Narcisa con voz de mando, entre sollozo y palabra.

Después de dejar a Narcisa con la criada, desayunar como era su costumbre, con un trozo de tocino crudo (según él era fuerte alimento) y leche recién ordeñada y de dar instrucciones a los jornaleros, de vestir su traje azul marino, su camisa blanca y su corbata granate, calzar su botines de piel marrón y peinar su pelo, a pesar de sus años, sin calva ni cana; todo mediante el las recomendaciones del espejo (aunque agricultor, era muy proclive al señorío), Manuel salió antes del sol: pero no para montar en el corcel como le había recomendado su esposa, si no para tomar el autobús, «La Pescantina» que pasaba por allí los días de feria, cargado en la cabina y el la baca de personas, gallinas, conejos y toda clase de mercancía. Después de un sin número de paradas, llego su destino cuando el astro rey ya invadía el hemisferio, aunque muchas veces atacado por las noves. Para subir a la colina donde estaba ubicado el cuartel, Manuel no lo hizo caminando, sino que, dominado por aquella proclividad suya, tomó un taxi.

Cuando el marido se fue a todo «máquina», ella puso la radio: un Marconi último modelo. Aunque sea una paradoja, Narcisa era un una melómana empedernida; pero en aquella ocasión no la enchufaba para oír música, precisamente, sino por si decía algo de sus queridos hijos, en cambio, buscando emisoras, la que primero le saltó fue la «perináica». Cortó en seguida y siguió buscando; mas sólo encontró noticias del jefe del estado y sus secuaces, con sus «milagros». Tras un rato de reflexión como catatónica, terminó rezando al San Antonio encargado de hallar las cosas perdidas.

A pesar de estar la puerta del cuartel estaba abierta, se detuvo antes de entrar y con lógica extrañezas pensó si estará así por descuido o por alguna estrategia. No obstante, aprovechando la coyuntura entró sin llamar. Cuando dio el primer paso en el vestíbulo, a oscuras: ¡alto ahí! Le ordenó una voz de guerra, mientras un fusil se incrustaba en su costado derecho («es por estrategia», pudo pensar). Lógicamente el miedo le dejó metalizado.

—¡Mi sargento, aquí hay tío que puede ser él! —bramó el guardia de puertas.

Después de jugar la partida de cartas con sus amigos en el bar La parada, el sargento comandante de puesto, sentado en su menesteroso despacho, cavilaba para hallar el porqué de haber perdido la partida como, casi todo los días. Al oír el grito del guardia, con la sospecha del anunciado era el que esperaba, se presentó en la puerta principal; más al ver quien realmente era:

—¡Hostia: baja el arma inmediatamente! —le ordenó.

—Mi sargento, como usted mando... —contesto el otro sin obedecer por confusión.

—¿Estás tonto, o qué? ¡Te he dicho que la bajes, joder! No ves que es de las «as Campás».

Por fin, el guardia obedeció con un gruñido y un gesto de perdón Después de superar la parálisis del terror que el arma de fuego le había producido:

—Pues, sí señor, tiene...usted mucha... razón —masculló el recién llegado—. Soy Manuel Aldao Gozáles.

—Muy bien, pues encantado de saber su nombre, porque la persona ya la conocía como usted habrá podido ver. Y ahora dígame, ¿qué le trae por aquí: supongo que viene por lo de su hijo, ¿no? Cuente, cuente: me encanta escuchar lo problemas de los mayores (él era un hombre relativamente joven todavía). Siéntese si quiere —le invitó señalando una de las dos silla que adornaban el vestíbulo.

«Este no es sólo un problema de mayores y yo de mayor, en el sentido que lo dice éste, no tengo nada; al contrario, puede que él sea mayor que yo», pensó Manuel, aunque le gustaría exteriorizarlo.

—Así es, señor —asintió Manuel, parpadeando paro contener las lágrimas—. Teníamos poco con llevarnos el chico, que ahora también desapareció la chica. Es una desgracia muy grande. Mi mujer está destrozada: llorando sin parar —y, por fin, una lágrima afloró por su huesuda mejilla como testimonio de su congoja interna. Después de limpiarla con el dorso de la manos—: por favor, y ¿a dónde lo llevaron, dígame, por Dios?

Manuel, nombraba a Dios con mucha frecuencia y subliminal tono; sin embargo no era ni siquiera creyente. Mejor dicho, dado que era un ser sumamente versátil, dependiendo del momento, podía creer en cualquiera de los muchos dioses que se inventaron a lo largo de la historia. Igual que tanto otros lo nombraba más por costumbre que por creencia. Sin embargo, en relación con aquel tema celestial, casi estaba seguro de que algún ser muy poderoso y sobre humano andaba por medio. Sí, porque la situación era una especie de hipérbole al revés, pues los medios y los hechos en lugar de crecer a la velocidad del tiempo, lo hacía al contrario. Precisamente por eso Manuel pensaba que jamás encontraría a sus queridos hijos. No obstante, dado que era hombre sumamente práctico, con muchas ganas de aprender de todo, incluso de las peores situaciones, con su voluntad de hierro no daba por perdido nada, y seguía hasta estar seguro de que a los desparecidos no los había tragado la tierra.

—Vengo porque creo que están aquí, señor sargento y que...

—Pues siento decirle que aquí ya no están ninguno de los dos —le interrumpió el de uniforme, añadiendo—: al chico se lo llevaron los de la social, y la chicha, según sus palabras, continuaría la búsqueda.

Imbuido por de la idea —casi, obsesión de buscarlos—, y no fiándose absolutamente de lo dicho por el agente:

—Está... usted seguro... porque los que llevaron al chico nos dijeron que, el Pablo quedaba detenido aquí —mintió el de «as Campás con el temor de recibir una mala contestación.

—¿Qué pasa, qué está usted diciendo que el sargento, miente? —preguntó en tono nada ofendido, lo que desconcertó a Manuel—. Si quiere, puedo acompañarle a buscar por todo el edificio.

El sargento era un hombre de 50 años y pico; alto de estatura y estrecho de hombros; de poco pelo y bigote a lo *Freddie Mercury*. Dentro del sistema brutal y sin piedad en que se vivía, había adquirido la fama de hacer vista gorda y buena persona, por cuanto que trabajaba bien y era, en verdad, muy tolerante con todos, incluso, con quienes cometía cosas intolerables. Tanto era así que en la guerra, siendo cabo 1º, Edelmiro Escobar García se fue con el coronel Escabar y del general Aranguren defensores —hasta la última gota— que fueron de la república allá por tierras de Cataluña. Cuando terminó la horrible contienda, los primeros fueron ejecutados; en cambio él salvó la vida gracias a su primo Ángel, abogado militar del bando vencedor, que hizo valer el hecho de que el cabo 1º Edelmiro había actuado con arreglo a las leyes, y que de «rojo» no tenía nada, sino que había tenido que actuado bajo orden extrita de sus superiores. Gracias a tan estupenda e inaudita defensa el cabo 1º Edelmiro fue considerado uno más de los mucho que, siendo de ideas exclusivas —fascistas— no participaron directamente en el golpe. Fue considerado; sin embargo seguía siendo republicano hasta la medula. Pero como la primera e inevitable necesidad del animal es comer, él se quedó, primero, para que sus hijos —tenía 4 de dos mujeres— no pasasen hambre, y segundo, porque creía que desde la guardia civil, al abrigo del buen nombre de que la misma disfrutaba en el bando golpista y en el gobierno, podía ayudar mejor a los perseguidos, y eso era lo que trataba de hacer, pues de hecho le salvó la vida a muchos, no persiguiéndolos cómo estaba mandado, sino, basándose en los principios de justicia humana y haciendo vista gorda. Entre los perseguidos y salvados, por durante bastante tiempo, a su manera, estaba nada más y nada menos que el famoso Foucellas.

—Uy, no, que va: me fío de lo que usted me dice como se me lo dijera Dios —aseguró Manuel, volviendo a contener las lágrimas.

—Bueno tampoco es para tanto...

—¡Por favor, dígame por lo menos, a dónde se fueron, siquiera hacia dónde! —repitió Manuel, colocando su manos al estilo tailandés y sintiendo, por unos momentos, que el corazón se le oprimía.

«Preguntas, preguntas», pensó Edelmiro, así se llamaba el sargento, harto de no tener respuesta. Y, dada la situación más podrían ser formuladas, para las cuales ni Dios sabía dar una explicación.

—Lo siento, pero eso no puedo decírselo porque sólo sé que aquí estuvieron ambos. Pero al chico se lo llevaron y la chica se marchó hace yo mucho rato. Yo creí que regresaba a su casa. No lo sé yo ni lo sabe nadie porque los van pasando de mano en mano y sitio en sitio, hasta que desaparecen: ya se lo dije a su hija. No obstante yo comunicaré la desaparición a todos las fuerzas del orden y medios de comunicación. Con todos los guardias a mis órdenes vamos empezar las gestiones para encontrarlos, particularmente a la moza. Y usted, cuando llegue a «as Campás» se lo comunica al «Alcalde de Barrio» para que movilice a todos los vecinos que, supongo participaran en la tarea con mucho gusto y caridad.

Profundamente sorprendido y agradecido por la benevolencia de Edelmiro; tanto que, recordando lo que se decían de los «verdes» —como le llaman a los guardias en la aldea—, Manuel se despidió con un: «que Dios le dé mucha suerte, sargento», mientras las lágrimas pugnaban de nuevo.

—Gracias, igualmente, hombre —contestó el de uniforme cuando el otro ya se había alejado, continuando—: regrese usted a su casa, tranquilo que, la hija ya estará allí y el hijo pronto volverá.

Pero Manuel no volvió a su casa; al contrario, intuyendo que los sus hijos había seguido la ruta de Portugal y multiplicado su deseo por el hecho de no hallarlo en el cuartel, tomó el primer tren con destino a Lisboa. Antes desde una de la pocas cabinas telefónicas que aún se instalaban en las calles, llamó a Narcisa (eran los únicos que tenían teléfono en la aldea) para comunicarle, a grandes rasgos, todo lo ocurrido, lo que incrementó la desesperación de la mujer; desesperación adornada con evocaciones a Dios y a la virgen de la Luz.

—¡Lo que me falta: quedarme sin marido, también! —exclamo como despedida.

—Que no, mujer, que no: el marido lo perderás sólo si se muere —respondió algo de guasa para aliviar las penas de ella, a pesar de las suyo propias.

Después de vestir su traje modelo «Príncipe de Gales» que incrementaba su natural señorío y la gabardina que lo libraba de los efectos nocivos de la lluvia caída desde el atardecer del día anterior. Pero sin haberse librado ni mucho menos, de los efectos del peso de la búsqueda, tomó el tren (de las 13 horas). Haciendo uso de su considerable capacidad filosófica, entre otras cosas, llegó a la conclusión de que, en su búsqueda debía de hacer un alto en Aveiro. «Es lo más lógico», se dijo y motivado esa lógica, tomo tierra en dicho pueblo. Como ya se aproximaba la noche, decidió alquilar una pensión para descansar y empezar a investigar. Al salir de la estación de ferrocarril, pronto vio un rótulo que, con letras fluorescentes y en lengua española anuncia: Pensión la Luna. Allí se fue directamente y detrás del mostrador de recepción mal conservado se encontró con una señora que, por su edad, fealdad y exceso de kilos, jamás podría ocupar el mismo puesto en un hotel de 5 estrella. Al verlo tan peripuesto, lo recibió con mucha cortesía, en lengua portuguesa. Dado que idioma portugués y el gallego se parecen mucho (ahí está el cancionero galaico portugués). No hubo ningún problema para expresarse y entenderse. Así, recordando la afición que su hija tenía la poesía, podía haber elegido aquella la pensión por nombre de Luna:

—Tengo entendido de que se aloja una chica que se llama Palmira Aldao —aventuró Manuel.

—¿Palmira? —preguntó la recepcionista mirándolo con aprensión—. Aquí no se aloja nadie que se llame así. Como no sea una chica morena, de ojos verde…, muy requeteguapa ella, vamos, que llego antes de ayer acompañada de un mozo también bien parecido él. Pero no porque se anotó como Sara *Wilinther.* Por el apellido debe ser extranjera.

Al unísono del primer trueno de una tormenta amenazante, coincidió el repiqueteo del viejo teléfono situado sobre mostrador. La señora lo tomó y, mientras hablaba y escribía algo en una libreta, Manuel: «por fin, es la misma, gracias Dios mío; pero, ¿qué hace con hombre», pensó desbordado de alegría, alegría que no sería perdurable. Cuando la recepcionista terminó sus quehaceres:

—Oiga, por favor, ¿no estará aquí ahora, esa chica, esa… tal Sarah *Wilinther* de los ojos… azules? —masculló el hombre sin poder contener la alegría. añadiendo—: aunque por algo que he oído, creo que su destino era Lisboa.

—Pues no señor, se fueron esta mañana… Y también por los que les oí decir, su decir, su destino era nuestra gran capital —respondió la mujer con orgullo.

Las palabras de la recepcionista demostraban que los planes de la pareja habían cambiado.

—Por favor, vamos a ver: dígame, señora: ¿sabe usted de dónde venía a dónde se fueron? —repitió Manuel, perdiendo hilo del tema por culpa de la desesperación, tanto que, pese a que su lema era: «estoy vacunado contra llanto», sus ojos se llenaron de lágrimas contenidas.

—Mire, señor, a mí de los clientes lo único que me importa es que me paguen, y éste pagó de lo lindo. Madre mía, debía de ser millonario. No sé nada; sin embargo, por algo que les oí, creo que su destino era Lisboa. Caramba, ya se lo dije.

Después de darle las gracias a la señora, Manuel se fue a la habitación que le habían asignado. Después de recibir el impacto de un algo ignoto, tan patético, en lugar de dormir, el corazón de Manuel comenzó a latir a un rimo vertiginoso. Impelido por tan fuerte pulsión intentó y continuar la búsqueda hasta dicha ciudad. Pero temiendo que lo dicho por las mujeres fueran únicamente conjeturas, se contuvo sin demasiado esfuerzo porque, de pronto, se presentó el mar (era su gran pasión) con todos sus prodigios para soñar despierto.

Considerando agotadas todas sus probabilidades y cansado psicológicamente, sobre todo, a la mañana siguiente se presentó en la estación de ferrocarril para esperar y subirse al tren de vuelta a casa. La espera se hacía muy larga hasta llegar la noticia que el tren había descarrilado por culpa de una acción terrorista. Ante tan desgraciado acontecimiento, Manuel se plantó en la carretera por si la suerte le traía al coche conducido por algún semejante benevolente (las mujeres aún no conducían automóviles).

A veces la desgracia, obedientes a la diversidad de la vida, trae consigo golpes de suerte increíbles: una especie de lucha entre el mal y el bien, en la que, sin armas de ninguna clase, vence el bien. Por eso, inesperadamente, se oyó el ronroneo de un vehículo que se acercaba. Y era el autocar: «El rápido de Armentón» que, al contrario de la «Pescantina»; pero también mezclándose con los seres humanos, en la parte destinada a los viajeros y en la baca dotada banquillos en barrotes de madera, cargaba con toda la diversidad de cacharros y figuras útiles para divertir la muchedumbre las feria—fiestas de San Roque. Figuras tan estrambóticas que al entrar en el coche, Manuel experimentó la sensación de ver una escena de ciencia ficción.

Aunque era un vehículo que está dedicado al servicio regular de viajeros, aquel día circulaba con destino a Monte «Longo» donde se levantaba la capilla de San Roque, románica del siglo XII. Tal vez por ser de servicio regula, al llegar a la altura del grupo de gente desesperada, se paró con chirrido de frenos, y por la puerta de atrás se asomó el cobrador, diciendo: «suban, suban que la cosas no está para ir a patas», A subir, cosa que hicieron con alboroto causado por tener que viajar tan apretujados, cual se fuesen una masa de borregos en vez de un grupo humano. Como si las palabras del cobrador significaran una profecía, de pronto, empezó a llover torrencialmente hasta que tormenta se fue convirtiendo en «orvallo» clásico de la tierra.

En el asiento contiguo al sitio donde Manuel viajaba de pie, dos señoras comentaban con acento gallego y con el pasmo de algo nunca visto, un hecho digno de la mejor película de *Wes Craven*.

—¿Has visto como dos guardias llevaba a aquel mozo tan bien hecho, y después de sacarlo de la catedral, lo metieron a trompicones y con las manos atadas a la espalda, en una casa que debía ser la cárcel? —preguntó la más joven, aunque más gorda.

—Sí, hija, sí que lo guipé: en otros tiempos esas eran cosas de meigas; pero estos aún son de mucho peores, y sino que se lo diga a la madre de ese pobre chico. Si fuera el mío que, gracias a Dios, también tiene los ojos azules, me moría de pena.

—Bueno, mujer, el entrar en una catedral no es nada malo; al contrario, borra todos los pecados: eso es lo que dice D. Secundino, por lo menos.

—Ay, quien sabe. Eso no se puede decir porque, con lo ligón que debe ser chico, puede ocurrir cualquier cosa donde haya faldas.

A medida que, Manuel las escuchaba con la máxima atención y oía con todo claridad, la sangre comenzó a hervirle y sus neuronas a correr para buscar la vedad de lo dicho por las señoras e identificar al personaje de aquella historia que tanto tenía en común con la que le a él le había llevado allí.

—Perdonen, señoras que me meta donde no me llaman, pero lo que dicen me afecta directamente.

Las señoras con cierta desconfianza.

—No hay por qué pedir perdón, hombre —dice la mayor y más delgada, añadiendo—: si tiene algo que preguntar, pregunte.

—Pues, sí, ya que ustedes tan amables, podrían decirme si el chico que llevaban detenido tenía los ojos del color del mar, o sea, muy azules

—preguntó Manuel aludiendo más bien a la delgada, no porque creyera que sabía más, sino porque las gordas no le gustaban ni para preguntar.

—Pues, si quiere que le diga, no me fije muy bien, pero creo que los tiene castaños o algo así —dudó la mujer, añadiendo—: en realidad no estoy segura de nada, ni siquiera si lo llevaba, o no detenido; como iban los tres vestido normal.

—Josefa, pero, ¿por qué mientes si has visto como yo, que los tiene azules como dice el señor, igual que el mar? —preguntó la más joven en tono de reproche.

Después de lanzar un suspiro al aire, cual si quisiera hallar en él la respuesta:

—Oye, maja que no miento: lo dije por no llevarte la contraria; pero en verdad no sé si los tenía azules o negros. Además a nosotras que nos importa: que los tenga como Dios quiera.

—Pues a mí, sí me importa, sobre todo porque le importa a este hombre; por eso ha preguntado.

Paradójicamente, la discrepancia entre ambas mujeres, que al final resultaron ser madre hija, siendo la madre la que, a simple vista la que aparentaba menos años, suscitaron el deseo sexual en el hombre, mezclado con el ansia de encontrar su hijo.

—Vale, madre, pues, como además de los ojos azules, has visto alguna cosa más interesante, cuéntaselo todo.

—Pues, sí que tiene una pequeña señal en la frente. Una señal de alguna caída de cuando era niño, que por cierto, no le afea nada; al contrario...

—¿Ojos azules y una señal en la frente? ¡Es él, Pablo, mi hijo, el mismo! —exclamó Manuel, clavando su mirada en la señora. Mirada en la que se mezclaba el agradecimiento por sus palabras y el deseo por su cuerpo.

«¡Conductor pare el coche inmediatamente, por favor, por Dios! —gritó.

Al oír evocar a Dios, sobre todo los viajeros, todos se volvieron, y los que estaban sentados se levantaron, formándose un alboroto de cuerpos y de objetos caídos.

—¡Deténgase por Dios, por San Roque, que tengo que bajarme! —repitió.

Como si el rego en nombre del Santo poseyera más fuerza que el de Dios, el vehículo redujo la velocidad, pero no se detuvo. Y en ese ínter se la acerco hombre alto, con un enorme bigote estilo *Charles Chaplin* y atuendo propio de vendedor de feria o de la película más extravagante de *Alfer Hitchcock*.

—Buenos días —saludo con la cortesía que la situación permitía—. Bueno, dígame, ¿a qué viene este escandalera?

—No es eso, señor —contradijo él preguntado, afirmando—: es la necesidad de encontrar a mi hijo que se lo ha llevado la «pasma» (se le ocurrió la palabra por habérsela oído al sargento Edelmiro).

—¿La «pasma», eh? Su hijo está a buen recaudo, no se preocupe, Manuel —dijo el de bigote en tono cínico.

—Dígame, y usted ¿por qué lo sabe y por qué sabe mi nombre?

El autocar ya había reanudado la velocidad normal; sin embargo los viajero llevados por su papanatismo biológico, continuaban expectantes como si de una linda comedia se tratara.

—Por casi nada: solamente porque soy el jefe de la «pasma» como usted le llama a la policía que se llevó a Pablo el «rojo», su hijo —explicó con la misma cínica sonrisa, sacando del bolsillo pectoral de su camisa una tarjeta que mostró sin que Manuel la mirara siquiera—. ¿No me recuerda?

Manuel negó con un movimiento de cabeza. Negación cierta porque en aquel momento su memoria viajaba en otro vuelo y, todo lo demás como si jamás existiera.

La angustia y desesperación inundaban cual río desbordado, el alma de Manuel. Se angustiaba y desesperaba no sólo por no encontrar a sus hijos, sino también escuchando el escabroso relato de la señoras, y peor aún, al policía vestido de payaso. El estómago se le oprimía hasta producirle ganas de vomitar y en la cabeza notaba un sonido semejante al de un cohete antes de la explosión. No había comida nada y ya eran las 5 de la tarde; pero no tenía hambre quizá porque los «celtas» (cigarros) que había quemado para aquietar los nervios, se la habían quitado mientras los nervios no dejaban de hacer de las suyas.

—Bien, pues, ahora relájese y deje al autocar que siga su camino —aconsejó el agente.

No por lo aconsejado por el policía, sino porque era prolífico en ideas generadoras de paz, el hombre de «as Campás» se tranquilizó recordando los acontecimiento más bonitos de su pasado. Recuerdos con los cuales consiguió sentirse ajeno a todo lo que le envenenaba el presente.

Un mural en luz purpúrea y amarilla se estaba pintando en horizonte, y se podía contemplar el mar formando un inmenso y reluciente espejo donde se forjado por el mismo astro, en que se miraban alguna nubes de pesadilla y muchas gaviota de protesta. Fascinado por la maravilla que entraba por sus ojos de alma sensible a cualquier mensaje procedente del cosmos, Manuel permaneció todo el viaje como en éxtasis, descubriendo además de la pasión en superlativo, el medio para paliar los efectos de todo lo negativo que le había asaltado.

Subiendo Monte Longo, el autobús se averió y tuvo que permanecer estacionado hasta su reparación. Manuel se apeó y sentado sobre una roca desde la cual se podía contemplar el mar igual que en un largo sueño. Mar en cual el sol, tras incendiar el horizonte pintaba un mural, todo un tesoro alcanzable sólo con los ojos. Así vibró de emoción por muchos minutos ya supo que la vida poseía genuinas armas para derrotar a sus peores enemigos, que el problema estaba en cómo utilizarlas. Imbuido de esa idea, sin apear del todo la pasión y recurriendo a la astucia que le caracterizaba, soportó la aspereza de los recuerdos que le visitaban en tropel, y así permaneció hasta alcanzar su destino.

Llego «as Campás» cuando la luna llena, con afán de ser perdurable, despuntaba por el dorsal de los montes.

III

Narcisa lo recibió con alegría manifestada con suspiro de placer, lo cual sorprendió a su marido porque temía que, al no llevar consigo a ninguno de los hijos buscados, iba a montar las escenas más dramáticas. Evidentemente la soledad que le había acompañado los 3 días, paradójicamente, había hecho medrar su exiguo espacio de júbilo. Tanto fue así que, cuando Manuel le contó la insólita historia vivida aquellas 72 horas separados, ella se lo tomó como una alegoría (en realidad, por lo que tenía de literaria, bien podía ser tomada así), y en lugar de lágrimas soltó palabras para derrotar las penas e incrementar la esperanza.

—Me duele mucho no haberlos encontrado...

—Bueno, marido, si Dios nuestro Señor lo quiso así ¿qué la vamos hacer? Cómo Él es justo, en tu ausencia también quiso darnos alguna cosa para sufrir menos y no perder la esperanza —relató con voz de púlpito.

—Mira, de tanto pensarlo he llegado a la conclusión de que están en Coimbra; así que mañana voy para allá, sin falta.

—No, marido, no hace falta. Ya te dije que, en tu ausencia el Señor quiso darnos algo para la esperanza.

—¿De qué se trata? Cuenta, cuanta —quiso saber el hombre levantándose del poyo en que se habían sentado para contemplar mejo la luna.

—¡De un sucño!

—Bueno, un sueño. Tus sueños son de locura: nunca llegan a asomarse siquiera, a la realidad.

—Ahora, sí, marido: ¡lo prometo por la Virgen de la Luz!

—Vaya, siempre con la Virgen a cuestas. A ver, ¿qué sueño? —pregunto Manuel cada vez más escéptico.

—Mira: soñé con toda seguridad que nuestros hijos andan por el Camino de Santiago...

—Pues sí que es un sueño bonito. Pero irrealizable como todos —la interrumpió él, prosiguiendo—: así que sigamos adelante con el plan que tenemos, mientras tú sigues soñando que es muy bonito, aunque no sirva «pa na». A ver si esta noche sueñas con el amor y, luego se realiza el sueño con este hombre —terminó llevando una mano al corazón como un musulmán cuando se presenta, y la otra a la braqueta para mostrar el bulto de su pene—. Baah. Lo soñaste porque tú hiciste el Camino desde Ponte do Porto, pero eso no quiere decir que lo hagan ellos.

—¡Me lo aseguró Santiago! El Apóstol, claro. Y el Apóstol no miente; por eso vino a predicar el Evangelio al fin del mundo...

—Bueno, eso habría que verlo.

—Está visto, como está visto que tú tienes que ir a ver al arzobispo de Santiago para decirle lo del sueño.

—¡Estás loca! No daré ni un paso para decir esa tontería; al contrario, ocultaré el tema todo cuanto sea posible.

Las palabras de Manuel eran exhaustivas y no admitían respuesta. Sin embargo, Narcisa, haciendo uso de las triquiñuelas de mujer seductora, consiguió, no sólo que su marido fuese hablar con arzobispo —y se sintiera orgulloso de hacerlo—, sino con otra mucha gente versada en el Camino de Santiago.

Sabiendo que las historias de los sueños a veces se hacen realidad, haciendo de toda su genética imaginación y osadía un frente, Manuel urdió otra más vasta y amplia aún que la primera, sabiendo la importancia internacional que poseía el Camino y la vinculación que la iglesia católica tenía con él —lo había creado—, sin olvidar el poder y la caridad de la misma, lo primero que hizo fue pedir una audiencia con arzobispo de Santiago.

Maximiliano, así se llamaba el arzobispo, era un hombre relativamente joven, de carácter entreverado, por lo que no nunca se sabía por cual puerta iba entra o salir, ni cómo uno debía comportarse frente a él. Tenía la fama de mujeriego y de luchador por un cambio de la iglesia. Fama que le venía por ser descendiente de la estirpe de los Boja, «Borgía». Por un error de su secretario particular, la audiencia fue concedida para el día de homenaje al peregrino —día recién creado—. El acto se celebraba con una misa solemne a la que asistían muchas autoridades; aquel año presidas por el presidente del Ecuador. Misa enaltecida con el funcionamiento de «bota fumeiro» y todo... Por ser el día que era, Maximiliano, jefe de la diócesis estaba muy ocupado. Sin embargo, en una muestra de permanente disponibilidad, terminada la misa, lo recibió en la sacristía. Después del beso al anillo pastoral. Sabiendo por referencia que el visitante era tan aviado hablado como vistiendo, el arzobispo procuró y lo consiguió sustituir su estudiada omnisciencia por su natural amabilidad.

Con voz milagrosa y poniendo a Dios como promotor y testigo, Manuel le contó todo lo que a él le había contado Narcisa; mas, en lugar de ponerla a ella como protagonista del sueño, la expuso igual que si la historia soñada fuese una realidad descubierta y vivida por un peregrino amigo suyo.

Tras varias dudas y muchas preguntas, alguna escabrosas, el arzobispo aceptó la petición pensado, además de buscar a los perdidos, en que aquello era una excelente ocasión para potenciar el Camino que, con las guerras robando toda la atención pública, había perdido mucho los últimos años (pretendía ponerlo a la altura del siglo XIV, dos años después de su creación).

—Bueno, y vuestra esposa ¿qué piensa de todo esto?

—Bueno, Ella ¿cree que con la ayuda de Dios vamos encontrar a nuestros hijos? —terminó preguntando.

En lugar de contestar de inmediato, D. Maximiliano preguntó:

—¿Tu nombre es Manuel como el padre del de Nazaré, hijo de Dios, no?

Hubo un tenso y enigmático, pasados 30 segundos, roto como de puntillas, por Manuel.

—Perdone, vuestra excelencia…, eminencia. Pero padre de Cristo se llamaba… Jesús —masculló Manuel.

—¡Ah, sí, hombre tiene razón. Estos días el follo me empuja al olvido —replicó el arzobispo como si nada pasara.

—Pues, así me debía haber bautizado, excelencia. Pero también debieron haberse olvidado. Y ¿qué más da un nombre que otro? —dijo más empujado por el ansia de saber cosas relacionadas con sus hijos desparecidos.

—Estás en un error, pues, sabes bien que podrías llamarte Saladino o Lucifer, hombre —informó, conteniendo el sarcasmo y, con voz de pulpito, añadió—: pero has tenido la suerte de que bautizaran con el nombre del Dios que está con nosotros; los demás son inventos crueles de locos.

—Perdone mis palabras excelencia, es que está uno tan... Entonces, ¿con la ayuda de Dios, sí podemos contar?

—La ayuda de Dios siempre la tendréis, hijo. Pero es todo tan intangible que habrás que recurrir a la intuición y, sobre todo, rezar, rezar. Si en lugar de tanto aparato y de tanto caminar, rezáramos más a Dios, a la Virgen Santísima y a Santiago como patrón el Camino, tal vez alguno de los desaparecidos ya hubiera aparecido. A rezar y a buscar, espero que mucha fieles y no tanto... Nos ayuden —terminó con sofisma.

—Gracias, gracias, señor arzobispo —se despidió el de «as Campás», inclinando su cuerpo a la manera de los vasallos medievales.

Y ayudaron tanto y tanto que, en aquella ocasión la búsqueda se internacionalizó como el Camino, traspasando fronteras, pues, el arzobispo de Santiago, hombre más funcionario que santo, solicitó y obtuvo la colaboración de todos los obispos y arzobispos, desde las ciudades francesas de Arles, Le Puy, Orleáns y Vecelay, donde nacía la Ruta Jacabea, hasta Lugo; pasando por Bilbao, Santander, Burgos, León y Oviedo. Así los 10.582 peregrinos que, según la estadística, por ser Año Santo pisaban el Camino cada día, aumentaron en un sin número de buscadores, entre los cuales, además de los peregrinos que también colaboraban, había curas, frailes, monjas, guardias civiles con perros rastreadores, y vecinos de todos los pueblos por donde pasaba el Camino. Cumpliendo la promesa hecha por el comandante de puesto, tampoco faltaron guardias civiles, a pie y acaballo, de todos los puestos de la comandancia, dedicado no sólo a la búsqueda, sino también a la vigilancia de cualquier infracción que se pudiera cometer.

Para no parecerse en absoluto a una horda, y sí más bien a un ejército en misión de reconocimiento, se organizaron por equipos especializados en diferentes misiones y encabezados por un jefe nombrado al efecto por el estado mayor, a cuyo mando estaba el obispo de Tuy. Además de los alimentos imprescindibles, todos iban provistos de los medios de identificación —fotos, mapas y otras señas características— y, puesto que, a pesar del atraso del país, la tecnología daba sus primeros y renqueantes pasos, no faltaba las brújulas, ni los detectores, la cámaras fotográficas, ni los radioteléfonos, incluso iba una furgoneta equipada con un aparato de radar de última generación.

Después de registrar Puente la Reina, sin obviar otros menos importantes, llegaron a Estella, Los Arcos, Viana, Logroño, Navarrete, Nájera, Santo Domingo de la Calzada *«donde cantó la gallina después de asada»*. Allí, cuando descansaban para yantar en el mesón llamado El Peregrino, llegó uno de los motorista que hacían de enlace, diciendo que, allí el día antes, alguien había visto a Pablo, subiéndose a un coche en medio de dos hombres que, casi lo arrastraban por los brazos y, por lo que se decía, lo llevaban a la cárcel de Burgos. Motivado por aquel chivatazo y por la leyenda del pueblo contada por dueño del restaurante donde había comido, en tono de realidad vigente, el equipo A, día y noche, revolvió Roma con Santiago, puso el pueblo patas arriba, con la protesta de algunos que no sabía de lo que iba la historia, por un lado, y por otro, como no creyentes todas las escenas del Camino las consideraba apócrifas, pamplinas de la iglesia. Patas arriba (nunca mejor dicho); mas sólo encontró en la catedral del Salvador al gallo y a la gallina protagonistas de una de las leyendas más controvertidas y hermosas de la Ruta Jacobea. Luego de encontrar a los protagonistas, de la fábula, unos pocos la aprendieron de memoria, y Jacinto, que tenía alma de juglar la cantó como el relato de un sueño para diversión de todos.

Al amanecer del día siguiente, dispuestos a soportar la lluvia que no había dejado de caer en toda la noche, con algunas protestas por lo bajo, los componentes del equipo A —era el grupo destinado a investigar en los pueblos cruzados por el Camino— continuaron hacia Jaca donde, según el bulo habían sido vistos los dos hermanos. Allí los buscaron día y noche, explorando todos los rincones, incluso los más secretos y prolíficos preguntando a todos vecinos, registrado todo los edificios público y privados —con el permiso—, y no habían encontrado ni huella, ni sombra de los gemelo, ni del uno ni de la otra. Para mejor continuar la ruta de la búsqueda, había estudiado y lo llevaba a mano, sobre todo los jefes de grupo, el croquis que del Camino figura en el *Códex Calixtinus* escrito por Aymeric Picaud y que fue publicado por Aguilar en el apartado de «Grandes Rutas».

Después de 40 días, exhaustos, silentes y decepcionados; pero sin perder la esperanza, utilizando uno copia del *Códex Calixtinus* escrito por *Aymeric Picaud* y que fue publicado por Aguilar en el apartado de «Grandes Rutas», tanto el equipo A como el equipo B, llegaron al Monte del Gozo con las manos vacías, desolados y el corazón abatido por no hallar a ninguno de los buscados. No encontrando a Pablo ni a Palmira la utopía se hizo realidad; en cambio, el arzobispo de Santiago consiguió sin conjeturas, lo que realmente quería en primer lugar, pues, aquel de 1.948 fue el Año Jacobeo que más peregrinos atrajo a Compostela; tantos en hipérbole que, por fin, el Camino de Santiago ya pudo competir con el Roma y el Tierra Santa. Y no sólo el Camino era dueño de aquel mérito, sino que la aldea de «as Campas» hasta entonces era ignora sus existencia por todo el mundo, había conseguido nombre perdurable y rango internacional como «da búsqueda»; de tal manera que, según la estadística oficial, después de Compostela, era el lugar más visitado de la Galicia céltica. En cuanto al fracaso de la parte esencial, sólo podía se podía lamentar y rezar por si Dios se acordaba de los desaparecidos.

Dado que el arzobispo de Santiago, por acción y deducción, había sido el artífice de aquel doble resultado, dispuso la celebración de aquel día fiesta de dos colores: negro, con una misa solemne en la iglesia parroquial de San Roque, en memoria de los desaparecido: verde, compuesto de banquete para los buscadores y verbena para todos en la plaza «da Chouxa». Ambos actos obtuvieron también mucho renombre y gran asistencia de público de todas clases y colores. En cuento a los gasto se saldaron subiendo los «diezmos» de aquel año de hambre.

Estaban todos aquella tarde en la cual, además de la música y el baileteo, el vino «riveriro» se desbordo semejante a un río sin cauce; «riveiro», alguna cerveza o copichuela de coñac para aquellos que iba de finos por descender de la nobleza. Sí estaba todos menos Narcisa y Manuel (todos los echaban de menos). Estaban y bebía como piratas, menos Raimundo y Rogelio que era abstemios empedernidos. Todos, encargo de arzobispo, capitaneado por don Secundino, el cura párroco en la plaza «da Chouxa. Cura que terminó siendo uno más, o sea, achispado como todos, por cuyo motivo, su planta de hombre apuesto de sacerdote que jamás se ponía la sotana, terminó siendo el mejor hazme reír de la fiesta. Así aquello que empezó como un duelo, por obra y gracia al alcohol termino en un contubernio pecaminoso. Sin embargo la publicidad (ya daba sus primero pasos), lo calificó y presentó de fiesta popular como no se había dado hasta entonces. Dicho de otro modo por los sarcásticos: en el desierto se había descubrieron una mina de alegría.

Cuando la fiesta estaba en su mayor apogeo, se hizo oír Dionisio, el «loco» de la aldea (en todos la pueblos y aldeas, alguien tenía que soportar ese título peripatético, o el de tonto). El calificativo de Dionisio se rumoreaba muy por lo bajo porque también se rumoreaba que era hijo natural del arzobispo de Santiago. Y se lo otorgaban, simplemente, por ser buen aficionado a escribir versos y a correr por las mañanas para hacer deporte, así como otras actividades que las llamas personas normales se atrevían a califica de raras y de exorbitantes. Tal vez por ser ciertos los rumores su origen, era creyente a pies juntillas; pero no sólo en la católica, sino de todas las monoteístas, de las cuales, para él único protagonista y la única verdad era Dios; todo lo demás eran leyendas y rollos de los hombres.

—Vecino, amigos: ¡lo que estáis haciendo es un insulto a la dignidad cristiana! Dios que todo lo ve y oye, está tomando nota del atentado que estáis cometiendo contra su santo poder. Sin no queréis ser castigados por Él, romped este camino que lleva a los infiernos...

Sus palabras fueron interrumpidas por el cura D. Secundino, con su voz su de santo conspicuo y revelador de lo ignoto, dijo: «queridos feligreses, según San Gervasio, no hay pecado ningún en combatir las penas que el Demonio nos procura así no prestar crédito a las palabras de Dionisio, porque ya sabéis que Dios lo trajo este mundo así..., y continuemos con la diversión». Aunque todos sabían que las palabras del sacerdote eran una más de sus triquiñuelas para llevarlos por el camino por donde a él convenía, una explosión de aplausos que le llenaron de orgullo porque creyó que eran todos para él. Sin embargo, en su mayoría iban dedicados a Narcisa y Manuel, madre y padre de los desaparecidos. Por fin, llega con ellos la ilusión de cuantos, principio los echaron de menos y reclamaron su presencia. Inesperadamente, se presentaron ambos vestidos de luto, con suspiros y lágrimas —ella—. La orquesta cambió la música por el silencio, y los bailadores, el pasodoble por la quietud. Como si todo estuviera previsto.

Manuel, para sorpresa de todos, incluso, de su propia esposa que nada le había dicho, empujado de un instinto por él en aquel momento desconocido, se subió al escenario, tranquilamente, semejante a un simio subiéndose a su árbol preferido, o aun actor avezado en tal maniobra. Lo músicos le dejaron libre el espacio del animador. Despés de acercarse al borde con pasos medidos, paseo la mirada por la muchedumbre silenciosamente exultante. Cuando las manos dejaron de sonar:

—¡Estimados vecinos y los que no lo son! —comenzó y prosiguió con voz de fuerte reproche—: esto no es justo estar enfrascados en es cachondeo, cuando nuestros hijos: mozo y moza nacido del mismo parto y los más guapos paridos en esta aldea, están por ahí, sabe Dios dónde, perdidos o quizás muer... —se le atragantó la última palabra.

Evidentemente, el jefe de los Aldao tenía sabia de artista para cualquier arte, que no de labrador, pues se movía por las tablas y hablaba por el micro, de reciente instalación, igual que un profesional de los escenarios.

Sus palabras fueron acogidas por un atronador aplauso mezclado con algún grito recordando que todo era cosa del arzobispo. Al volver el silencio:

—¡Muchas gracias! Pero, esto no es justo —continuó— ni se corresponde con la bondad que siempre demostraron los vecino de esta aldea, y aún se corresponde menos con los favores que la casa de los Aldao os hizo y hace en ente tiempo de poco pan —hizo una pausa como si tuviera que pensar las siguientes palabras—. Si continuáis con esta burrada, ¡qué Dios me oiga! Y que Él os perdono...

Y Dios le oyó. Pero no para perdonar, sino como para dar testimonio de su inaudito poder, de pronto empezó a llover torrencialmente. Así mismo, igual que si la tormenta y el sol se hubieran puesto de acuerdo para burlarse del de los humanos, montaron su propio espectáculo climatológico. Ambos funcionando al mismo tiempo y dirección, pues, mientras la nube que transportaba la lluvia venía del Oeste, el sol se marchaba hacia el mis cardinal. Dado que caminaba en sentido contrario, lógicamente, llegaron a chocar. Entonces el cielo se transformó en un inmenso y negro manto, cubriendo la tierra y la tarde en una especie de catarata dispuesta a producir el naufragio de «as Campás» como naufraga un pequeña barca de pesca. Así lo que prometía ser, sin motivos, un acto triunfante, se convirtió por obra de la meteorología, en un dispersión humana, volviendo cada vecino a su hogar con la preocupación por el daño que la tormenta podía causa en las cosechas, mientras la plaza de la Chouxa se convertía en una laguna.

Informado del gran éxito que, para el Camino de Santiago, había tenido la búsqueda (le importaba más el Camino que el encuentro de los desaparecidos) el obispo de Tuy, un hombre que por su avanzada edad y trayectoria de vida, en buena lógica, únicamente debería importarle el camino de la «otra vida», llamó a Manuel para proponerle se buscara también por el Camino de Portugal. En buena lid debería tratar el tema con su superior, el arzobispo de Santiago. Pero como la relación entre ambos no era la más idónea, ni siquiera la correspondiente al sistema eclesiástico, se arriesgó a llevarlo por su cuenta. Recibida la petición, echando mano de la porción de filosofía que la naturaleza le había regalado, pensó que todas las cosas, por negativas que sean, pueden generar una parte positiva. Y en aquel caso, la parte positiva era que su nivel social de labrador había subido tanto que hasta se permitía el lujo de tratar asuntos con obispos y arzobispos. Mitigado en buena parte su dolor por aquella idea, fue sin pérdida de tiempo, a comunicárselo a Narcisa.

—¡Madre mía, que maravilla! De la otra vez el sueño no se hizo realidad; pero si Dios quiere de ésta, la realidad puede ser como un sueño, marido. ¡Ay, Virgen de la Luz: alúmbranos los caminos para que encontremos a nuestros hijos —dijo ella desbordada por la ilusión.

—Mujer, tampoco te pongas así que la cosa no es para tanto. A lo mejor la búsqueda por ese Camino no se hace...

—No me digas. Pero, ¿por qué, hombre de Dios?

—Pues, porque yo me niego a hacer de monigote para beneficio de ellos, por muy arzobispos que sean. Y, eso, sabiendo lo que apañó el de Santiago, es lo que busca el Tuy. De todas maneras asistiré por saber de qué va el rollo.

—Pero, marido: te olvidas que, según parece, el de Portugal es el Camino que tomaron mis niños.

De pronto, la conversación se interrumpió por un alboroto de voces y cohetes en la calle. Voces entre las que destacaba una —la del líder— traba de confabular a las demás para que lucharan contra los grandes propietarios que explotaban a los jornaleros.

—¡Ay, Dios mío! ¿Eso qué es? Parece que volvemos al tiempo de la guerra. ¡Qué la Virgen de la Luz nos libre! ¿Qué será? —repitió Narcisa, asustada.

Después de meditar un minuto y volviendo a tomar asiento, tranquilamente:

—Serán los herederos de los irmandiños que vienen con otra revuelta —aventuró el hombre recordando aquella historia que había leído en la enciclopedia, cuando iba a clases nocturnas, siendo ya mayor.

—Ufff, ¿qué tontería es esa de los irmandiños, marido? —preguntó la mujer en tono burlón, añadiendo—: es la primera vez que la oigo. Claro que esas burradas, que sí irmandiños o irmandiñas, sólo las puedes decir tú.

Evidentemente entre aquellos dos seres había un tremendo choque de culturas. Sin embargo, imbuidos ambos de las doctrinas religiosas y otras liturgias menos cristinas, el matrimonio llevaba caminando 25 años por la senda de la concordia. Por la cabeza del hombre pasó la idea de contestar; mas pensado que no serviría más que para aumentar las divergencias, supo callarse, centrando su atención en el acontecer de fuera, donde, de repente, se oyeron dos explosiones. Lo primero que se le ocurrió pensar a Manuel y a Narcisa es que se traba de otros dos cohetes; en cambio, pensándolo mejor el hombre pudo asociar con el sonido de los disparos que tantas veces había soportado durante la guerra y antes, cuando había servido en ejército.

—¡Uy, no son «foguetes»! Son tiros, coño, de mosquetón: los recuerdo bien. Seguro que han matado a alguien, como de costumbre.

Despúes de lo disparos, se oyeron las carreras de la dispersión salpicada con algún grito de dolor, y todo volvió al estado normal de la muerte.

—¡Ay, Dios no lo quiera! —exclamó la mujer saliendo a la ventana—. Por aquí sólo se ve un coche de la guardia civil y, a eso ya estamos acostumbrados —terminó recordando cuando vinieron a detener a sus hijos.

—Pues, claro, por desgracia. Así que, olvidemos y vamos a lo nuestro que también tiene tela. Decían que habían tomado el camino de Portugal, ¿no?

Narcisa hizo un momento de memoria.

—Pues creo que sí, y por Dios, que según dijiste tú, no es el mejor camino porque es una dictadura como la de España, o no sé qué —dijo la esposa volviendo a sus quehaceres en el fregadero.

Manuel que, tal vez por genética era proclive a corregir y aclarar, contestó.

—Eso es, mujer. Pero no lo has oído de mí, hostia, sino de tu hermano Feliciano, el sábelo todo. Sí es una dictadura, aunque no igual que la
española. Es por eso, porque con el miedo nadie te dice esta boca es mía,
yo no encontré a nuestros hijos. Y por eso, no pienso volver a buscarlos,
aunque lo diga el obispo.

—¿Cómo qué no? Tienes que ir, cariño...

La última palabra sorprendió profundamente al hombre, pues, las
dulces expresiones hacía muchos años que desparecido de su vocabula-
rio de Narcisa. Sin embargo, degustándola en todo su sabor, el hombre
permanece exultante, hasta percatarse que, la mujer la ha pronunciado
para llevar a donde ella quiere. Entonces contestó:

—Como sabes de cuando éramos más mozos, me encantan las palabras bonitas, de esta vez, ni con esas.

—¡Dios! Pero, ¿por qué, marido? —preguntó en tono implorante,
interrumpiendo su trabajo para mirarlo.

—Por todo lo que ya te he dicho, por qué todo lo hecho para encontrar a nuestros hijos fue un fracaso, coño, y por qué, de esta vez no se
trata de un sueño tuyo.

Sin saber por qué, lo del «sueño tuyo», deja a Narcisa, tan proclive
elle a luchar por lo que desea, en estado de evasión inaudito.

—Bueno, por lo menos, irás a la entrevista, ¿no?

—Desde luego: la consideración y la cortesía con las alta persona-
lidades, debe tenerse siempre. Iré con mucho gusto —asegura Manuel
pensando más en los beneficios que le puede reportar, que en las per-
sonalidades, a los cuales, sean del grado y del sistema que sean, el fondo
las detesta.

—¡Da… vuestra Excelencia su permiso —pidió en tono pudibundo,
asomando la cabeza por el quicio de la puerta

—Adelante. Pase, pase, Manuel —concedió el obispo con voz amistosa, abriendo la puerta de su despacho en el reinaba la austeridad, añadiendo—: tiene usted la suerte de llevar el mismo nombre que padre
nuestro salvador. Grandioso nombre.

«Ojuuu: la misma tontería que el arzobispo de Santiago», pensó el
recién llegado, casi, en posición militar en centro de la estancia.

—Puede usted asiento tomar asiento —ofreció el de la sotana, después de sentarse él, señalando la silla, al otro lado de la mesa.

—Muchas gracias excelencia —agradeció—: pero prefiero estar de pie

—Abandone lo de excelencia, y llámeme señor, o por mi nombre pila, que es Sebastián —autorizó en tono de favor.

El obispo era un hombre todavía joven y a apuesto si no fuese por la sotana que no se despojaba de ella, ni para dormir. Tras los saludos de rigor, fue al grano, diciendo:

—Bueno, como ya hicieron el Camino de Santiago y otras actividades sin hallar a sus queridos hijos, ahora haremos el Camino de Portugal que por el cual se marcharon ellos. Y seguro que, buscando y rezando a Dios, los encontraremos.

—¿Rezar a cuál Dios, señor obispo? Porque, por lo que dicen en la tele, algunos sabios, dioses siempre hubo y hay muchos, que es una leyenda o algo que pertenece a la metafísica. Mire, yo por haber sido marinero cuando era joven, estuve en la India, y allí he visto que los hay a montones —dijo Manuel con la misma naturalidad que si lo dijese en el bar de la aldea de «as Campás».

El obispo de Tuy se quedó petrificado, sin palabras para contestar a su esperado interlocutor. Aquella realidad, por un lado, le hizo pasar del sobresalto a la rabia consigo mismo por no hallar la respuesta adecuada, ni recordar el significado naturaleza de la metafísica (había sido un estudiante de memoria tan rápida como inconstante), y por otro, a la reflexión sobre el enfrascamiento entre el saber y la ignorancia, incluso, entre el ser y no ser. Pasados unos momentos sin hallar ninguna conclusión ni respuesta adecuada, después de dispararle una mirada de condena (pese a su juventud y fama de bendito, el obispo de Tuy era un ser bastante adusto e intolerante).

—Manuel, mire, no haga usted caso a los que se dice en la televisión: son pamplinas comerciales para engañar a los ciudadanos, a la muchedumbre, y mire como dijo no recuerdo que filósofo, el hombre en muchedumbre no piensa.

Empujado por sus habituales impulsos, el aludido quiso decir que eso era lo que había hecho siempre las religiones, que Dios, aunque fuese único tampoco era perfecto, que tenía sus fallos como todo bicho viviente; pero, recordando a quien tenía en frente, se contuvo, cambiándolo por un:

—Bueno, pues, usted dirá...

—Pero, hombre de Dios: ya se lo he dicho, si bien, tendremos que tratar los detalles de la operación que ha de ser lo más amplia posible.

—No me diga, pues, la verdad es que no lo recuerdo —mintió—. Como hemos hablado tanto, se me pasó. Usted me perdone, ya se sabe: con los años se va perdiendo la memoria.

El obispo experimentó la vaga sensación que su interlocutor estaba un tanto de guasa, así como si estuviese con un vecino suyo en el bar de la aldea. Anta tal insólita posibilidad, Sebastián se exalto como si un proletario ofendiese su dignidad de obispo. Sin embargo, siendo el asunto de mucho interés para él, lo resolvió como era su costumbre, con un suspiro hondo seguido de una evocación a Cristo, tan fuerte que resonó en todo la estancia.

—Está usted perdonado, Manuel —y después de un breve y tenso silencio—. Pues, le decía Como ya hicieron el Camino de Santiago y no hallaron a sus queridos hijos, ahora haremos el de Portugal donde, si Dios quiere y querrá, lo encontraremos.

—Lo siento, excelencia. Pero de eso nada...

—Oiga, ¿qué quiere de decir? —interpeló Sebastián conteniendo el impulso.

Aumentan las precauciones —muchas ya las traía previstas— las dificultadas has el punto que el encuentro se podía convertir en desencuentro, para evitar desplantes, Manuel rectó el tratamiento y otras dignidades correspondientes a su interlocutor.

—Quiero y digo, excelencia, que no se hará ningún otro camino; al menos con nuestro permiso y participación.

Hay otro silencio largo, oscuro y lleno de preguntas. Tan largo que el de «as Campana» se movió hacia la puerta con la intención de marchar.

—Por favor, espere —pide el obispo en tono entre humilde y desafiante, continuando—:

Escúcheme: bien sé que están ustedes cansados, exhaustos de tanto buscar sin resultado positivo. Sin embargo si usted recuerda a los primeros cristianos que caminaron 40 años para encontrar la Tierra Prometida, y, por fin la encontraron, ustedes seguirán buscando y, como ellos hallaron la tierra ustedes encontraran a sus hijos, porque Dios siempre quiere que se encuentre aquello que se busca... —y termina como harto de hablar para sordos.

Manuel dio media vuelta y dos pasos hacia la mesa tras la cual el obispo también se puso de pié.

—Mire, excelencia, la historia de esos cristianos debe ser muy linda; pero yo no la recuerdo porque no la sé, nunca me la enseñaron. Aunque la supiera y recordara, no haríamos el Camino de Portugal, porque desde aquel entonces pasó tanto tiempo y tan mal que ni Dios cumple lo prometido.

Descubriendo para su sorpresa, que se las estaba viendo con un hombre cuya inteligencia biológica y sabiduría —a su manera—, el obispo renuncio en su empeño de recorrer el Camino de Portugal. Lugo de su habitual suspiro con un:

—Que… Dios le acompañe y…, Manuel —masculló.

El nombrado contestó con la acostumbrada reverencia.

La búsqueda colectiva había terminado; pero no así la individual llevada a cabo sin descanso por Amelia y Eduardo. Descartada la probabilidad de encontrarse cerca, estaba dispuesto a recorrer el mundo y, de no encontrarlo en él, buscarlo en el cielo y bajo tierra.

IV

Después de viajar un buen trecho disfrutando de los verdes y vastos paisajes ofrecidos por el río Mondego un día de sol, entraron en Coimbra. Dejando atrás la deteriorada muralla defensiva, se dirigen por disposición de Eduardo, ex profeso a la parte alta de la ciudad donde se ubica y conserva la parte de la Edad medieval —él era muy aficionado a dicha clase de urbanismo.

—Oye, a ver, ¿venimos de turistas o a buscar a Pablo? —preguntó la mujer en tono de protesta al ver que su compañero prestaba más atención a la ciudad que a cualquier otras cosa.

—Mira, chica guapa, ¿por qué no un poco de todo? Además una cosa no quita la otra, incluso, ambas cosas se pueden complementar. Mientras se investiga, se puedan aprender cosas muy interesantes, como en esta antigüedad que ves, empezaron los primeros reyes de Portugal —aduce, deteniendo el auto frente a la universidad.

Tras proferir un carraspeo semejante al rebuzno de asno adolescente y maltratado, señalando el edificio con una mirada y gesto de su mano derecha:

—Claro, hombre, y, según nos dijo la profe, esta es la universidad más importante de Europa. ¿Lo recuerdas?

—Pues ya se me esfumó. Ya sabes cómo es la memoria de este gilipollas: como el viento... Puro que guapa y lista es mi chica —contestó tomándola del cuello e intentando besarla; más no lo consiguió porque ella apartó la cabeza.

—Oye, oye, no te pases: eso no entra en lo que hemos acordado, eh. Ah, y eso ser de tu chica, nada de nada...

—Vale, Vale. No te enfades. Ahora, si quieres vamos al hotel a descansar.

—Por mí encantada; descansar que buena falta me hace después de la paliza de no parara ni a tomar un café. ¿Se puede saber por qué tenías tanta prisa por llegar aquí?

—Verás, porque según los bulos oficiales, o sea, mis pesquisas, tu querido hermano durmió aquí está noche. Pero se marchó al amanecer —dijo Eduardo con voz desencantada.

—Bueno, y ¿tú cómo sabes eso? Ah, sí, porque eres espía.

Sin dar crédito a las palabras de la joven:

—Por eso, la pensión de aquí no te hace falta que la tomes como tu casa, como la de Aveiro, porque nos largamos mañana a primera hora.

A pocas yardas de distancia, en la dirección un letrero imitando en forma y colores a la bandera del país, anunciaba en letra cursiva de color negro: *HOTEL LA BIENVENIDA,* y más abajo flameaba una estrella de color amarillo. Dejando el coche donde estaba, cruzaron la calle sin tener en cuenta el paso de peatones existente a pocos metros. Cuando estaban en el centro de la calzada, un turismo que circulaba a exceso de velocidad, hubo de dar un brusco frenazo para no atropella a Palmira; no así a su acompañante que, intuyendo el peligro, tuvo tiempo para dar un salto y librarse de él. Frenazo que evito la muerte; pero no así el golpe que la derribo sobre el asfalto. Al caerse la falda de vestido estrenado aquel día, se levantó y en lugar de lucir el vestido, lucía sus bien torneados muslos, hasta la braga de color rojo. Lucía, bien dicho porque fueron más las miradas masculinas fijadas en aquella especia de exhibición cinematográfica, que el interés por lo que le había pasado. «Cosas de portugueses», pensó Eduardo mientras se daba la vuelta decidido a intervenir, sobre todo contra el conductor. En cambio, lo primero que hizo fue tomar a la joven en sus fuertes brazos, al tiempo que para tranquilizarla —o como pretexto—, con sus labios ahora sí— recorría la frente, las mejillas y el cuello femeninos. Cuando la abrazada consiguió volver en sí y se comprobó que había resultado ilesa, con todas armas cargadas, se dirigió al conductor que estaba arrimado al vehículo, como esperando, tranquilamente, el devenir de las consecuencias.

—¡Es usted un imprudente, una bestia! Qué coño se cree, que es *Guiseppe Farina* en un circuito de competición, o qué cojones.

—¿Qué hostias dices, hombre cuando la culpa es vuestra por no cruzar por el paso de peatones. Y encima echando la culpa a los demás

—replicó el conductor en español normal, con lo cual los malos pensamiento de Eduardo sobre los portugueses, se volvieron contra él, de algún modo.

—El culpable eres tú —contestó Eduardo con voz amenazante y abandonando el tratamiento, prosiguió— por circular a exceso de velocidad, como loco, y no sólo eso, también rebasando la línea continua. ¡Eres un hijo de puta!

El conductor, ni corto ni perezoso, de un salto salvó la distancia que los separaba y le propinó tal puñetazo que, si no fuera por el coche en cual se apoyo, Eduardo daría con sus huesos el suelo.

—¡Toma: esto para que te enteres que mi madre no es una puta! —gritó el conductor dispuesto a repetir el golpe.

La gente, siempre con voluta de papanatismo, en Portugal y en todos los sitio (el espectáculo no era para menos) se iba deteniendo hasta formar un grupo de espectadores.

Antes de que el agresor repitiese el golpe, Eduardo, metiendo su mano derecha debajo de la chaqueta americana, del sobaco sacó una pistola y, apuntando con pulso firme bramó:

—Tu madre no será puta, pero tú eres un hijo puta; por eso ¡te voy a matar, cambrón!

Dando gritos, muchos de los espectadores salieron de estampida. La misma Palmira, anonadad, no sabía qué hacer. Como si con ello quisiera pedir disculpas y pretendiera evitar la muerte inevitable según las intenciones de su enemigo, el conductor levanto las manos al cielo en el preciso momento que se oyeron los estridentes sonidos de sirenas, seguidos inmediatamente por la llegada de 2 coches de policía, de los cuales se bajaron 4 agentes que tomaron cartas en el asunto. Pensando que con la presencia de los agentes las aguas volverías a su cauce, el conductor bajó las manos, aunque Eduardo continuaba apuntándolo. Al observar los guardias que, a pesar de su presencia, seguía con la pistola en ristre, a una señal del que mandaba, dos de ellos sacaron las suyas y, acercándosele, le encañonaron, una por cada costado, mientras los otros dos vigilaban al conductor que, por su palidez y extraños gestos, daba muestras de temor y de arrepentimiento.

—¡Guarde el arma! —ordenaron a unísono.

—Es que ese cabrón me pegado un puñetazo —protestó como si obstinara en acabar con la vida de su enemigo o al menos, encañonándolo se resarciera del golpe recibido.

—¡Qué baje usted la pistola! —repitió el más fuerte en tono que no admitía negativa, clavando la suya en la frente de Eduardo, añadiendo—: venga, identifíquese.

Por fin, Eduardo guardo el arma y de la billetera sacó dos tarjetas. Después de revisarlas detenidamente se la pasaron al que mandaba (ya había identificado al otro) quien tras leerlas y releerlas, ordenó:

—¡Dejadlos! Aquí no ha pasado nada.

El primero en tomar las de Villa Diego, fue el conductor. Mas antes que desapareciera con su coche:

—Oye, espera un momento —le pidió el conductor acercando a zancas.

—¿Qué quieres?

—Esto como pago de la deuda que tenía contigo, cabrón de mierda —y con su mano izquierda —era zurdo— bien apretada le propino un puñetazo en la nuca que lo derribó en el suelo.

El agredido dando muestras de faltarle fuerzas para repeler la agresión, se permaneció un rato en el suelo. Su agresor, luego de lanzarle una mira de «te mataré otro día», se puso al volante de su auto y desapareció con una carcajada y la misma velocidad con que había llegado, mientras Eduardo se incorporaba con movimiento de pirata derrotado.

Después de recuperarse del desmayo producido por el atropello, Palmira vivía todo aquello como si estuviera presenciando un espejismo en el desierto o una película de terror, pues, en verdad, todo lo veía cual un producto figurado de su imaginación. Cuando, al fin, entró en la realidad, creyó que todo había sido el contenido de un sueño que ella solía tener algunas noches. Eduardo quiso abrazarla de nuevo; pero ella lo esquivó como signo de nunca más.

—Mujer, a ver, ¿por qué me rechazas y antes no? —quiso saber él, iniciando la marcha.

—Porque ya quedó claro que lo que nos une exclusivamente es la búsqueda de mi hermano, nada. Además no aguanto a los hombres violentos, y menos si llevan armas de matar.

—Vaya, encima que lo hice por ti. Yo no soy violento, que los sepas...

—No, eh. ¿Y la pistola, es una broma? Bueno, será por ser espía —dijo la joven con voz exigua.

—¿La pistola? Verás: es un *hobby* mío. Ah, ya te dije que de espía nada; eso es un bulo sin sentido ni razón. Verás —continuó Eduardo—, yo soy agente de comercio, concretamente de Corte Fiel y otras casas, y como tal viajo por toda España, por todas las capitales y pueblos. Por eso tengo relaciones con mucha gente, incluso, con la policía. Y por eso estoy aquí y porque creo que puedo ayudarte a encontrar a Pablo, que también fue mi amigo en la escuela. Puedo y quiero hacerlo, claro. Y, por favor no me vengas más con ese rollo —advirtió el hombre con voz de mando. Sin embargo, la joven volvió a tocar el tema muchas otras veces.

Como Palmira no conocía el significa de la palabra *hobby* y, por causa de situación tensa, no se atrevía a preguntarlo, se impuso un silencio frío y propicio para reflexión. Sin embargo ninguno de los dos reflexionó nada; ambos se perdieron en uno de esos espacios de sombras que todo lo ocultan y, precisamente, ocultar es lo que le conviene a Eduardo en aquella situación. De pronto:

—Mira: otro hotel —avisó el joven señalando, en el segundo piso, un letrero con los colores de la bandera brasileña, que anunciaba HOTEL PARADA, y debajo 2 estrellas relucientes, añadiendo—: ya podemos alojarnos aquí.

—Pues, que bien. Sí: en éste nos quedamos —asintió ella.

—Después de coger habitación, yo me dedicaré a investigar esta tarde y parte de la noche. A ver si hay suerte y encuentro alguna pista que nos sirva para Lisboa que es donde, seguro estará Pablo...

Un largo, ruidoso y profundo suspiro de la joven interceptó las palabras del hombre:

—Aquí habrá estado —continuó— pero ya se lo habrán llevado a otro mundo, como pasó en Aveiro.

De Coimbra a Lisboa de un tirón. Lisboa, ciudad convertida en centro de operaciones, y desde donde empezarían a trabajar juntos y, desde la cual, por conveniencia de la investigación, la joven no volvería a comunicar su paradero a sus padres. Llegaron a su destino cuando el sol habría recorrido un tercio de su camino y algún reloj público tocaba 11 campanadas. Arribaron cuando la tempestad de lluvia y viento huracanado, que había sido una contingencia desde que había salido de Coimbra, alcanzaba su máximo esplendor y destrucción, obligando a buscar refugio a todas las personas que andaban por la calle o trabajaban a la intemperie. Aunque Eduardo era aficionado a caminar bajo la lluvia, tanto que muchas veces esperaba ex profeso para salir en el momento de caer, olvidándose de su gusto y pensando en su compañera, cuando el agua anegaba parte de sus ropas:

—Esto es demasiado: debemos de buscar un refugio —dijo Eduardo.

—Tomemos un taxi...

Así como se nombró, se presentó el taxi libre. Al verlos en aquellas condiciones, se detuvo con leve patinazo de neumáticos.

—Entren que el tiempo no es para estar fuera —invitó el taxista a en tono guasón, abriendo la portezuela —. ¿Adónde quieren que les lleve?

—A donde no nos mojemos más —respondió ella siguiendo algo la broma—. Y nos está bien empleado por dejar el coche en el estacionamiento.

—Al primer hotel que encuentre —intervino Eduardo.

Después de recorrer 2 kilómetros por calles estrechas, formando una especie de laberinto, salieron a una plaza. Sin pararse detenerse del todo:

—¿Le sirve ese? —preguntó el conductor.

—Perfecto: el que buscamos —mintió el joven sin ver más que las 4 estrellas pegadas en el cristal-escaparate.

En recepción fueron atendidos por una chica que destacaba por su hermosura artificial y por ir vestida como para intervenir en una película que, del género y de los años 70 se producían en la meca del cine, o sea, en Hollywood. Sin duda acuciados por la necesidad de ponerse a cubierto y cambiar de vestimenta, después de los saludos de rigor:

—Necesitamos una habitación —le hizo saber la recién llegada con voz en la cual reflejaba la premura.

La recepcionista le contesto en inglés.

—Oiga, que somos españoles y, por lo tanto, hablamos castellano —intervino Eduardo en todo de queja.

—Ay, perdón, como todos los turistas que llegan aquí, se expresan en inglés… Le decía que no nos quedan habitaciones —repitió la chica en perfecto español.

«Con el poderío de los cabrones Estado Unidos, hasta vamos a cambiarla el bonito castellano, y no te digo con el galego, por chapurrear el maldito ingles», pensó el joven antes de lamentar, aludiendo más a la su compañera que la del mostrador.

—Lo que nos faltaba. Joder, ¿y dónde vamos a ir con la que está con la que está cayendo?

Después de dirigirles una mirada compasiva:

—Esperen un momento, por favor —pidió la recepcionista desapareciendo y dejándolos acompañados de la esperanza. Al poco rato regresó diciendo:

—Han tenido ustedes suerte...

—¿Por qué? —quiso saber Amelia, sin poder contenerse.

—Pues, porque una pareja que llegó esta mañana, tiene que dejar la suite número 15, no sé por qué problemas. Lo que pasa es que tendrán que esperar algo de tiempo: sólo en necesario para que desalojen y para el trámite.

—¡Por Dios! Esperamos lo que sea —asintió la de «as Campás»—. Muchas gracias. Es usted muy amable.

—Mientras pueden tomar asiento, ahí —ofreció la recepcionista señalando los confortables sofás de la estancia, con un gesto de su mano derecha, que recordaba el movimiento de una danza de *Isidora Ducan*.

Transcurrida menos de una hora, pasaron a ocupar la habitación asignada; la cual, por su, casi lujosa y romántica decoración bien podía ser concebida para alojar a parejas de clase noble la noche de su boda. Tal vez impresionado por aquella brillante y sugerente estancia:

—Te das cuenta que maravilla nos ha reservado el destino para esta noche —dijo Eduardo abrazando y acercando su boca a los prominentes labio de la joven; caricia que, para sorpresa de su promotor, ella no rechazo, más bien al contrario, correspondió acompañando el beso con una leve vibración de su cuerpo.

—Sí, es... preciosa; pero... el precio va a estar por... las nubes —masculló, intentando evitar el crecimiento del río del amor.

—Y que importe el dinero cuando el árbol de la felicidad florece sin parar, a pesar del otoño —recitó Eduardo, ahogando la respuesta femenina con otro beso...

Evidentemente Eduardo era poseedor de una elocuencia próxima a la desmesura, especialmente, en cuanto a temas tan escabrosos como el sexual. Pero aquella capacidad no estaba construida únicamente de palabras, no: su ser estaba lleno de un sabor mágico que lo hacía irresistible, mientras su estar se adornaba con aquella fresca simpatía heredada de su padre y consolidada a base de ponerla en práctica, sobre todo con las mujeres. Por todo ello, siempre lleva las de ganar cuando las divergencias se presentaban. En los momentos conflictivos como aquel, incluso, ponía en práctica otras herramientas más sutiles, convincentes y satisfactorias como era la «bofetada—caricia» en las nalgas femeninas (toqueteo que a ella le fascinaba, sobre todo si venían de la mano de él). Satisfacción que se multiplicaba por X en un culo cuyo respingo de nacimiento como el de Amelia, aumenta semejante a las curvas de una carretera de montaña, con la falda ceñida y de tubo que vestía. Sin embargo y a pesar del feliz principio, en aquella ocasión también fracasó porque ella, en lugar seguir la senda de clímax en la cama, desatándose de los brazos masculinos, dirigiéndose a la puerta:

—Me... voy a la cafetería a... tomar algo.

—Me voy contigo: me apetece un wisky.

—No: prefiero ir solo. Luego ya veremos...

Negativamente impresionado por la disposición de la mujer: «madre mía, lo que ha cambiado esta chica, y parecía tonta», se dijo Eduardo y continuó pensando en que el tiempo lo arreglaba todo, que la victoria es de los que no se rinden y que, por lo tanto, él conseguiría de ella lo que tanto deseaba con todas sus fuerzas. Deseo —locura— que era hacer el amor —si aquello se le podía llamar amor— como había visto y disfrutado en aquella película, cuando, como tanto otros, exclusivamente, con aquel objetivo había ido Francia (después, por motivos de trabajo, iría mucha veces). El deseo era tan brutalmente fuerte que, a veces le producía cleptomanía sexual. Tanto que ante la imposibilidad de llevarlo cabo, entraba en la necesidad de hacer algo para él sumamente detestable: masturbarse e ir de putas. Luego de hacerlo se sentía impotente y asqueado.

Como si hubiese pasado por un centro de transformación de almas, cuando volvió Palmira había experimentado un cambio tan inaudito que la convertía en otra mujer. En su lindo rostro se dibujaba toda la química de la seducción y una sonrisa tan expresiva que no era necesario preguntarle nada, pues en ella se podía leer cuanto deseaba. Nada más que entrar, se dirigió a Eduardo y abrazándolo lo fue empujando hacia la cama.

—Tienes tú rezón, cariño... —masculló exultante.

El aludido que no era, precisamente, un experto en descifrar los mensajes corporales, pese a su crónica elocuencia, sólo fue capaz de preguntar después de pensar: «¿y ésta que habrá tomado para que venga así?»

—Tengo razón ¿de qué? —preguntó anonadado.

—¿De qué va a ser, hombre? De que no sólo me puedes ayudar a buscar a Pablo, sino también a enseñarme a ser mujer —dijo mientras se dejaba caer en la cama.

Descubriendo, por fin, lo que la mujer pretendía, ya estaba convencido que no era la misma de cuando salió de la aldea de «as Campás», pues sospechaba que estaba dispuesta a liquidad su virginidad (le había jurado que la conservaría igual que cuando naciera hasta casarse, como símbolo de integridad femenina). En ese convencimiento, con la participación y entrega de ella, comienza el preludio la liturgia sexual: besos, desnudez, recurrido por los rincones ocultos de los cuerpos ardientes, suspiros y palabras que sólo expresaba el frenesí y evocaba el placer que les trasladaba a otra dimensión. Cuando, después de transcurrido un tiempo incalculable, las llamas se convierten en brasero para que los cuerpos no perdiera del todo la energía de volver a empezar y ser felices subiéndose al árbol del amor, aunque el sol ya sus primero pasos entre nubes y claros.

—¡Esto hay que celebrarlo, coño! —dijo Eduardo levantando de la cama y, yendo al frigorífico existente igual que en todas habitación de un hotel de 4 estrellas, sacó una botella de champán y, a falta de copas, ambos bebieron a morro, entre risas, caricias y algunos aspavientos demostrativo de lo que el licor era capaz hacer.

—Edu...

—No me llames por Edu, joder —protesto el llamado, acercándose a ella en actitud amenazante.

—Huyyy, pero, ¿por qué?

—¡Joder! Porque ya hacer muchos años que deje de ser niño como tú de ser niña. O ¿qué pasa, que no te has enterado con el tute que nos hemos dado? Y eso que aún no estoy bien enamorado —mintió en tono de broma el joven tocándose la bragueta—. Y hay que ver como...

Sí, Eduardo mintió porque aquellas señales de amor puestas de manifestado en el recreo de la escuela, con la proximidad y la relación directa, habían ido creciendo y consolidándose hasta convertirse en un gran amor, amor que dadas las especiales circunstancias no podía declarar; al contrario debía esconderlo en el rincón más apartado de su corazón; esperando el momento oportuno, no sólo para manifestarlo, sino también para practicarlo cuerpo a cuerpo. Deseaba a Palmira con todas sus fuerzas: hasta producir cierta paranoia sexual. Sin embargo, ella, tal vez porque todo su ser volaba en el aparato de la búsqueda del ser amado, le crecía un sentimiento puramente familiar, hasta el punto de que, a veces lo confundía con Pablo.

—Vale, Eduardo. Te quiero decir que esta noche tuve un sueño maravilloso —anunció la joven elevando las manos al cielo.

—Ya... Y más... más... Maravilloso podría ser si me hicieras caso, si no fueses tan así...Si me hicieses caso, pero tú...

El interrumpido le lanzó una mira semejante a un disparo a muerte. Pero ella, sin que nadie le preguntase, continuó con una descripción de lo soñado; lo cual era una demostración repetida de que el hombre posee a la mujer a través del sexo, un concepto absurdo del sentido de la propiedad masculina. Sin embargo es todo lo contrario, ya que, antes de hacerlo no se le ocurría a la mujer aquella metedura de pata.

—¿Cómo? ¿Qué dices si no te los he contado todavía? —y luego de meditar un rato—: Ah, ya... tonta de mí: ya sé lo que tú quieres. Pero, mira, a parte de la ayuda que me estás prestando y que te agradezco muchos, tú para mí, ni fu ni fa. Si crees que te la voy a compensar con eso, estás chiflado. ¡Jamás!

—Oye, y tienes la poca vergüenza de asegurar eso después de esta orgía, de estar media noche dale que te pego a la música sexual.

Sin responder ni dar aprecio a los reproches de su interlocutor:

—Escucha y no te lo pierda, eh: mi sueño tiene un contenido mejor que esa mierda en la que tú piensas como todos los hombres. No eres una excepción, desde luego.

—A ver, cuenta, cuenta: soy todo oídos —prometió Eduardo, sentándose en la cama.

—Verás, soñé que hoy encontraríamos a Pablo en la iglesia de... —y abandonó las palabras para dirigirse al balcón.

«Es el champán, claro; el cabrón hace milagros», pensó Eduardo antes de aclarar.

—Querrás decir la catedral de Santa María la Maior. No te habrás... olvidado de que estamos en Lisboa, nuestro centro de operaciones, supongo.

Las palabras del hombre tampoco tuvieron eco, porque desde donde estaba, Amelia podía ver una formación de caballos montados por guardias. Caballos que, al trote y haciendo piruetas entre y detrás de los manifestantes, le dejaron sin palabras, recordando a «Trotona» y a «Corredor», la yegua y el potro que pastaban y trabajaban en las brañas de la casa de «as Campás». Como para terminar el espectáculo brutal con la máxima apoteosis, un par de helicópteros irrumpieron atronando el espacio y dibujando acrobacias en el aire de la tarde; maquinas que no sólo disolvieron a los manifestantes como almas que lleva el diablo, sino que espantaron a los pájaros que se divertían piando en el parque cercano.

—Te equivocas: no es la catedral de Lisboa, sino una iglesia especial de mucho más lejos, tal vez del otro lado del mundo —aclaró la joven abandonando el balcón y yendo hacia la cama.

Creyendo que aquel con el regreso a su lado, joven quería insinuar su deseo a repetir aquello a lo cual eran proclives una buen número de las mujeres y, que por otra parte, podía contribuir a que el sexo se convirtieran en amor perdurable, Eduardo la tomó por el cuello con su brazo derecho e intento tomar de nuevo, con igual frenesí, sus ya despintados labios. Pero ella, con gesto algo brusco y su habitual suspiro, los y lo rechazó, repitiendo:

—Mira, a parte de la ayuda que me estás prestando y que te agradezco muchos, tú para mí, ni fu ni fa. Se crees que te la voy a compensar con eso, estás chiflado. ¡Jamás!

Invadido por un sentimiento de decepción y fracaso, para contenerse, el joven, consciente de que, en verdad, ella necesitaba más su ayuda que su sexo, tuvo echa mano del altruismo característico en él, aunque no sabía bien su significado —palabra creada por *Auguste comte*— para contenerse y olvidar aquello que tanto le había repetido su madre al llegar a la adolescencia: «niño ten mucho cuidado que las mujeres son muy egoístas».

«Seguro que fue el sexo el que la cambió, y a mí también», se dijo y la historia continuó.

A medida que transcurría el tiempo y, ni Pablo ni Amelia no regresaba a su casa, el ambiente en la casa de los Aldao, se iba convirtiendo en un vivir después de una catástrofe y la vida en un acto funerario. La madre evocaba a sus hijos y lloraba día y noche, sin pausa ni para dormir: llanto de gritos y una suerte de palabras que llenaban de amargura lo recuerdo más dulces y prolíficos.

—Bueno días, mujer. ¿Qué pasa, que la noche no se hizo para dormir? —quiso saber Manuel?

—¿Cómo quieres que duerma, marido? Olvidas que sólo Dios sabe dónde están perdidos nuestros querido hijo, o qué.

—Claro y como lo sabe; pero por mucho que le pregunto no lo va a decir. Joder, por Dios que yo tampoco los olvido («hostia, con tanto Dios», se dijo). Pero tú tienes que dormir y comer, mujer porque sin eso no se puede vivir, es vital.

—¿Vital? Con eso, ¿quieres decir? —preguntó echando, con un movimiento de cabeza, para la espalda un mechón que le caía sobre el ojo derecho.

—Nada, mujer: solamente que es necesario para vivir.

—¡Ah! Pero, si los quieres de verdad, tú lo que tienes que hacer es ir a buscarlos, rezando a Dios nuestro Señor para que te deje a toparlo. Sí, encontrarlo porque en algún sitio deben de estar, ¿no?

—Te olvidas que yo fui hasta Portugal y no lo encontré. A lo mejor fue porque no recé a Dios —contestó él en tono de chanza, añadiendo—: Ahora es a ti a quien le toca buscarlos.

—¿Ir yo? Madre mía la que iba armar con eso las cotillas de la aldea; sobre todo por yo solo por esos camino de Dios—: si no vas, Dios puede que te castigue.

«Y dale con Dios».

—A mí las cotillas me traen sin cuidado. Ya que tú lo has nombrado, lo que sí me importa de veras es el ganado; no solamente por la vacas de leche y los bueyes que tiran del carro y del arado, sino también por los becerros encarcelados en el aprisco...

—Tú lo has dicho, marido: no quieres a tus hijos como Dios manda.

—Amen. Joder, mujer siempre me andas con reproches, aun sabiendo que los quiero, los echo de menos y los busco —se defendió Manuel saltando de catre—. Sí, los busqué cosa que tú no haces.

—Pues debería volver, ahora mismo.

—¿Qué quieres encharcarte otra vez con la lluvia? ¿No la ves? por allí viene —advirtió, poniendo el dedo índice de su mano derecha en el cristal de la ventana, por su altura, testigo de la tierra y del cielo.

Y la tormenta llego sembrando agua por todo lo rincones. Evidentemente, el cambio climatológico no podía ser más espectacular, tanto que igual podía evocar al Diluvio Universal como la creación del mundo. Pero como los llamados seres humanos, aun habiendo nacido en una tierra donde la lluvia era un fenómeno hegemónico, preferían los espectáculos más cómodos y disfrutar el presente que evocaba el pasado. Por lo dicho, aunque la lluvia aún era sólo una amenaza, cada cual se refugiaba donde podía, corriendo de aquí para allá cual seres locos de otro planeta; produciéndose con todo ello algo semejante a una apocalipsis.

Inesperadamente, alguien llamó a la puerta de afuera, golpeándola con el llamador metálico y semejante a un puño humano. El matrimonio se cruzó en silencio, miradas de sorpresa y duda. Pero, a la segunda llamada:

—¿Quién es? —preguntó el marido.

—El cartero.

Al oír aquel nombre, a Narcisa le asaltó de tal modo la esperanza que todos los supuestos relacionados con el regreso de sus hijos se hicieron realidad. Como volando en un espacio ingrávido, la mujer bajó las escalera de dos en dos: tan de prisa que en último escalón dio un traspié con riesgo de chocar con sus huesos en el suelo. Incorporándose como si nada hubiera pasado, tras intercambiar los saludos de rigor con el cartero, tomó el sobre como quien recibe el producto de un tesoro largamente esperado. Con afán de perro amaestrado, dándole vueltas al sobre, buscó al remitente; pero el sobre no tenía remite, carencia que sorprendió desagradablemente. «¿De quién será, Dios mío?», se preguntó con temor y poniendo a prueba su intuición, enseguida supo de quien se trataba: ¡Palmira! Exclamó, si bien no descartó que pudiera tratarse de su más querido Pablo hasta que abrió el sobre y se confirmó que era su hija. Después de leerla una y otra vez, llamó a su marido con voz alarmante y alarmada:

—¡Venga marido, levántate! Que ya están ahí los «xornalieros» —mintió mientras volvía a repasar la carta, añadiendo de verdad—: y ya va siendo hora de darle de comer al ganado.

Mientras bajaba tranquilamente la escalera:

—¿Qué pasa, qué pasa? Mujer, tu siempre dale que te pego con las prisas. No vas a abstenerte ni el día de morir —dijo Manuel con sonrisa de ironía, prosiguiendo—: ¿no será que nos ha cambiado la suerte y nos tocó la lotería estos días de navidad? Redios que bien no vendrían.

—Tienes preguntas de persona sin corazón o de hombre tonto, marido. Pues qué va pasar, pues lo que te debía de pasar a ti; pero como todo los que sois de piedra, tú no eres capaz a llorar con la pena de perder de nuestros hijos, ni con la ilusión de encontrarlos. Que Nuestro Señor me perdone, pero, a veces tengo la espina de que no son tuyo.

—Bueno, eso quien mejor lo puede saber eres tú —contestó el hombre sin abandonar la ironía—. Mira, mujer: tú con tal de condenarme a mí, hasta eres capaz de culparte a ti misma... A vez, ¿dime qué clase de delito he cometido ahora para que te pongas así?

—Me pongo así porque te niegas a ir a buscarlo. ¡Y mira eso para que te enteres! —y le entregó el papel donde se escribía el nombre del camino a seguir para encontrar lo solución. Tras leerlo sin mostrar asombro, pero sí alegría:

—¡Ah, que requetebién, Lisboa! Dicen que es muy bonita. Pero, según esto —y remueve el papel en el aire—, allí no está más que la chica, y a quien más urge encontrar es a su hermano que, el pobre, está en manos del demonio: los fascistas...

—Sí, hombre, sí. Pero, ¿qué le vamos hacer? Vale más algo que nada. Además, entre los dos, haréis mejor labor y os tocara a menos. Así que lo que debes de hacer es ir a coger el tren despúes de darle el forraje al ganado y disponer a los jornaleros —dijo Narcisa con voz de no admitir contradicción, guardando la carta en bolsillo de su bata para archivarla con sus preciadas joyas.

—Claro que iré, aunque no tan de prisa, porque ir a Lisboa no es como ir a la iglesia que lo que tú haces —asintió Manuel, alejándose para evitar el riesgo de la discusión inminente.

Llegó a Lisboa cuando el sol había alcanzado su cenit en un cielo azul. Al salir de la estación de ferrocarril, la ciudad se la antojó inmensa y, por ello se sintió perdido, paradójicamente como se llegara a un desierto. «Tengo que preguntar porque preguntando se llega a roma», pensó; pensado y hecho, tras el saludo y el «por favor» correspondientes:

—Por favor señorita...

—Señora —aclaró la preguntada en español.

—Ah, perdón. Me quiere decir por donde está la calle Vasco de Gama.

—Sí, señor no fal...

Dejando a la chica con la palabra en la boca, el recién llegado salió como alma que lleva el ángel de la guarda. Al otro lado de la acera vio un coche que acababa de iniciar la marcha.

—¡Palmira, Palmira, Palmira!— gritó saliendo a la carrera y fulgurante mientras el auto aumentaba la velocidad, con la indiferencia de sus ocupantes. Después hacer atletismo durante unos 500 metros, viendo que su meta era una ilusión inalcanzable, Manuel se detuvo exhausto, vencido por la fatiga y la desolación. Por primera vez en su vida, se sintió impotente como tullido, pues sufrió la sensación de que se su cuerpo estaba brutalmente invadido por una especie de parálisis apócrifa, y su alma, sin duda por desconocimiento de la incapacidad, se reveló contra todo, incluso contra aquel poder intangible e inmortal al cual, por ser creyente —sin pecar de beato—, tanto respetaba y adoraba. Se rebeló sobre todo cuando la memoria le presentó aquel episodio del que había sido protagonista en la guerra civil. Episodio en el que, imitando a Miguel de Unamuno, su ídolo, quiso estar primero con los vencedores y después con los vencidos. Por aquella dualidad soportó doble condena de muerte. A pesar de todo, nunca se sintió inválido, tullido; gracias a ello pudo librase del fusilamiento.

Después de aquella carta, llegaron otras de igual procedencia, en función de las cuales, Manuel inventaba tiempo para viajar, con el mayor sigilo y astucia para no engordar más los rumores y cuchicheos de la aldea, a donde le decían las cartas que estaba su hija.

V

Sin esperar más, al día siguiente de llegar —por la noche— a la capital de Portugal, valiéndose de la información que ya había adquirido, de la que él poseía de sus correrías anteriores por los sitios más oscuros de la ciudad y, evocando ella a todo los dioses de la suerte, Amelia y Eduardo, dejándose llevar además por la lógica, se presentaron en la comisaría central de policía. A pesar de los genuinos medios que llevan consigo, y de todas las invocaciones, la suerte no estuvo no fue su aliada, pues, según el agente que con toda amabilidad les recibió, no se hallaba en las dependencias, ninguno de los jefes autorizados y capacitados para informarlos.

—Esto me huele a chamusquina —dijo Eduardo en tono entre disgustado y rabioso.

—¿Olerte? Pero si tú padeces anosmia —contestó la joven tratando de ser genuina de una alegría que no sentía.

Ambos salieron de la comisaría en un tenso y desconcertante silencio, durante el cual ni utilizaron el lenguaje de las miradas, pues los ojos iban caídos en el suelo. Por fin, tras recorrer un largo trecho, Eduardo le dirigió una mirada entre adusta y complaciente, mientras ella posaba sus verdes ojos por el río Tajo convertido en bahía por la pleamar. Todo era allí tan hermosamente impresionante. Por algún tiempo, Palmira vibró de placer y entusiasmo, mientras pensaba que, a veces los hechos más negativos traen consigo otros de conveniencia determinante.

—Es fantástico todo esto. Me encantaría verlo todo: es tan lindo —repitió la joven, después de su habitual suspiro de placer.

—A mí también; pero tendrá que ser otro día porque, hoy hemos de dedicar a otra cosa... otra cosa... —contestó él dejando lugar al suspense, añadiendo—: ahora nos vamos tomar algo: tengo sed.

A pesar del suspense ella no hizo ninguna pregunta; sin embargo no dejó de urdir en las sombras.

Al llegar a la plaza de Terreiro con su estatua de José I, en un chiringuito que allí hacía su negocio gracias a la sed o el vicio de los turistas, tomaron asiento en la mesa más alejada —pudieron hacerlo porque sólo había una ocupada por una pareja con aspecto extranjero—. El joven tuvo que llamar al camarero para que le sirviera lo que habían elegido: él, cerveza y ella, su inevitable refresco, por ser ocasión especial: coca cola (ya empezaba a invadir los mercados) en lugar de «orange». Camarero que por sus gestos afeminados, pasando los años, se diría que era «de la acera de enfrente». Imagen que, paradójicamente, favorecía su estilo profesional, pues evocaba a una chef de aquellos que en los años lindos de la «belle époque» pululaban por los cafés hiperbólicos de París.

Después de las «muchas gracias» ofrecidas por el cortés camarero, enfilaron la Avd. de Brasilia (excelente mirador de todo lo que hay y se mueve por la ría del Tajo). Sin embargo ellos no se pararon a deleitarse con dichas maravillas, al contrario, lo que hicieron fue moverse para explorar todas las demás calles, cafeterías y cualquier otro edificio que a su paso encontraron abiertos. Mientras buscaban, la joven experimentó la paradójica sensación de que le encantaba caminar por las sendas de lo ignoto. Además, así podría sentir aquella sensación que tanto le gustaba desde niña, que era descubrir lugares exóticos. Gracias a aquel sentimiento, pensó que buscar a Pablo era un divertido ejercicio, con el cual, además descubría su índole nómada. Lo terrible residía en no encontrarlo.

—Verás, cariño (después de la primera actividad sexual, había cambiado lo de: «chica guapa» por otros adjetivos más normales en la pareja), dado que hemos establecido nuestro centro de búsqueda aquí en Lisboa, tendremos que buscar otro tipo de alojamiento: un piso, un apartamento o una chabola —propuso Eduardo, con una suave carcajada—. Aunque dinero no nos falta, nos sale demasiado caro. ¿Cómo lo ves tú?

—Lo veo muy acertado, no sólo por lo del dinero, sino porque es más familiar. Tan acertado que ya tengo un piso alquilado...

—¡No me digas! —la interrumpió él sin dar crédito a sus oídos, y en tono entre de reproche y sorpresa, continuó—: estás de broma, ¿no? No me lo puedo creer... A ver y ¿de dónde sacas tú el dinero para pagarlo?

—A veces no es una cuestión de dinero, amor. Ay otros medios para conseguir las cosas... —dijo ella, deteniéndose para revolver en su bolso y para que sumar incertidumbre al momento.

—¿Cuáles son esos medios? —interpeló su interlocutor, dando media vuelta.

—Una herencia, por ejemplo.

El estrépito de una escuadrilla de aviones planeando sobre la bahía, interceptó el diálogo.

«Ya están aquí esto cabrones americanos; no dejan ni hablar», se dijo el hombre, antiimperialista por genética más que por ideología.

—¿Una herencia? ¿Estás de broma o qué? Ya sé que tus padres tienen pasta. Pero, eso de que hayas heredado aquí una casa, no me lo creo ni borracho.

—Yo, desde luego que no; pero mi madre sí... La heredó de mi abuelo, miembro de la nobleza portuguesa

—No me lo creo ni aunque me lo digas por escrito —la interrumpió tomando, por primera vez, con su brazo derecho por los hombros.

—Si no te lo crees, puede ser por dos cosas, una, que no te fías de mí, dos, que eres un obtuso —replicó la joven, simulando desembarazarse.

—Oye, oye, cariño, ¿de dónde has sacado tú esas palabrejas?

La pregunta fue hecha con intención pueril; sin embargo la respuesta fue en tono de aquí estoy yo.

—Me parece que te has olvidado que fuimos alumnos del mismo colegio, aunque tú, luego tú fueras por ahí aprendiendo más de la vida.

Se produjo otro silencio originado por la segunda pasada de los aviones. Silencio aprovechado por Eduardo para pensar, una vez más, que la inteligencia de Palmira estaba a un nivel mucha más alto que el de la aldea de «as Campás».

—Conque no te lo crees ¿eh? —continuó su interlocutora tras la voladura de los aparatos—. Pues mira esto —y le mostró un conjunto de llaves extraído de su bolso.

—¡Joder, que maravilla! —exclamó el joven, entusiasmado, sin mirar apenas lo que se le mostraba ni preguntar más sobre la supuesta herencia—. Y, ¿queda muy lejos ese palacio? Porque, mira: vuelve la lluvia —terminó señalando el horizonte.

—¿Qué quieres que te diga? Bastante con que me digas en la calle Vasco de Gama.

—Ni puñetera idea de donde está el navegante...

—Pues más o menos, al otro lado de la ciudad —anunció ella, deteniéndose como cansada de camina muchas millas.

—Tomaremos un taxi...

Tardó, pero al fin llego un turismo con el letrero en verde en el techo y con matrícula portuguesa. Sin que le hicieran ninguna señal, el vehículo se detuvo con un frenazo innecesario; maniobra que despertó en Eduardo algunas sospechas de falta de experiencia del conductor. Después de saludarse mutuamente en lengua portugués, ocuparon el asiento posterior. De pronto, como si Mari (dios celta de la lluvia) lo mandara, dejo de llover igual que había comenzado, es decir, de súbito.

Evidentemente, el conducto del taxi era un hombre de palabra, proclive a exposición de chismes y cuentos al estilo *Ambrose Bierce* o de los actuales guías turísticos. Nada más que serle anunciado el destino, comenzó a narrar los milagros del hombre que daba nombre a la calle (con ello demostraba que poseía cierto nivel cultural), y continuó exponiendo las delicias de Lisboa; todo ello adornado con aventuras de andar por casa.

Tras escucharle un buen rato, más por educación que por gusto, sacando de entre todo lo que había dicho, la idea de que era un elemento contrarío al régimen, o sea, un «rojo» a lo portugués:

—Oiga, y usted que anda todo el tiempo por ahí, por las calles y tiene tan buenos informes de todo, ¿no habrá visto algún desorden, alguna acción de la policía?

—¿Y qué quiere que le diga? Poco hay que contar —contestó con voz que delataba su presunción de sabihondo.

—Por favor, dígame de lo que usted sabe, lo que usted quiera.

No le fue posible contestar de inmediato porque en uno de los cruces de calla se encontraron con un infractor que, haciendo uso de ese lenguaje brutal utilizado por muchos en la carretera, encima gritó: —¡A ver si miras por dónde vas, cabrón. Tu puta madre, estás atontado...! —cuando las aguas del tráfico vuelven a su cauce así como los nervios del taxista víctimas de los insultos:

—Bueno: sólo que, por dos veces he visto a un chico alto y creo de ojos azules, por la avenida de Federico Molina. Iba en dirección a la cárcel, en medio de dos, los cuales, aunque vestían de paisano, no podían ocultar que eran de la «pasma». Y eso es todo lo que tengo «pa» decir. Ah: ya estamos en la plaza de Eduardo VII. pronto llegamos a Vasco de Gama, su destino —anunció con voz concluyente.

—¡Qué maravilla! La descripción que nos da de ese joven que llevaba la policía, coincide con el que nosotros buscamos. Por ser, supuestamente, contrario al régimen, los cabrones de la policía social lo detuvieron y se lo llevaron sabe Dios a dónde. Sin embargo, nos han dicho que puede andar por aquí en Lisboa. Y, a juzgar por sus palabras —¡muchas gracias!—, las posibilidades aumentan. Lo buscaremos por todos los rincones de la ciudad.

Las palabras del taxista trasladaron a Palmira a la cima de la esperanza y situada allí pudo ver el mundo de otro modo.

«Por los menos ya sé que Pablo anda por aquí, y sabiendo eso seremos capaces de encontrarlo», pensó. De diferente manera, pero, en silencio se apasionó tanto como haciendo el amor. Tanto que el ritmo de su corazón aumentó en pulsaciones hasta límites peligrosos; en cambio, creyendo que sus palabras podían entorpecer la investigación llevada a cabo por Eduardo, continuó en silencio expectante. El hombre a quien, tras la imaginada consagración del amor, por su parte (por la de ella la consagración no existía en absoluto) había depositado toda la confianza en él. No obstante, a pesar de su alboroto interior, tras el acostumbrado suspiro:

—Oiga, usted me perdone si me equivoco; pero creo que es de los contrarios a la «explotación del hombre por el hombre», ¿no? —quiso saber Eduardo.

—Y tanto: mira si lo seré que colaboré, mejor dicho, luché en las filas del coronel Ardid del Frente Popular, entre otros. No soy español, pero luche es España porque esa barbaridad del capitalismo, hoy desterrar de todo el mundo —dijo adornándose de cierto orgullo el conductor, sin saber que, precisamente, estaba siendo víctima de un ardid sin piedad.

«Joder, que bueno es el azar, a veces», se dijo Eduardo creyendo que había encontrado una buena pieza para la parte más oscura de su trabajo, aunque no fuese español.

—Bueno, ya hemos llegado a la calle Vasco de Gama —informó el taxista deteniendo el vehículo suavemente.

—Cierto. Pero antes de despedirnos, le diré que el chico que andamos buscando, es republicano como nosotros, hasta la médula. Te lo confieso así de claro —empezó con el tuteo para conseguir un mayor grado de confianza— Y te lo digo porque estoy seguro que tú también eres de Manuel Azaña, coño. ¿A que sí?

—Oiga y usted ¿por qué sabe que esa calle Vasco de Gama? —preguntó Palmira en desacuerdo con oír de ideas políticas.

Como queriendo envolver el momento en un halo de misterio, el preguntado no contesto has que Eduardo le repite la pregunto con palabras más interpelantes.

—Lo sé porque lo dijeron ustedes al subirse al coche. Pero ustedes me disculpen por hacer uso de las palabras de entre ustedes: creí que eran para decirme a donde iban —se disculpó el taxista, ocultando la hipocresía.

—Tranquilo, hombre, tranquilo que no pasa nada... Bueno, a ver, ¿cuánto es la carrera? —interpeló el joven algo aburrido por tanta palabrería e impulsado por la urgencia de continuar la búsqueda.

Como si las hadas le enseñaran también a su conductor el número de casa, el vehículo se detuvo frente al 22, número que coincidía con la edad de Eduardo, quien al verlo, volvió a pensar que el azahar obraba milagros.

—Bueno, a ver ¿cuánto le debo? —preguntó Eduardo antes de apearse.

—¿Deber por qué?

—Hombre, pues: por la carrera, o sea, por el servicio que no ha prestado, sin contar la información, claro —contestó con una sonrisa irónica, abriendo la portezuela.

—Por eso no me debe nada: menudencias...

—¿Cómo?

—Como lo oye: se la regalo...

Se entabló una, casi divertida discusión por «si te pago y no te cobro». Discusión en la cual, al final, por lógica ganó el «no te cobro».

La vivienda ocupaba el tercer piso de un edificio de estilo neoclásico bastante bien conservado. Pero como humillado en medio dos, casi rascacielos de reciente construcción y estilo arquitectónico. El interior estaba distribuido acorde con el exterior y con el nivel de la familia que lo había habitado con muebles de primera clase, espejos, cuadros y esculturas por todas partes, incluso había un piano de cola en el salón principal. Sin embargo, como siempre ocurre en la vivienda deshabitas, todo sufría la enfermedad del deterioro, por lo cual, especialmente, las obras de arte reclamaban una reparación para evitar la muerte en poco tiempo. Después de subir el equipaje amañado durante el viaje y de echar un vistazo por las partes más importantes del piso:

—Bueno, ¿cómo lo ves? —preguntó ella tras su inevitable suspiro y una sonrisa de placer en su lindo rostros.

—¡Huy: formidable! —afirmó el joven, moviéndose de aquí para allá—. Mira, tiene piano y todo. ¿Quieres que te toque algo?

—Vaya; pero, ¿eres pianista y todo?...

—Sí, pianista genuino, como Beethoven... No, es una broma: sólo chafardear alguna pieza que otra como hobby —dijo sentándose al instrumento lleno de polvo, y después de limpiarlo algo con la manga de la chaqueta, preguntó con mueca irónica:

—A ver, ¿qué quieres oír?

—Ufff. Qué sé yo si no tengo puñetera idea de la música de antes —declaró ella, mas luego de pensarlo un rato—: bueno, toca una de *Carlos Gardel,* mi favorito.

—Eso está hecho —convino él.

Empezó a pulsar las teclas, comprobando que estaba muy desafinado. No obstante:

—¡Ahí te va! —anunció y, de ponto, del desafino instrumente empezaron a salir notas muy heridas de «*Besos que matan*».

Entre el desafine del piano y lo mal que tocaba el pianista, la obra se convirtió en una especie de charanga. Sin embargo, reconociéndola a través de los recuerdo, Palmira vibró, primo, cual pétalo tocado por la brisa, y luego, como si oyera en la guitarra, la voz de su autor.

—¡Bravo! Es una maravilla —hipocratizó ella tocando las manos.

—Que va: es una mierda. Pero lo que importa es pasarlo bien —dijo el aficionado a músico, prosiguiendo con ironía—: ahora vamos a lo nuestro y, como lo nuestro es encontrar a Pablo, busquémoslo empezando por aquí, por Lisboa, ciudad que como ya te he insinuado, será nuestro centro de operaciones y desde donde empezaremos a trabajar juntos. Y por conveniencia de la investigación, esto ha ser un secreto para todos, incluso para la familia. ¿Vale?

—Pues sí que estamos bien...

—¿Por qué? —preguntó el disparándole una mirada acusadora.

—Pues, porque ya se lo comunique a mi padre. Le dije que íbamos a parar a la «Casa de «las Especias». No sé por qué la llaman así; pero es igual. Seguro que vendrá a vernos más de una vez. Menudo es él...

Como si se tratara de un museo, reanudaron la visita a la casa y, tras un breve silencio como para reflexionar sobre lo que estaban viendo:

—Vaya, vaya. O sea que no sabes por qué le llaman la «Casa de la Especias», eh.

—Pues, la verdad, que no: nadie me lo ha dicho, nunca. ¿Tú lo sabes?

—Algo... Deduzco que se llamará así porque el hombre de esta calle es el del hombre que descubrió la tierra donde se cosechaban las especias; cosecha en aquellos tiempos muy cara —explicó Eduardo con pretensión de erudito.

—Madre mía, lo que sabe este hombre —alabó ella, besándole las dos mejillas. Pasando por alto los aplausos, no tanto las caricias:

—Bueno, que le vamos hacer: lo hecho, hecho está. Me refiero a lo que le dijiste a tu padre. Pero que sea la última... Y ahora vamos a comer a ese restaurante que hay en el bajo. Después, pronto tengo empezar a buscar pesquisas por mi cuenta, en principio; luego como ya te dije los haremos en pareja.

—Solo, ¿quieres decir? —quiso saber Palmira, deteniéndose de golpe.

—Pues, sí.

—Oye, llevas dos meses diciendo que lo buscas, pero no tenemos nada. Digo llevas porque, a pesar de que me has prometido que desde aquí trabajaríamos juntos, ahora tampoco me dejas participar, a saber por qué. Mi gran ilusión y empeño era buscarlo y encontrarlo por mi cuenta. Sí, acepte tu ayuda y te la agradezco, repito; pero no para que me marginaras, apartándome de mi proyecto. ¡Madre mía! Esto es un fracaso como una catedral: llevamos dos meses, tú por lo visto... buscando como un loco, y yo implorando a Dios y a todo los santos, y nada, ni una pista. Es para desesperarse, vamos. Pero no voy a ceder, aunque se crucen todos los demonios —exclamó la joven como si no tuviese interlocutor.

—Tienes toda la razón, chica guapa —respondió el hombre para suavizar la situación, añadiendo—: pero, tranquila porque buscando juntos, mano a mano, tendremos éxito y...

—¿Juntos, mano a mano? Pero si acabas de decir que vas solo. No me jorobes más.

—Solo en principio: acabo de decírtelo. Luego, siempre juntitos, te lo aseguro.

Eduardo le aseguró; en cambio, no le dijo ni le diría nunca (era secreto político-profesional) que el motivo principal de estar allí y a lo que se dedicaba con verdadero estoicismo, no era buscar a Pablo, sino a espiar a los españoles que disfrazados de nacionales residían en Portugal y viajaban por otros países con el sello de republicanos. Es decir, Eduardo era un espía al servicio del franquismo, lo cual también le facilita las cosas para buscar a su amigo y viceversa, es decir jugaba con dos barajas porque aunque, a diferente nivel, ambas misiones se complementaban. A pesar de eso y como habían acordado, a partir de Lisboa trabajaría juntos, Amelia jamás se enteraría.

El comedor estaba abarrotado de comensales masculinos —sólo dos mesas libres— y lleno de voces sin rumbo ni destino. De pronto se impuso el silencio y todas las miradas convergieron en la única hembra que acaba de hacer acto de presencia. La joven apenas se inmutó en negativo, al contrario, como desde que saliera de la aldea de «as Campás», había aprendido que el libro de la vida, sobre todo el escrito para la ciudades, tiene sus páginas negativas y sus positivas, del encontrado en aquella ruidosa «biblioteca», leyó la más positiva. Página en la cual se decía que las miradas masculinas eren el testimonio genuino de la belleza a ella regalada por la biología. El placer de leer aquella página, fue para la joven considerable; sin embargo cuando las miradas volvieron a los platos, experimentó el placer de librarse de un gran peso.

—Chica, no te quejarás de estos currantes que han confirmado tu hermosura con sus miradas. Joder y que miradas... —comentó Eduardo entre divertido y celoso.

Palmira no contestó hasta tomar asiento, como siempre y por gusto o capricho (él aseguraba que por cortesía), a la derecha de su interlocutor.

—Baaah, y que saben esos hombres de mujeres y de belleza.

—Oye, de belleza tal vez; pero de mujeres ningún hombre sabe nada, ni papa; sólo sabemos que las deseamos y que por eso, no llevan al huerto, a veces por la calle de la amargura.

—No me digas. ¿A qué huerto? —preguntó ella, cambiando la magia de sonrisa, por el sarcasmo.

Lógicamente, no sólo por razones de proximidad el hombre que más la miraba, aunque un poco a hurtadillas, era Eduardo. Pero no sólo la miraba: también la deseaba. La deseaba tanto que el fuego del deseo rebasaba todos los límites, pues era mucho tiempo conteniéndolo y mucha la indiferencia con que Palmira, después de la primera vez en el hotel, siempre respondía —como en la escuela— a sus insinuaciones ardientes. La indiferencia no era muestra, ni mucho menos, de que Eduardo no le gustara como hombre, sino porque de tanto estar juntos con el mismo motivo y objetivo de su vida, que no era otros que los de buscar a Pablo, la joven lo situaba dentro de un orden familiar, de tal modo que para no confundirlo con Pablo (a veces hasta se le antojaba que se parecían), había de realizar un esfuerzo de memoria. Como su compañero entendía todo lo contrario, o sea, precisamente por llevar tanto tiempo conociéndose y conviviendo, deberían estar mezclados y fundidos en la fragua del sexo, muchas veces se preguntaba si Palmira no sería homosexual: «tortillera» como se decía vulgarmente. Se preguntaba, pero la hermosura de ella y sus locas hormonas no le permitían ninguna respuesta.

Un camarero con aspecto más de campesino que de camarero, a pesar de su vestimenta blanca, luego de saludarlos con un «bos días», le entregó una carta de comidas entre las cuales, si por recomendación del joven fuese (a veces pasaba de machote a hombre pueril) elegirían la más ligera —casi, infantil—.

—Vale: tú pide la que te venga bien; pero a mí que traiga la fabada, de primero y la merluza, de segundo —dijo ella.

Al final, como para hacerle la competencia, él comió sopa, de prime y chuletas de cerdo a la plancha. Comieron, casi en silencio y volvieron a casa cogidos de la mano. Al entrar, en el vestíbulo donde había estado ya más veces:

—¡Eduardo, mira un teléfono! —le hizo saber ella.

—¿Un teléfono? No me digas; pues que bien —dijo él sin darle la menor importancia, y volviéndose, pues no se había detenido en el vestíbulo, quiso saber, pero como si ya lo supiese—: ¿y dónde está?

—Dentro del mueble. Mira: ahí tan guardadito —le indicó con voz en la que se reflejaba la alegría de encontrar el aparato, señalando con el dedo índice de su mano zurda.

La alegría de Palmira era muy lógica, pues, dado que los teléfonos todavía escaseaban; únicamente se disponía de ellos en las ciudades y no todas las familias, encontrar uno en aquella casa abandonada, era algo muy reconfortante e inaudito, particularmente para la joven, cuyo aparato le permitiría comunicarse con sus padres que también disponían de él (era la único de la aldea). Así podía prescindir del correo ordinario para mandar cartas en la cuales con la mayor brevedad posible, además de su ubicación, expresaba sin abandonar la esperanza, la ominosa situación que su locura le deparaba. Carta que después de recibirlas y de comunicárselo a su mujer, Manuel salía con la ilusión como fuerza patológica, y prontitud que le permitían lo medios de transporte. Pero como los medios de comunicación se movían con igual lentitud y paciencia que el correo ordinario, cuando llegaba al sitio indicado, su hija ya había desaparecido y sólo le esperaba la desesperación.

El placer de la joven se desvaneció cuando, Eduardo:

—Lo siento; pero el tiempo apremia y he de marcharme —le hizo saber con voz indiscutible.

—¿Solo, sin mí? —preguntó ella en tono de queja, dejando el teléfono sobre la mesa.

—Por supuesto. Pero ya lo sabías. Hostia, no por qué te pones así ahora.

—Hombre (cuando nombraba por el género, era por la rabia convulsiva de su corazón), cosas que, cuanto más se sepan —si saben de memoria, peor—, menos te gustan, esto a mí no me gusta nada, porque, además de no llevarme contigo como has dicho, no sé a dónde ni lo qué vas hacer.

—Pues, mira: después de lo que dijo el taxista, tengo que ir otra vez a la comisaría, que donde puede estar la madre del cordero, y terminar otras investigaciones no menos importantes.

—Eso es lo que tú dices...

—¿Qué pasa? ¿Estás celosa? —preguntó con una sonrisa pícara.

—Cariño y la cosa no es para menos. Pero yo soy la que más te quiere. ¡Ven conmigo! —le pidió, dejando al hombre, por unos momentos paralizada por la sorpresa.

De pronto y tan inesperadamente que Palmira creía estar soñando, el teléfono con su rin, rin, rin, cambió la situación en un ángulo de 180 grados por lo menos.

«Bueno, y ahora qué hago; si lo atiendo, esta paranoica, igual se tira por la venta», pensó Eduardo, aterrado porque sospechaba que la llamada tenía importancia vital, por cuanto que podía acabar con aquella abstinencia capaz de volverlo loco de deseo. Intuyendo lo que estaba lucubrando:

—No le hagas caso al chisme ese; seguro que es una equivocación de alguien que es tondo y... ¡Ven! —repitió la joven para más asombro de él.

Aunque las palabras de la mujer le sujetaban a su lado como cadenas, el hombre dio otra vez media vuelta para atender el teléfono, volviendo la cabeza a cada paso para mirarlo como se mira a un manjar cuando se tiene hambre.

—No te preocupes, cielo: voy en seguida.

—Tranquilo tú, cariño —cariño con ironía—; no temas: puedes coger tranquilamente la llamada —rectificó la joven— que a lo mejor es Pablo. No temas porque, mientras lo haces me voy a estar quietecita como una chica buena.

—¡Alo! Por favor, con quien tengo el gusto de hablar —preguntó Eduardo poniendo el auricular en la oreja—. Sin embargo, sabía bien quien era, tanto por su tono de voz como por sus habituales exabruptos. Era una estratagema que siempre usaba cuando en el curso de sus funciones alguien le llamaba.

Aleluya. Menos mal, vale más tarde que nunca, aunque para encontrarte, tela. Por un poco más tengo que recorrer todo los teléfonos del mundo —mintió en tono acusativo—. Demasiado sabes quién soy, no te hagas el tonto que, conmigo bien sabes que no te pinta.

—Es que, sabía que iba llamar aquí, pero no me esperaba que fuera tan pronto —se disculpó Eduardo.

—Pues toma, macho: la orden, aunque sea muy importante el encontrar al Pablo, es que abandones la búsqueda, ya. Ah, y no únicamente abandones la búsqueda del cabronazo ése, sino que abandones también a la moza, hermana de él; ésa que vais juntos más por follar o, por decirlo menos a la bestia, cohabitar, que por buscar. Debes dedicarte de lleno y exclusivamente a la caza... Es una orden tajante que viene de arriba y, por eso, no admite contestación.

—Pero, eso no es lo acordado, joder —protestó el joven.

—Desde que andas con esa tía, ¿te has vuelto gilipollas o qué? No sabes que aquí las cosas cambian como el viento. Estas son las órdenes, y ya sabes: cumplirlas a raja tabla; de lo contrario, atente a las consecuencias. Y nada más que decir —cortó el jefe en tono de miembro de la Santa Hermandad.

Eduardo asintió con un movimiento de cabeza y la sensación de haber perdido un tiempo precioso. Sin embargo, después de hablar con el jefe, pensó lo contrario: que el tiempo es horrible cuando se carece de lo necesario para vivirlo. Dicho pensamiento le empujaba a la determinación incuestionable de luchar, buscar, en este caso a quien una necesitaba para el tiempo tuviera al menos una gota de belleza. Cuando volvió a la realidad, recordó el contenido y el tiempo de la conversación, se le vino el mundo encima, más al darse cuenta que por la misma causa, se olvidó de la presencia de Palmira. Cuando terminaron y no la vio apoyada en la mesa donde había quedado: «¡Palmira! ¡Palmira! ¿Dónde estás?», gritó al tiempo de buscarla por todos lo rincones. «Ésta se ha largado, me ha engañado la condenada», se dijo para si el hombre mientras la desesperación se adueñaba de su ser, produciéndole dolor en estómago con ganas de vomitar, y un mareo de cabeza, como si por casualidad, la hubiera golpeado contra un muro. Cansado de buscarla y rebuscarla sin ningún resultado, Eduardo se tumbó en la cama a meditar y sobre todo a preguntarse dónde estaría. Se preguntó para su interior y en voz alta, como si alguien le escucharle el sentimiento: «¡Palmira! ¡Palmira, mi amor! ¿Dónde estás?», repitió. Al no obtener respuesta, continuó reflexionando en silencio y, por el camino de la reflexión encontró la parte positiva que todas las cosas tienen por terroríficas que sean. Y era que, con la desaparición de Palmira se resolvía el tremendo problema de tener que abandonarla, como le había ordenado el jefe. No, el hecho en si no hacía feliz a Eduardo, al contrario. Pero, ya se sabe: ante la necesidad, cualquier cosa puede ser una solución.

Valiéndose de la confianza del hombre, Palmira se había situado a su espalda, para escuchar la conversación, y al oír claramente lo de: «tienes que abandonar la moza esa», no pudo suportarlo por más tiempo y salió como alma que lleva el diablo. Se le borraron todas las ideas: sólo le quedó pensar que debía de poner tierra por medio. Pero en seguida le surgió, primero como un espejismo, y luego invadiendo todo su ser, la imagen de Pablo, su hermano. La imagen cual la de un dios perdido al que tenía que encontrar por encima de todo, mientras la guardaba en el sitio más íntimo de su alma. «Bueno, y yo ¿por qué tengo que hacer esta burrada si en realidad no lo amo? No sé lo que es el amor, sólo lo quiero como a un familiar», se dijo y frente a aquel recuerdo, se arrepintió de aquella noche de sexo. Después de caminar resistiéndose al cansancio que empezaba a hacer mella en sus bien torneadas piernas, se encontró con la catedral de Santa María la Maior.

Por su parte Eduardo, después de no obtener respuesta a sus gritos con nombre, de cerrar la puerta de la casa y guardar, bien guardadas, las llaves, valiéndose de su capacidad de perro rastreador, la buscó por todas partes con la confianza de hallar pronto. No la encontró tan pronto a ella, pero sí a dos policías que reponían fuerzas en un bar donde él entró para hacer lo mismo tomando su habitual wiski de por la tarde.

¡Wedthe! —era el apodo por el que se le conocía en el medio expiatorio—. Pero que haces tú por aquí, hombre de Dios», le llamo el más alto de ellos, tras mirarlo de hito en hito.

—¡Oh, Simon! Que sorpresa y alegría de volver a verte.

Como suele ocurrir cuando dos amigos se encuentran por azar, después de choque de manos, ambos relataron todas las escenas —algunas no muy genuinas— del capítulo escrito desde su separación. De ella la que más hizo destacar, Eduardo fue la de su doble función en aquella ciudad.

—Pero, hombre, ¿qué me dices? Un chico de esas mismas características, lo vimos entrar, preso por los «chulitos», claro, en la catedral de Santa María la Maior.

—No me jodas, ¿un «rojo» según las mala lenguas, en la catedral? —inquirió Eduardo, acosado por la por la prisa, sin recordar que le estaba prohibido buscar al de «as Capás»

—No tengo idea, amigo; pero eso fue lo que vieron mis ojos. Quizás lo metieron para que el Señor le perdone el ser «rojo».

Con el último trago de sus bebidas, otro cálido apretón de manos y deseándose buena suerte, se despidieron.

VI

El sol se despedía por el horizonte, dejando un rastro de frescor que, tras el calor de la tarde, prometía una noche de buen sueño. Se despedía cuando, Eduardo se dirigió a donde le había indicado su amigo, con el fin de encontrar a Pablo, o por lo menos, a tener alguna pista de él. No encontró al buscado; pero, sí —el azar o la suerte también dan sorpresas maravillosas— encontró a Palmira rezando en la catedral de Santa María Maior. Ella entró allí como podía haber entrado en un «cementerio» de persona o de coches, es decir, como último paso más de la esperanza para encontrar a su hermano. Sin embargo, después de entrar y contemplar todas las figuras allí expuestas, especialmente a Cristo en su cruz, cual si hubiera tomado alguna sustancia embriagante, una ola de religiosidad la invadió de pies cabeza.

Eduardo, al verla en semejantes estado, no se atrevió ni a decir «esta boca es mía»; en cambio, sí tomó el asiento contiguo, pensando en que podía precisar algo. Pero la joven se quedó en su asiento como una figura sagrada más de las que habitaban el monumento. Figuras y monumento que, evidentemente, en aquel momento se apoderó de su alma, por genética y educación, indiferente a todas las religiones del mundo.

El templo estaba casi vacío a aquellas horas de la tarde, por lo que, tras gozar —sin entender nada de ello— el arte, la luz y el lujo del gótico, pudo colocarse a su espalda sin que ella lo notara. Desde aquel sitio consiguió oír como ella, en un alarde de amor surrealista, susurraba su nombre en el papel de segundo protagonista de sus rezo (el primero era Pablo, claro). No pudiendo soportar por más tiempo aquella extraña y desquiciante —para él— situación, tomándola por los hombres:

—Hola, chica guapa —empezó, musitando el buscador en tono algo acusativo—. Aleluya. Menos mal: vale más tarde que nunca; aunque para encontrarte, tela: por un poco más tengo que recorrer todo el mundo —terminó tomándola con su brazo derecho por los hombros.

A pesar de la baja voz, algunos fieles volvieron la cabeza en señal de reproche.

—Entonces has buscado mucho, eh —afirmó más que preguntó, rechazando el brazo que la acariciaba.

—¡Uy, no lo sabes tú bien! Bueno, sea dicho en honor a la verdad: tengo, mejor dicho, tenemos muchas pistas y posibles caminos para llegar a donde queremos, por eso, precisamente estamos aquí en el centro —repitió Eduardo.

—Pero no lo vas a conseguir, cabrón, porque antes te voy a ahorcar por serle infiel a la mujer que te quiera de corazón —tronó arrodillándose en su asiento, no para honrar a los santos, sino para poder apresar mejor el pescuezo masculino.

Petrificado por la sorpresa y lleno de miedo ante el riesgo que entrañaban las manos femeninas.

—¡Pero, ¿qué haces? Suéltame, por favor. ¿Qué te pasa, cariño para hacer esto. Te has vuelto loca.

—No puedo porque ¡eres un hijo de puta…! Y de lo que me pasa, te vas a enterar antes de que te mate —estalló aumentando la presión, acompañada de carraspeos de indignación.

Dado que la mujer seguía apretando hasta convertir sus finas manos en garrote vil, el joven, empujado por la esperanza y con las pocas fuerzas que le quedaban, imploró con la mirada a la Virgen de los remedios. Pero la Virgen no lo entendió o, tal vez no quiso aplicarle el remedio. A diferencia de Cristo, permaneció tan tranquila y maravillosamente vestida en su relicario. Y así, a manos de su amada, Eduardo dejó por algún tiempo el mundo de los vivos, en silencio: sólo con un estremecimiento convulsivo, como si de pronto fuese atacado por una ola de frío. Cuando Palmira descubrió que su amado estaba inerme como en un profundo sueño, miro por enésima vez al Cristo, y al verlo con la cabeza gacha y la mirada en el suelo, creyó que era la señal inequívoca de asentimiento a cuanto ella le había ordenado. Pasado un rato de cavilación en silencio, sin dejar de mirarlo. —¡Dios mío! ¡O sea que lo he matado! —gritó enloquecida, sin creérselo a pesar de todo. Apartando, inmediatamente, sus manos del cuello masculino y llevándolas a los hombros para abrazarlo con todas su fuerzas. Abrazo que no fue posible realizar de acuerdo con sus deseos, ya que para que fuese debía pasar sus brazos por la espalda o la cintura de él. Luchó para que así fuese, pero como el cuerpo pesaba lo suyo y Eduardo no colaboraba, fue entonces cuando descubrió que su amor, en verdad, sí estaba muerto (a veces las circunstancia nos hacen creer cosas in ocurrentes). Por unos momentos Palmira se quedó petrificada, como muerta. Volvió a sí misma llamando agritos, primero de aflicción, y después de exigencia a alguien que le ayudase. Pero únicamente le contestó el eco de su voz resonando en vacío de toda la catedral. Vacío porque ante tan dantesco espectáculo, todos sus ocupantes de la misma habían desaparecido y, con la llegada de la noche, el monumental edificio fue cerrado automáticamente a cal y canto.

Cual si hubiera tomado alguna sustancia embriagante, abrazada al supuesto «cadáver», Palmira se quedó en el asiento contiguo toda la noche, igual que una figura sagrada más de las que habitaban la catedral.

Cuando volvió al mundo real, Palmira a quien primero recordó no fue Eduardo, su amado, como sería lo normal, sino a Pablo, su querido hermano. —¡Pablo! ¿Dónde estás? Dímelo —exclamó. Y lo segundo, tampoco fue el lugar donde se hallaba, sino la aldea de «as Campás».

Lógicamente, aquello unido a la paliza que le había propinado en la catedral («por mucho que dijese el médico que no, sabía lo que hacía», se dijo), le demostró al joven que ella no lo amaba en absoluto, que estaba con él para encontrar a su hermano que era a quien en verdad amaba. La seguridad de Eduardo sobre los sentimientos de la joven se transformaron en duda, primero, y después en certeza, cuando Palmira, para obtener el perdón, sin importarle el lugar donde se encontraban montó una escena evocadora de la película «Diario de una pasión».

Al otro día era el Día de San Antonio, fiesta patronal de Lisboa. La ciudad ardía de ambiente comercial y festivo. Ciudad en la que vivían muchos españoles escapados de la represión y del hambre de la posguerra. Vivían gracias al estraperlo (algunos se enriquecían) del ambiente comercial y morían subrepticiamente cuando eran descubiertos y atrapados por los espías que operaban entre ambos países. Desde muy temprano se abrieron las puertas de la catedral y, de pronto se encendieron las lámparas y todas las velas con lo cual el aire adquirió un aroma a química y cera. Y empezaron a llegar los creyentes. En cambio, creyendo por lógica, no por desgracia, que se trataba de una pareja que se le había adelantado, a ninguno le llamó la atención, lo que, tras despertar del desmayo sufrido a lo largo de la noche, le permitió a Palmira honor del primera oración antes de comenzar la misa solemne, con la catedral abarrotada de fieles.

Avisada por uno de los sacerdotes que había permanecido rezando y de espectador oculto toda la noche. De espectador porque, recordando la que él había vivido con su hermosa amante, le encantaban las situaciones maquiavélicas. En plena celebración del evangelio, llegó la policía y sin ninguna diligencia previa, los llevaron detenidos. Al llega a la comisaría, a Eduardo lo encerrado en otro cuarto de donde únicamente lo dejaban salir para hacer sus necesidades, que eran muchas porque a causa del disgusto y los golpes recibidos, padecía una descomposición intestinal insoportable. Por otra parte, como eran días de fiesta, sólo estaban de servicio en la base los agentes imprescindibles para atender a los servicios urgentes. Y aquella, casi soledad y los recursos físicos y apasionantes de Palmira, hacían soñar al agente Camuñas que, ya de por sí era tan idolatra como obtuso y un enfermo sexual. Soñar con una aventura de cama o donde fuese, a solas con la mujer que más le apetecía de cuanta había conocía, o creía haber conocido (en momentos de fuego corporal, los apreciaciones se trastocan). Pensando en la juerga y nada en las consecuencias. Tras pasear repetidamente sus ojos por el cuerpo femenino, como se al despertar se encontrara, hecho realidad un sueño maravilloso.

—Eres la chica más linda, más apetecible vista por mis ojos —le hizo saber el guardiña, añadiendo tras un breve pausa como para tomar aliento—: aquí se puede hacer de todo, incluso tenemos una habitación ex profeso —mintió.

Las palabras del agente la sorprendieron a más no poder. Poro no porque estuviera dichas en portugués (el idioma gallego y el portugués son primos hermanos), sino porque le hicieron recordar, por un lado, que no son palabras pertenecientes al diccionario de los guardias, y por otro, aquellas que un día la profesora dijo en clase que eran utilizas por la burguesía del siglo pasado, para diferenciarse del pueblo llano. No sabía si las utilizadas por el de uniforme eran de guasa o de práctica. Sin embargo, dado su estado, le resultaron especialmente reconfortantes, especialmente al pensar que podía utilizarlas para adquirir información sobre el paradero de pablo. Y, aunque lo que pesaba fuese indecoroso, no le importaba ya que el encontrar a Pablo, su querido hermano estaba lo primero sobre todo. La aparición del comisario vino a desviar su pensamiento por unos momentos, diciendo:

—Oye, Camuñas, según los médicos y después de interrogarlos a los dos, la chica es normal: lo que pasó fue un arrebato momentáneo, y como quiera que el chico le perdona y el obispo también, no hay ningún cargo contra ella. Por lo tanto, se pueden irse a su casa los dos; pero antes que firmen lo que deban firmar; de eso te encargas tú.

—Bueno, ¿y qué pasa con Eduardo? —quiso saber ella, conteniendo las lágrimas.

—Pues, ¿qué quieres que le pase? Muy poca cosa: únicamente unos días el calabozo para que se tranquilice —respondió el jefe en tono de favor.

Tras volver el jefe a su despacho, Camuñas reanudó el ataque, recordando:

—Sí, ya sé que tu amado es el detenido. Pero, bueno, un extraordinario hecho en Lisboa, y nada menos que en la jefatura de policía, es lo mejor... y más placentero que pueden hacer un hombre y una mejer, en el mundo.

—Uy, por ese no te preocupes: su jefe le ordenó romper conmigo y, como las órdenes son para cumplir, el amor terminó.

—¿Y, entonces ¿por qué le has dado tantos besos? —quiso saber el policía con la decepción pintadas en su morena cara.

—¡Estaba muerto, muerto! —exclamó con voz de auxilio, entre sollozo y sollozo; señalando con el dedo pulgar el calabozo donde sufría Eduardo—. Y ahora, como me han dejado libre y sin él, ¿cómo voy a continuar buscando a mi hermano?

—¿Cómo que te vas? Mira —y señaló con un gesto de cabeza e incorporándose sorprendido— ahí hay una habitación (no era calabozo) con cama y todo para hacerlo después de los besos. En cuanto a tu hermano, ¿Pablo, no?

—El mismo —convino la joven, emocionada—. ¿Sabes algo de él?

—Más que algo, sé dónde está —mintió el agente, pues sólo sabía lo que le había oído a una de la social en uno de los cotilleos que en la policía también existen, por lo bajo—. Si vas conmigo al «picadero», te digo donde está.

—¿Eso del «picadero» que coños es? —quiso saber ella, pensando que se traba de algún jugo.

—Es la habitación de qué te hable...

—¿Para hacer qué? —interpeló la mujer sospechando lo peor. No obstante, dispuesta a seguirle el juego hasta el final.

—Chica, está claro.... pues, para dormir y, como dicen los curas, fornicar tú y yo.

—¡Estás loco! Déjate de peregrulladas.

—Sí: de amor por ti desde que entraste en esta comisaría. Y, como tú estás loca por saber dónde está tu hermano, podemos juntar esas dos locuras.

Aunque la cosas no estaba explicada, Palmira la entendió de inmediato porque el ansia de buscar se Pablo y la posibilidad de encontrar encendía luces nuevas en su mente y endurecía su corazón hasta posibilidad de practicar sexo, como ya había hecho con Eduardo, sin amor; práctica condenada por su educación y su principio que, no eran otros, que los de ir virgen al altar. Principio que debía perdurar como algo divino e inmortal en todas las mujeres para ser honradas. Las demás, sin llegar a ser prostitutas, pero habían perdido la llave que guardaba la herencia de la Virgen, y eso era tanto como perder la mejor parte de mujeres. Si alguna, además recibían algo de su interés a cambio, aunque fuese únicamente el gozo de hacerlo, alcanzaban la fama sin título, putas. Consciente de todo ello, Palmira se dijo: «bueno, si para encontrar a Pablo, mi «querido», tengo que hacer de puta lo haré encantada».

No, no era evidente —los sentimientos nunca lo son—, pero, como ya se insinuó al principio de esta narración, la insistencia y la fuerza exuberante e invencible con que Palmira buscaba a Pablo era una utopía basada en el amor natural de hermano y en el prohibido entre hombre y mujer. Tal vez por eso, a pesar que detestaba los mensajes de sexo sin amor, se dispuso a aceptar, como si no fuese con ella, la propuesta de Camuñas.

—Vale, primero tú: venga, dime dónde está mi hermano.

—De acuerdo; pero tú tienes que prometerme que iras con esta hombre a la cama esta noche que estoy de guardia. Si no cumplieras la promesa por las buenas, serás violada como una perra —amenazó el hombre en tono salvaje.

—¡Prometido! —contesto fuera de sí misma, y fuera de sí pudo pensar que el encuentro sexual podía regalar placer porque el guardia era un hombre bien parecido.

—¿Tú sabes lo que es un campo de concentración?

—Sé lo que es un campo; pero de concentración no tengo ni idea.

—Pues es un sitio donde concentra a muchos condenados y los somete a los peores trabajos. Imagínate: trabajos... del demonio. Pero no sólo eso, también porque los muelen a palos, igual que a burros. Tanto que también le llaman campos de exterminio.

—¿Exterminio? ¿Eso qué carajo es?

—¿Pero, chica, ¿qué pasa? Nunca fuiste a la escuela —inquirió el guardia con una risa cínica.

—Sí: fue mucho; sin embargo la profesora nunca me dijo el significado de eso.

—Pues eso quiere decir que, por cualquier cosa, les pueden dar leña has acabar con sus vidas, y de hecho matan a muchos.

—No fastidies. ¿Pablo está en uno de esos? —inquirió la joven abandonando la silla en la que sentaba para dar paseos, temblando cual si sufriera un ataque epiléptico.

—Pues, sí: al de Mirando del Ebro lo llevaron ayer. Allí permanecerá 3 días y luego lo llevarán a otro de sabe Dios de dónde.

—¡Por favor! ¿Y eso dónde queda —preguntó la joven, por exceso de entusiasmo, al borde del colapso.

—En el pueblo del mismo nombre, de la provincia de Burgos.

La persistencia y la fuerza sin límite y exuberante con que Palmira buscaba a Pablo era el producto intangible de una singular utopía en la que concurrían dos elementos: el amor natural de hermano y el amor sexual proscrito por Ley Sagrada entre ambos. Por supuesto ella no lo entendía así; solamente creía saber que, según el momento, le podía atraer por uno por el otro, o, irresistiblemente, por los dos juntos. Creía saber; sin embargo, frente a tan singular paradoja, que todo se movía en la sombras como, por ejemplo el hecho de convertirse en vulnerable al sexo, e invulnerable en la búsqueda de Pablo. Cuando recogió el producto funesto de semejante cambio, se condenó una y otra vez; en cambio, pesándolo mejor llego la conclusión cierta de no ser una excepción ya que, en función de lo que crían ser sus intereses, los llamados seres humanos eran capaces de permutar lo mejor de sus personalidad por lo más banal.

En definitiva, la joven tan proclive a utilizar la herramienta de la memoria, cuando con frecuencia tomaba el camino de los recuerdos, sólo encontraba clara y viva la imagen de Pablo, su querido hermano, por ello y por encima de todo, no cesaba en su empeño de buscarlo con la ilusión de encontrarlo. Las demás imágenes de su pasado, incluso, las familiares, se le antojaban frías, nubladas y ajenas; en definitiva, como producto de un sueño antiguo. Y al revés de lo que suele ocurrir en situaciones semejantes en que las personas se sienten desposeídas de su propio ser, no, Palmira sentía que había entrado como en la gloria, en el espacio que, por su ser, le correspondía en la vida. Por otra parte, no dejaba de pensar que todo se había producido al margen del tiempo y que todo, quizás era demasiado hermoso para ser vivido por ella. Pero como la joven, en su singular personalidad poseía un porcentaje considerable de superstición, todo se lo atribuía a poderes mágicos mezclados con su valía, desde luego. Aquella fuerza no le venía dada exclusivamente de su personalidad; aunque ella no lo percibía porque también había dejado en el trastero las creencias religiosas, tal vez era algo congénito y aprendido de su madre, que todo se lo atribuía a Dios y a la suerte, igual que la mayoría de los habitantes de una España donde la religión católica había hecho estragos para imponer su código doctrinal. Y, como si las penas, en lugar de estropear su natural belleza un algo infantil todavía, le sirvieran de acicate para consolidarla, cada día se presentaba con nuevos ingredientes de mujer hermosa.

Efectivamente, el ejercicio de hacer sexo sin amor con un hombre bien parecido y amaestrado en aquellas lides cual era el caso del Camuñas, no era una tragedia ni siquiera un acto tan pueril; al contrario, como había supuesto, tenía sus momentos de gozo. Lo dramático empezaba al terminar con el ataque de los reproches y arrepentimientos, sin prescindir de los cuales, bajándose de la cama aún sin asearse y después de su inaudito suspiro, pudo proclamar:

—Bueno, cumplido el brutal acuerdo, me urge tomar el camino de Miranda del Ebro donde, por lo visto, en su campo de exterminio —me hace mucha gracia la palabreja— puede ser exterminado mi queridísimo hermano, Pablo.

—Olvídate de la urgencia, amor...

—No me digas eso, hombre. Yo no soy tu amor, y menos tú el mío. Forniqué (la palabra la había aprendidos de las homilías de D. Benancio, el cura de «as Campas») por encontrar a quien tu bien sabes.

—No, eso fue el adorno. Lo de olvídate te lo dije porque no tienes medios de trasporte hasta la noche que sale el tren, y son sólo las 12 de la mañana —le hizo saber consultando su reloj de pulsera—. Además, no vas a ir por ahí tu sola.

—Voy sola tanto que al cielo como al infierno —aseguró vistiéndose la falda de medio tubo que aumentaba el volumen de culo impresionante de por sí.

—Claro que no irá sola a ninguna parte: ira conmigo y yo con ella —dijo a modo de presentación, Eduardo en tono amenazante, apareciendo inesperadamente.

Palmira se quedó paralizada por la sorpresa, por la responsabilidad y la vergüenza de ser descubierta en los «postliminares» de follar con otro hombre que no era el recién llegado. Quiso disculparse, pero...

—¿Qué haces tú aquí, si estabas en el calabozo? —le preguntó.

—El comisario me dejó libre porque no hice nada que justificara el encierro —replico y, percibiendo la quietud y el silencio de Palmira.

Después de otro silencio forzado por las dudas, le fue narrando la situación, como una trágica parábola con muchas pausas para contener las lágrimas (a veces no lo conseguía y eso daba lugar a que las miradas duraran más sobre ella). Por el mismo motivo, su interlocutor:

—No, no digas más nada —aconsejó—. En una situación tan dramática, a veces hay que elegir la peor. Por otra parte, según tus sospechas —sin fundamento—, ya estamos iguales. Y, claro que no irás sola: yo te acompañaré hasta el fin del mundo si hace falta. Ah, y a falta de tren, tenemos taxis esperándonos.

«Qué bueno y comprensivo es», pensó ella.

Tras dos minutos de tenso silencio.

—Yo encantada, pero tú no puedes; tu jefe te ha ordenado que me dejes —le recordó, por fin, Palmira.

—Hay órdenes imposibles de cumplir, y la que me dio ese cabrón, es una de ellas.

—¿Entonces continuas ayudándome? —quiso saber ella con voz indigente.

—Por supuesto. Ahora, si te parece bien volvemos a casa para preparar las cosas y, luego salimos hacia donde tú quieras...

Camuñas permanecía sentado en el borde de la cama, con el torso desnudo y los pantalones colgado en las rodillas; ajeno a todo a cuanto lo rodeaba.

—Hacia el campo de exterminio de Miranda del Ebro.

—Lo conozco bien —aseguró.

Y cogido de la mano se fueron, sin despedirse del policía que, habiéndose incorporado, se movía de un lado a otro como drogado.

Eduardo, como hombre falto de ideales y docto espía que era (pasando los años trabajará a favor de la Unión Soviética en la llamada «guerra fría), poseía un lenguaje y una actitud protuberantes para cada momento y para cada clase. Con su capacidad singular, nacida en la aldea de «as Campás» y su maestría profesional adquirida en poco tiempo con mucho estudio y trabajo, le daban para respirar bien en tiempo de hambre, incluso, para que, además de los gastos, agasajar a Palmira con algún que otro regalo (especialmente, jabones y perfumes que era lo que a ella le encantaba. Agasajo que, siendo para él un instrumento de futuro amor, ella lo recibía como si viniese de su hermano. Y no sólo eso, pasando el tiempo, sobre todo el «hambre», Eduardo subió los peldaños de la fama y voló lo suficiente para ser conocido con otro nombre en los medios de comunicación social, especialmente en la transgresora televisión.

En aquella ocasión, para sorpresa y no menos agradecimiento de la mujer, el regalo que recibió con un genuino suspiro (tenía un modelo para cada momento), fue muchos más valioso y en dinero contante y sonante.

—¡Eduardo, por Dios! ¿A dónde vas con tanto dinero, amor?

—Por unos días a ninguna parte: seguiremos trabajando aquí en Lisboa has que tengamos mejores pistas. Y esa cantidad es la que te hace falta para ti y para arreglo en la casa.

—Pero, ¿qué pasa, qué no vamos a ir a Miranda del Ebro, hoy —interrogó alarmada.

—Cariño: no vamos a ir hoy ni nunca.

Los suspiros de la mujer se convirtieron en carraspeos entre rabiosos y enfermizos. Enfrentándose cara a cara, desafiante con su interlocutor:

—Ufff. Esto es insoportable. ¿No vamos porque tú lo dices o por...?

—Por qué tu querido lo Camun... o como quiera que se llame el hijo de... Puta ese...

—Déjate de melindres. Eso de querido ahórratelo me lo digas más es un insulto.

—Vale, pues guardia a secas, te ha mentido como un bellaco, te hizo un chantaje sexual.

—¿Cómo? ¿Qué dices?

—Lo que oyes.

—¡Por mi madre que lo mato! —lo conminó Palmira dando media vuelta para ir en busca del chantajista.

Percatándose de que la situación, evidentemente, se estaba precipitando por un camino muy peligros, Eduardo siempre dispuesto a moderar:

—Tranquila, relájate que ya se por lo que fue aquello en lo que os sorprendí. No compliquemos más la cosas que bastante complicadas están ya. Él lo hice porque está loco por ti, y tú lo has porque estás loca por encontrar a tu hermano, y que le vamos a hacer...

—Estás diciendo que a ti no te importa que yo me acostara con ese hijo de puta.

«Si fuese sólo el acostarse», pensó antes de responder:

—Tendría que pensarlo; así de sopetón no puedo decir nada: sólo sé que en esta jodida vida, ya lo dije, hay cosas que son inevitables como, por ejemplo que Pablo, tu querido hermano ya no está en el campo de concentra de Miranda del Ebro: sólo estuvo un día no tres. Ahora estará en otro pero mucho más lejos, grande y exterminante.

«¡Lo mato, lo degüello a ese hijo de puta! —volvió a gritar la joven fue de sí, y dentro ultrajada.

Retornando a una relativa normalidad, gracias a lo consuelos de su compañero:

—Oye, ¿y tú como lo sabes? —quiso saber.

—¿Tú has dicho muchas veces que soy espía, no?

La preguntada asintió con un movimiento de cabeza.

—Pues un espía lo sabe todo —terminó él con sonrisa sarcástica.

En la casa de Aldao no dejaba de soplar el aire de la tragedia. Sin embargo, gracias esa facultad biogenética que el ser humano tiene de transformar los hecho más sangrientos en costumbre, la vida continuaba con sus más y sus menos, con la necesidad de dormir y soñar; de yantar a la hora prevenida, de levantarse todos los días y, con la ayuda de los jornaleros, dar de comer al ganado, recoger el fruto del mismo y de las muchas plantaciones que poseían (era la época). Fruto que gracias al sol y a la lluvia que aquel año se había alterno como nunca (decía los abuelos), había sido muy abundante, tal vez para paliar tanta pesadumbre.

Tras restablecerse en la *Casa de la especias*:

—Burlado el obstáculo...

—Nunca mejor dicho lo de burlar —lo interrumpió ella recordando inoportunamente el pene del policía en el momento de penetrarla. «Malditos recuerdos», se dijo.

—Que podía habernos dejado para el arrastre, debemos reanudar, mañana mismo, la búsqueda.

—Cariño, tú no puedes. ¿Te olvidas que tu jefe te ordenó que las dejases a ellas y a mí?.

—Que le den por el saco al jefe: me he cansado de recibir órdenes, además lo que deseo es estar contigo por encima de todo y buscando a Pablo —aseguró; mas era sólo un pretexto para poder hacer el amor con ella y trabajar para la *KGB*, organización de contraespionaje de reciente creación de la «guerra fría», cuyo puesto le había sido ofrecido por *Todximant*, un japonés medio jefe de dicha organización, que se había conocido en uno de esos sitios todo el mundo se hace «amigo»: en el cabaret *Maximum*, días antes.

Gracias a tan importante cambio de empresa y de labor, pasado algún tiempo, Eduardo incremente su estatus social y económico hasta hacerse famoso por su buen hacer en el sistema de componendas entre los Estado Unidos y la Unión Soviética. Pero como el moverse en esas lides mafiosas es muy peligroso, un día, cuando más exultante estaba por el éxito de una faena, le pilló el toro, cumpliéndose así la venganza de su antiguo jefe.

La puerta de la habitación estaba entornada, pero se franqueó con un leve empujón dado por la joven para, seguida del hombre, poder entrar en la estancia del amor. Tras despojar de la ropada de calle, Palmira se puso una bata por encima; pero, por olvido o intención no utilizó el cinturón, a causa de ello, al menor movimiento, la prenda dejaba al descubierto, para invitación a los ojos masculinos, cual estampa de un paisaje para soñar, la parte más excitante del cuerpo femenino, permitiendo así adivinar lo que ocultaban las bragas y el sujetador.

Presa del espanto y el deseo, Eduardo se incorporó de un salto, pensando que, por fin, después de muchas negativas, la chica habría decidido tomar la delantera. Exhibición que, por otra parte, más que atraerlo, lo decepcionó y, sobre todo lo desconcertó. Y todo por qué, salvo excepciones, a los hombres españoles de aquel tiempo todavía no le gustaban las mujeres (muchos las aborrecían) capaces de semejantes interpretaciones, detestando a sus protagonistas calificarlas a calificar-las de «putas». Por muy estimulantes que fuesen, preferías hacerlo ellos todo para así darse y le dieran ellas una mayor graduación de macho. Eduardo no pertenecía a las excepciones, desde luego.

—Sí, quiero estar para trabajar justos (no por trabajar sino para ha-cer el amor sin estar enamorados), y quiero buscar a tu Pablo para darle un abrazo de bueno amigos (no lo había sido nunca: más bien rivales). Además aquí vendrá tu padre, ¿ya habéis quedado, no? Y en casa tomará un tinte más familiar.

—Madre mía que «bueniño» eres, Eduardo. ¿Cómo pagarte todo lo que estás haciendo por mí —le agradeció con la emoción incluida en sus palabra y reflejado en su rostro transparente.

—Ufff. Sí que sabes, sabes tú lo que se le olvidó al demonio. Bueno, tanto no sabes por la última vez todavía has demostrado que tienes mu-chas ataduras del dios de «as Campas —terminó adornando su palabras con una risa sarcástica (no sabía que las ataduras eran la consecuencia de hacer sexo sin amor).

Las palabras de Eduardo no pertenecían a ninguna realidad; única-mente podían ser el producto de la ignorancia de una broma, pues, duran-te los cuatro meses que no bebía en las primitivas y puras fuentes de «as Capás», Palmira, aunque parezca una paradoja, había cambiado, psicoló-gicamente un setenta y cinco por cien, y el cien por cien su imagen, o sea, a su lindeza natural de la aldea había añadido toda la belleza artificial de la ciudad: maquillaje en sus diversas formas, zapatos de tacón alto, vestidos, pantalones —que nunca había usada—, etcétera; tanto era así que al mi-rarse al espejo, ni ella misma se reconocía. Sin embargo, frente a la mira de los demás, pese a su artificialidad, su belleza daba la impresión de ser perdurable. Y no sólo su imagen, también el comportamiento en función del cambio interno. Como suele decirse, de la noche a la mañana, había dejado todo en el baúl de los recuerdos para lucir las prendas más modernas y los maquillajes menos visibles. Todo en consonancia con su belleza natural y muy lejos de la sofisticación vulgar que empezaba hacer mella por las calles de España. Belleza de unos ojos verdes de mirada profunda y acariciante; de boca amplia con labios redondos y algo prominentes (propicios para los besos); cabello corto y rubio natural que le prestaba un cierto aspecto oriental; de piernas largas en proporción con el resto de anatomía corporal (170 cms.), si bien para los tiempos de cuerpos poco curvados, como los actuales, con algún exceso de caderas. En cuanto a su comportamiento, había aprendido lo suficiente para hablar y moverse de acuerdo con su imagen. Todo lo cual hacía de ella una chica merecedora de la atracción y amor del mejor hombre.

—Oye, bonito, no podrás negar que mí ha cambiado muchas cosas, y que tú eres el primero en disfrutarlas.

—No digamos tanto porque se te puedes caer con el peso de otro, que yo sepa —le hizo recordar en tono de reproche.

—Por favor, eso ni lo mentes. Y sabes que fue un accidente —se disculpó ella, tomándole la mejillas con sus manos.

—Claro... No va entorpecer en nada nuestro futuro, ni la búsqueda de tu querido hermano.

—Por lo que a mí respecta..., Desde luego que no —convino Palmira con suspicacia—. Pero en lo referente a Pablo, «ni fu ni fa».

—No te preocupes, chica guapa que a partir de ya se encenderán todas las luces y lo veremos enterito, aunque intuyo que está muy lejos... Tu hermano tiene que andar por Lisboa, y si no, aquí encontraremos todas las pistas que nos lleve a donde está que no será muy lejos.

—Oye, deja ya llamarme guapa —protestó la joven.

—Guapa: es la verdad, lo que siento —miente—. Si te dijera otras cosas mentiría. Y no es sólo lo que veo por fuera: ¡esos ojazos de mar, tus labios, tu pelo! Sino lo que intuyo que te va por dentro.

Evidentemente, Eduardo era hombre muy optimista, quizá en exceso. Pero en aquel caso le fallaban todas las predicciones.

VII

La guerra de España había terminado, mas para el joven no terminaron las penalidades. Confundiendo con uno de los judíos más buscados, a los alemanes aún les quedaba sitio para meterlo a golpes como a todos metían, en *Dachau*, uno de campos de exterminio más sangrientos. Campo que nada tenía en común con el lugar que, como alto secreto le había desvelado aquel agente policía de Lisboa a Palmira, mediante la compensación de la cosa (ya se ha narrado) más suculenta que una mujer pueden entregar a un hombre. Antes de que Eduardo delatara la existencia y el nombre del malvado mentiroso, Palmira estaba dispuesta, sin pensarlo mucho y a pesar de la distancia, a trasladarse a Miranda del Ebro. Sí, porque el peso del cariño familiar era mucho exceso, los del amor, amor primero: el más pesado y que más pesar deja cuando se rompe. Sin embargo, el caso de ella, sin apear la pena, aquel era el nuevo motor a reacción que la impulsaba con fuerza y persistencia a conseguir su objetivo.

Era tan inaudito, tan terriblemente injusto y tan fuera de sí mismo el castigo, que el joven había perdido la conciencia de su propio ser, Pablo Aldao Suárez. Por ello, todo cuanto le ocurría le producía la sensación de que no era con él. Incluso, la llegada a la Dresde, la ciudad arrasada, donde proliferaban los muertos y los edificios destruidos, lo dejó inmune, viviéndolo simplemente como una pesadilla que otro le contaba. Aquello, siendo más terrible que le puede ocurrir a un ser humano, tenía la ventaja de sentirlo como si le estuviera ocurriendo a otro. Y era tanto así que el Pablo desposeído ahora de su ser, se compadecía del anterior. Su transformación era una metamorfosis antropológica a lo *Max Scheler*, es decir: de alma y cuerpo, ya que, habiendo pasado 800 días desde su desaparición de «as Capás», había cambiado tanto que no lo conocería ni su madre si lo viera. Sus ojos expresivo y brillantes como espejos de mar, eran dos sombras diminutas con los párpados caídos; su piel de un moreno reluciente, se había empalidecido y sembrado de arrugas cual si hubiese cumplido los 80; su boca de labios prominentes y como llena de besos igual que una fuente de agua, se había achicado y hundido. En cuanto a su anatomía, antes atlética por genética y de tanto manejar arados, carros y azadas, habiendo perdido más de la mitad de su peso y consistencia, era una especia de espectro viviente.

Efectivamente como el agente Camuñas le había dicho Palmira, Pablo, después de dar muchos bandazos por los peores sitios, había sido llevado al campo de concentración. Sin embargo, simulando ser misericordiosos a los dos días lo trasladaron a otro más brutal. El destino que más importantes y que más contribuyó a su degradación como ser humano, fue la División Azul.

La división Azul, todo sabían que era unidad fantasma que luchaba a favor nacismos de Adolf Hitler, en la segunda guerra mundial. Pero lo que no sabían todos era que la misma se mezclaban hombres de todas las clases: obreros, funcionarios, militares, altos cargos etcétera y que por no haber participado España de la terrible guerra, por un trapicheo entre franco y Hitler, iba como compensación a la Legión Cóndor que había sido tal vez la más matarife en la absurda guerra civil española. Y lo que no sabía nadie era que en aquel grupo de matarifes, incluso, había poetas como Dionisio Ridruego y actores como Luis Ciger. Y es que las ideas y creencias, sobre todo cuando hay una guerra por medio, no funcionan en virtud de oficio ni de sentimiento, sino de fanatismo. Lo que tampoco se sabía, a pesar de que la voluntariedad era la marca, que mucho no era voluntarios, sino forzosos para cubrir las bajas; sobre todo al final cuando eran tantas que con los voluntarios no eran suficientes para cubrir el cupo acordado. Entre los involuntarios estaba Pablo. Pero, paradójicamente, a él no le propinaron ninguna paliza para obligarlo, como solían hacer. En cambio, para demostrar que no estaba en contra del régimen lo obligaron a alistarse. Mejor dicho: lo alistaron con la promesa de hacerle un servicio a la patria y que pronto volvería a «as Campás». Sin darle la mínima ocasión de exponer sus criterios. Así, a penas sin saber su destino, recordando sólo la fiesta con que, en la aldea de «as Campás se celebraba todo los años aquella noche, al amanecer de Noche Buena del año 1944, se encontró metido en el bombardeado Dresde.

—Cariño, te noto muy preocupada estos días, ¿qué pasa? Es como si tu corazón dejara de latir y tu mente se perdiera en un laberinto. ¿No será que te has enamorado de otro mejor que éste? —dijo Eduardo con una sonrisa conspicua rompiendo el silencio.

—¿Y tú que eres el *Albert Quintana*, preguntas?

—A ver, a ver, ¿de dónde has sacado ese nombrecito? —quiso saber él con suspicacia, añadiendo—: ¿no será tu nuevo amor?

—Bueno, en cuanto a lo que llamas nombrecito, a veces escucho la radio y aprendo algo, ¿sabes? Y lo de mi nuevo amor no es nuevo ni antiguo.

—Vaya, entonces, ¿yo que soy, maja?

—¿Tú? Un amigo buscón... —le hizo saber ella con una sonrisa irónica.

—Bueno, vamos a dejarnos de bromas y al grano. A ver, ¿qué motivo te trae así...?

Después de tanto tiempo de impaciente espera, Palmira, pese a ser ella, realmente, le principal protagonista de la búsqueda, seguía sin saber nada de las operaciones llevadas cabo para encontrar a su hermano. Y no lo sabía porque Eduardo, después de entregarle todos los días el dinero suficiente para sus gastos —ella lo tomaba con reticencias, quizás aparentes—, continuaba saliendo solo, dejándola en la casa con pretexto de: «perdona, pero por el momento una presencia femenina puede dificultar el rastreo. No te preocupes que ya vendrás, ya iremos juntos», terminaba cierta picardía. Al regresar, como muestra de su trabajo, le contaba historias apócrifas con las cuales se podía producir la mejor película policíaca (evidentemente Eduardo poseía mucha imaginación). Por su parte Palmira, no creyéndolo todo, se limitaba a formular preguntas, que siempre eran contestadas con los mejores augurios. Preguntas que la joven contrastaba con sus propias averiguaciones; pero todo quedaba en la sombra.

—Hombre está claro: llevas 4 meses buscando y buscando sin obtener ningún resultado. Esto es un fracaso lo mires por donde quiera que lo mires. Y ¿sabes qué he soñado?...

—Tú siempre con los puñeteros sueños.

—Mis sueños pocas veces se equivocan; al final ya sabes que siempre se hacen realidad.

A ver, cuenta, cuenta.

—Pues, eso: soñé que a Pablo lo han llevado a algún país de la américas, y que tengo que ir a buscarlo yo sola, solita, o sea, sin ti —anunció la joven en tono que no daba lugar a la réplica.

—Joder, eso no es un sueño, sino una locura como una catedral. ¿cómo vas a ir tú sola por esos mundo de Dios: no lo voy a permitir —aseguró él yendo de aquí para allá por la sala.

—Piensa lo que quieras, pero estoy decida a cumplir la orden del sueño...

—Bueno, en todo caso ya hablaremos del tema. Ahora vamos a divertirnos un poco por ahí.

Sí, aunque no acordado de antemano, había transcurrido demasiado. No acordado el tiempo, pero sí con un cruce de miradas lo que hacer para pasarlo bien, que era volver al bar La Gaviota donde Eduardo hacía gala de excelente juglar contando cosas que le había dicho la mar. Aventuras —verdades y mentiras— relacionada con la aventuras de su vida. Pero ninguna con lo que había imaginado contemplándola. Historias que siempre terminaban con alguna escena de amor protagonizada por ambos. Siguiendo la tónica del día que se había conocido, todo lo hacía en tono y términos de amistad, es decir, sin que por su parte interviniese ningún elemento amoroso (mentira). Y no porque no la atrajera los encantos (era muchos) de la joven, sino porque, por experiencia sabía que a las mujeres les gustaba más atraer que ser atraídas. Sin embargo, Palmira, cada día de navegación sentía que su corazón estaba más invadido por el amor hacia aquel hombre del que, en verdad, solamente sabía que era un magnífico contador de historias tan fantásticas como increíbles. Aquel loco sentimiento (el amor auténtico, como el ser de los genios, siempre lleva una ración de locura), le producía una terrible lucha consigo misma; una lucha entre el amor y la diferencia de intensidad amorosa. Eduardo, aunque en estética física estaba a la par, eran tan dispares en lo espiritual que el amor parecía algo imposible. La lucha fue dura especialmente por culpa de aquel síntoma de psicosis demostrada en la catedral de Lisboa; pero al final —no podía ser de otro modo— el amor gano la partida con un «¡te amo!» Susurrado a la recíproca.

—Bueno, las palabras son maravillosas, pero son mejores cuando van acompañadas de los hechos —expuso Palmira, exposición que su compañero no llego a entender hasta que—: y los son hacer sexo hasta que el cuerpo aguante, que me penetres hasta que se mezclen nuestros líquidos.

—Por supuesto, tienes toda la razón del mundo —convino Eduardo cual si de pronto el mundo hubiese dejado de dar vueltas, o lo dicho por ella fuese una cosa pueril.

Después de las palabras llegaron los besos hambrientos y los desnudos como vestíbulo de la apoteosis.

Recordando que la primer vez de tanto soportar las negativas femeninas, él había llegado a pensar: «quien sabe, a lo peor es de la acera de enfrente, o sea, lesbiana, aunque esté prohibido por Dios y por todos los santos». Y para no hacerlo (al final, aunque mal terminó haciéndolo), la joven se dijo que el sexo era algo perverso y repugnante. Palabras y pensamiento que la centraron aún con más fuerza perdurable en buscar y encontrar a Pablo, su querido hermano. Para ello, había llegado a Lisboa donde diferencia de otros sitios donde ya estuviera, estaba persuadida de encontrarlo. Eran sólo indicios, pero ella lo deseaba tanto que los vivía como realidad tangible. Pensando así y olvidándose de que no habían dormido en toda la noche, mientras subía en el viejo ascensor, trazó un plan cuyo primer reglón era, antes que nada, presentarse en la cárcel donde según los últimos indicios estaba Pablo.

Sí recordando todo aquello, ni por lo más remoto, Eduardo podía creer comportamiento tan inaudito y amargo. Sin embargo, mientras con un gesto de cabeza, daba sus palabras como genuinas su mano derecha hurgaba entre los muslos femeninos: al aire hasta el vértice del ángulo formado por los muslos y:

—Lo que tú digas, cielo que para eso eres la reina de la belleza —halagó el joven que descubriendo que era la práctica de mejores resultados en las mujeres, estaba aprendiendo a lisonjear con pueriles romanticismos.

Las palabras fueron relevadas por los quejidos y suspiro pregoneros del sexo, cuando los pájaros anunciaban un nuevo día.

Después de tan gustoso espectáculo privado, saltando de la cama tomaron asiento en el sofá más grande de los 3 que servían de comodidad y adorno a la sala de estar. Eduardo, en silencio depositó en la mujer una mirada en la cual, sin saber nada de psicología, se podía leer todas las páginas de amor en el libro su alma. Por su parte Palmira esquivó aquella mirada, al principio, en cambio, convencida de que no podía quitársela de encima —aunque la ruborizaba, tampoco lo deseaba—, terminó correspondiéndole y rompiendo el silencio:

—Fue algo maravilloso, como de otro mundo. La prima vez, nada que ver con esta: más que el gozo de follar, se parecía al dolor de un castigo. No me gustó nada, seguro que por eso (no era por lo que decía, sino porque, aunque sin saberlo, no capaz es de saltar a la parcela del amor) no quise volver a hacerlo. Pero hoy, madre mía que gozada...

Aunque lo dicho por Palmira era en verdad interesante y prolífico, no hubo respuesta por parte del hombre. No le importó porque las bocas volvieron a pasar de las palabras a los besos profundos y a las lenguas mordidas... El mundo dejó de girar y la vida se redujo por muchos minutos, a dos cuerpos vibrantes y unidos en su plenitud. Finalizado el tiempo en que todo se le antojaba inaudito, volviendo a la realidad.

—¡Ayyy! Mira... Esto sí que es gozar... y no lo de la primera vez, y no sé qué; pero es algo genial: como pasar de este condenado mudo al paraíso. No lo entiendo... ni falta que me hace, la verdad —masculló la joven, y terminó con un hondo suspiro.

Sacando del frigorífico una botella de champán:

—A ver, ¿por qué brindamos ahora, coño? ¿Por ser la vigésima vez de orgasmos maravillosos o por haber perdido el virgo? Y no te olvides de quién te lo arrancado, eh —interpeló Eduardo suspicaz y festivo.

—Descuida: no me olvidaré de nada, y menos de que tú me estás apoyando muchísimo a buscar y a vivir. ¡Eres un ángel! Aunque, en verdad, no sé muy bien por qué...

Palmira recordó, entre algo avergonzada y satisfecha, que aquello era lo que estuvieron haciendo ellos, y el recuerdo le avivaba la llama del amor que la abrasa por dentro y, por supuestos las ganas de volver a hacerlo; mas como aún no había derrotado todos los prejuicios de mujer de sus tiempo, y menos los perjuicios del amor, se contuvo conforme con lo que haría cuando volvieran a la cama. Por su parte Eduardo, aunque pensaba que lo dicho por el personaje aquel, eran patrañas de alguien que no tuvo bastante con la juerga nocturna, no descartaba ninguna posibilidad que, como aquella tuviese alguna relación con sus pistas, y sobre todo que demostrase la falsedad del chismorreo de que él busca a Pablo por llevar a la cama a su hermana. Imbuido por aquella idea y por el deseo de desterrar los motivo.

Como muchas otras mujeres, tal vez so pretexto social de ser igual que los hombres, evidentemente, Palmira copiaba las palabras feas y mal sonantes de ellos. Copiaban y pasando el tiempo terminaron igualándolos en las dichas palabras, no así en la igualdad de otros derechos.

—La primera vez es normal; además tuve que desvirgarte. Además lo has hecho conmigo que, para aprendas el meneo para siempre, la X vez hago del folleteo una apoteosis —terminó con voz prepotente.

La noche había sido de lluvia y viento tormentoso sin tregua; en cambio amaneció azul y claro como un inmenso espejo, lo que contribuía a que, por efectos de la helada, el frío fuese más intenso. Fenómeno meteorológico que contribuyó a que Palmira, para olvidar palabras feas de que aquella oscura conversación, recordara el año en la celebración del carnaval a pesar del invierno semejante al de aquella noche y de lo prohibición nacional y rigurosa de celebrarlo como —de ninguna manera— se hiciera en otros tiempos: con disfraces, carrozas y charangas por todas las ciudades, pueblos y aldeas. «Prohibición, sí a pesar de la misma, nunca faltaban los audaces como ella que, en honor Apis, con insólitos disfraces caseros, se arriesgaban a correr el «entroide», al socaire de la noche», terminó recordando.

—Vamos aprovechar es día de sol para dar un paseo por la ciudad que tu apenes conoces —propuso Eduardo rompiendo los recuerdos de su compañera, añadiendo—: merece la pena porque es una capital preciosas. Además mañana tenemos mucho trabajo y, por supuesto, algún problema, empezando por la Comisaría de Policía.

—Ahí ya estuvimos —advirtió la joven mientras con un suspiro diferente, se desperezó.

—No seas absurda —aconsejó él, molesto por el motivo que les había llevado allí—. Hemos estado por algo que no debiéramos estar jamás, o ¿te olvidas que no fue para buscar a tu querido hermano? Lo que debiera ser si no fuera por...—no quiso continuar para no echar leña al fuego del pasado y para no estropear el presente que prometía encanto.

—Vale: vamos a donde y hacer lo que tú quieras, cariño —asintió ella disponiendo las cosas de salir.

Palmira la ropa que la favorecía, incluso aquella que la hacía más atrayente o provocativa a los ojos masculinos: mini vestido negro con que, por tan amplio dejaba ver el canal divisor de sus prolíficas tetas, como un canal entre dos accesibles montañas. Lo que dejaba ver su vestido lo cubría con las llamadas medias de cristal, que hacía apetecibles sus largas y bien torneadas piernas. Calzaba zapatos negros y brillantes como de charol, con tacón que le permitía igualar la estatura de Eduardo. A pesar del frío, sólo se cubría con exiguo y rojo chaquetón que evocaba al de *Greta Garbo* en la película «La Reina de Suicia».

Después de visitar el museo de Calauste; el Oceánaria; el castillo de San Jorge; la torre de Belén y darse una vuelta por el Paseo del Tajo, tomaron asiento en una de los bancos de madera desde los cuales se podía contempla perfectamente el lindo paisaje natural y el urbano que hacen de Lisboa una bella y tumultuosa ciudad. Pensando en demostrarle, una vez más, el perdón por la demencia de querer acabar con su vida, Eduardo la tomó con su brazo izquierdo por los hombros. Enternecida ella, dos lagrimas como dos gotas de lluvia rodaron por sus mejillas, acompañas del sonido para contraer la mucosidad.

—Cariño, ¿qué te pasa, por qué te pones así? —quiso saber Eduardo atrayéndola con más fuerza y cariño hacia sí, mientras con la otra mano le entregaba el pañuelo de bolsillo; prenda que ningún hombre que se preciara debía dejar de llevar.

—¿Por qué preguntas si ya sabes el por qué? —contestó ella secándose las lágrimas.

—Sí, ya sé que es porque no encontramos a tu querido hermano; pero creo que hay algo más.

—Lo demás es cosa mía que a ti no te importa... Bueno, sí, pero no te la voy a decir.

—Como quieras, cielo: me la imaginaré y ya sebes que mis imaginaciones nunca fallan...

—¿Nunca fallan? Por Dios no jorobes: como cuando íbamos a encontrar enseguida y ya llevamos 4 meses y 5 días sin olerlo —contravino ella cambiando las lágrimas por una risa fingida.

Una bandada de gaviotas espantadas por la sirena de una nave navegando, revoloteó sobre sus cabezas. Palmira las contempló un largo rato, porque de pronto recordó lo mucho que Pablo, cuando eran niños, se divertían espantando aquella aves en la playa de «as Campás».

—Mira, chica guapa...

—Oye, tú me avisaste que no te nombrara por «Edu», pues yo deje muchas veces que me llames «chica guapa»; pero tú sigues haciéndolo. Llámame por mi nombre, ¿Vale? avisé muchas veces que no llames así; llámame por mi nombre —le atajó ella en tono represor.

—Vale: mira Palmira estas cosas son muy complicadas. Por lo investigado y por los presentimientos, creemos que puede estar aquí. Pero, ¿quién sabe? Igual está en otro sitio y tenemos que recorrer medio mundo para encontrarlo. Mujer, además tampoco es sólo eso: hubo mucho más que vale un potosí. Y bien que lo hemos disfrutado —recuerda él en tono sarcástico—. Ah, y esto no es un fracaso; eso lo dices tú porque no tienes idea del tejemaneje, de lo que son las investigaciones de un asunto como éste. Al contrario: es una operación de ellos para despistar, pero que concuerda con mis pesquisas, cuyo resultado es que está aquí donde permanecerá hasta que lo ejecuten. Y, sobre todo es un camino más para llegar a donde queremos, que es encontrar a tu hermano, ¿no? —y terminó con una risa histriónica e improcedente.

—Eso encaja con mis sueños —musitó ella.

—¿Qué dices?

—Nada, cosas mías, no te preocupes.

—Pero lo entraremos —continuó él, más por alimentar la esperanza de ella que por otra cosa, incorporándose y prosiguiendo—: ahora mismo vamos a iniciar la segunda fase, volviendo a la policía y luego, a la cárcel...

—Pero, amor (por ser la primera vez que ella usa aquella palabra, a Eduardo le hierve la sangre), en esos sitios ya hemos estado y nada de nada.

—Sí, pero en estos asuntos las cosas cambian de día para otro. Además, ahora lo haremos más exhaustivamente.

Palmira ignoraba el significado de la palabra exhaustivamente; mas al ponerse de pie supo que estaba exhausta por todo cuanto había caminado.

—Cariño, ahora no puedo: estoy muy cansada —le hizo saber volviendo a sentarse.

—No te preocupes: lo haremos juntos, «juntitos» cuando descanses.

Y Sí, cual si aquellas palabras del hombre fueran una promesa sagrada o una declaración de paz, a partir de entonces iban juntos a todas partes y hacían las mismas cosas, pese a las discrepancias surgidas antes de realizarlas. En aquel excepcional caso se podría decir aquello de que «el cariño lo iguala todo», y aquello de que «las diferencias enriquecen». En la práctica así era, pues, luego de las discrepancias, como si las mismas actuaran de motor, realizaban en la «búsqueda» actividades que por su riqueza y presentación, impropias de su edad y, sobre de su profesionalidad. De tal modo que, los mejor pensados comentaban la existencia de un sortilegio, entre ambos.

Después de terminar de hacer su primer servicio juntos, con resultado cero, en el ministerio de asuntos exteriores portugués:

—Bueno, chica… ya estarás contenta, ¿no?

—Contenta no estaré has que encuentre a Pablo. Pero, dime, ¿por qué tengo que estar contenta? Qué yo sepa el problema sigue sin resolver. ¿Qué pasa qué nos ha tocado la lotería este año —contestó la joven después de apurar el último sorbo de coca cola que le había servido (a él cerveza) en el mostrador del bar La Ronda, contigua al ministerio.

—Mujer, porque ya hemos conseguidos, como te prometí y tanto te preocupaba, lo de trabajar en pareja como la Guardia Civil —le recordó él con suspicacia, añadiendo—: eso que tanto deseabas y te preocupaba.

—Cierto, poro si los resultados sean como los de hoy, creo que nuestro dúo pocos aplausos va a merecer.

—Bueno, es el primer día, y lo mejor es disuadirte de la idea de que fueras tu sola por esos mundos a buscar lo que, por supuesto no ibas encontrar. Ya se te ha esfumado esa tonta idea, ¿a qué sí?

—¡Uy, no! Estoy muy segura porque los sueños son un misterio, y yo en los misterios creo mucho, no si lo sabes, lo aprendía de mi madre, y lo aprendido de una madre como la mía va siempre con uno. Así que no sé lo que pasará. Ah, y no te olvides que ese fue el gran sueño de mi vida, gracias al cual, por fin, se ha producido el milagro de saber el sitio, lo que no sé bien es cómo llegar a él. Espero que Nuestro Señor me ayude a cruzar las fronteras que nos separan —disertó la joven mientras salían a la calle, mirando al cielo cual si en él pudiera hallar al que con tanto cariño buscaba.

Situado a su espalda, el hombre volvió a tomarla por los hombros, pero en lugar de deslizar las manos por el pecho femenino, lo hizo por la cintura y las caderas; caricia que en aquella ocasión en lugar de rechazarla, ella la recibió con un estremecimiento delator de la transformación de su indiferencia en deseo.

—Cariño, los misterios son un pamplinas: sólo existe la realidad y esa es que me tienes a mí y, teniéndome a mí con todo mi equipaje, ¿a dónde vas a ir tu sola por eso mundos en los cuales solamente te puede encontrar con algún gilipollas mal nacido que te ponga la zancadilla —vaticinó Eduardo, recordando sin arrepentimiento que la «zancadilla» era la trampa utilizada por él para conseguir mérito antes sus nuevos jefes.

—No digas tonterías, hombre de Dios: los misterios son la magia de todo y también son realidad porque forman parte de nuestra vida —replicó la joven, y como si intuyera el pensamiento de su interlocutor, continúo—: y eso de que te tengo a ti habrá que verlo, en todo caso lo que más quiero tener, ¿ya sabes a quien, no?

—Jode... Ya: a Pablo, tu queridísimo...

—Pues claro, y a él lo tendré contigo, sola y con Dios —aseguró Palmira en tono de sentencia.

El aludido contestó con un gesto de aprobación, en silencio y en silencio enfilaron la calle hasta llegar a la puerta de su casa donde, donde, tras un movimiento de aprobación al silencio, exultante Palmira tomó al hombre entre sus brazos y, al modo de la película «Un paseo para recordar», lo codujo a la cama, una cama que en otro tiempo quiso ser estilo Certer para la primera noche. Pero que con el tiempo se había convertido en un catre de apartamento de alquiler por temporada.

Como era y es bien sabido, el tiempo es el espacio hiperbólico que lo abarca todo, y el arma más eficaz para arreglar y desarregla las cosas más insólitas. Por eso Palmira y Eduardo, después de pasar muchos días juntos en el mismo espacio e iguales en el devenir de los acontecimientos, a pesar de que el amor, por culpa de la facilidad estaba perdiendo llama, habían minimizado sus diferencias, aumentando su eficacia en la búsqueda con nuevas pistas y caminos para encontrar el destino tan deseado como perdurable. Caminos que lógicamente siempre comenzaba en la comisaría de policía, donde recibían las novedades habidas y por haber, diariamente.

Después de los halagos y la manifestación de sus pueriles deseos de Palmira:

—Tengo la clave —le susurró el agente Camuñas, mientras Eduardo permanecía en el despacho del comisario.

—¿La clave de qué cosa señor agente? —quiso saber ella, dándole el tratamiento para disuadirlo de sus pretensiones.

—De qué va a ser, guapa, pues de donde está tu querido hermano...

—¡Síííí! No me diga, estimado Camuñas —exclamo la joven exultante.

—Como te lo digo. Pero tiene que ser un secreto entre tú y yo, exclusivamente. Y como es un secreto, has de ir tú sola a buscarlo.

—¿Yo sola? A ver, camuñas, ¿no será como lo de la otra vez?

—En absoluto: ya ves que lo hago con altruismo, porque es de ley, sin pedir nada a cambio.

A pesar de la distancia, la gran paradoja era que lo dicho por Camuñas coincidía en buena parte con aquel sueño suyo, por eso aceptó la propuesta con todo lo que la misma llevaba consigo. «El problema está en cómo me deshago de Eduardo, ahora», se dijo a sí misma, que ya encontraría algún pretexto.

En la casa de Aldao de la aldea de «as Campás», no había terminado el capítulo de los tristes recuerdos —nunca se borran—. Sin embargo, el ambiente de tragedia familiar había mejorado notablemente. Primero, porque al establecerse Palmira en Lisboa, se lo comunicó a sus padres por carta, así como por teléfono e, incluso, Manuel, su padre fue a visitarla más de una vez, lo cual supuso una gran alegría para todos. Segundo, porque a la 42 años Narcisa, su madre, trajo a este mundo su tercer hijo, a adrede —los otros 2, aunque muy deseados, había venido de rebote— (por con todas sus fuerzas que fuesen sin diferencias; pero una vez más la biología no quiso cumplimentarla). Aquel hecho en si, no sólo fue para la vida familiar la compensación de todos los males, habidos y por haber, sino que constituyó todo un acontecimiento genial para el mundo. En una época en que las mujeres si no se casaban antes de lo 25 se les ponía el sello de solteronas, y si no encintaban antes de los 35, se le ponía el de estériles, parir un hijo tan guapo como Alejandro —sin saber que había existido el Grande, lo bautizado así en honor a su abuelo materno—, era todo un acontecimiento, un milagro o una locura para traspasar fronteras. Así, fue tema para toda clase de comentarios, rumores y noticia preferente para la prensa de aquellos tiempos. Y no digamos para la familia que, para el día del bautismo, organizo una fiesta en la cual, a pesar de su riqueza, se reflejaba como fracaso por un deseo no cumplido.

—¿Sabes una casa?

Como si el aludido estuviese en otro lugar, se produjo un inesperado silencio.

—¿Qué pasa, qué estás en Babia o qué? —volvió a preguntar la mujer.

—Perdona, no: estoy aquí. Venga cuenta, cuenta.

—Vale. Pero no te alarmes, que es muy linda... Mira: he vuelto a soñar con el lugar donde está Pablo.

—Joder, siempre con tus putos sueños. Buen, a ver, y ¿dónde te dice ahora que está Pablo, tus extravagante sueño?

—Ay: eso no lo puedo decir porque es un secreto y todo lo lleva consigo, lo siento, pero he de resolver yo solita, o sea, sin tu compañía —le hizo saber sintiéndolo de verdad porque durante las tres semanas trabajando juntos, además de cuerpo, se habían unido más de corazón.

—Lo tuyo es algo inaudito, chica: crees en lo que dicen los sueños como si fuese una realidad tangible. ¿De verdad crees que así vas a encontrar a Pablo?

Palmira guardó un minuto de silencio, pues no conociendo el contenido de la palabra tangible deseaba saberlo como todo aquello que había aprendido después de salir de «as Campás». Pero tenía reparos para confesar su ignorancia, aunque fuese al hombre del que tanto había aprendido. Al final se decidió, y Eduardo con una sonrisa entre cínica y generosa, le explicó «a groso modo» el significado de la palabra en cuestión. Después de darle las gracias en tono de broma:

—Pero, que incrédulo eres, cariño. Entonces, ¿tú que crees en este caso que no lo voy a encontrar, incluso, que puedo perderme yo? He preguntado, por toda respuesta se encogió de hombros; sin embargo, pensó que la pregunta había dado en el clavo porque lo más probable era que desaparecería ella también, llevándose consigo el amor que en el tiempo que llevaba la búsqueda entre ambos, florecía como un rosal en primavera. Y aquella pérdida, a pesar de ser únicamente un supuesto, ere lo que Eduardo más sentía; sentimiento no manifestado en ningún momento porque los hombres de aquella época estaban mejor preparados para la guerra que para el amor.

VIII

De pronto, en la calle, a lo lejos se oía un alboroto de voces interrumpiendo las palabras de Palmira y, al acercarse se iba convirtiendo en algarabía de la que destacaban gritos de protesta. De pronto, sonó una descarga de disparos de fusil y, seguidamente, a los gritos se sumó el barullo de carreras enloquecidas, mezcladas con voces de auxilio y espanto originado por las explosiones.

—¡Ay, Dios mío! ¿Qué pasa, qué pasa? —preguntó Palmira soltándose de los brazos masculinos y asomándose a la terraza, asustada—. Esto es la guerra otra vez, añadió recordando la guerra civil del que tantas veces le había hablado su padre, para tener tanto miedo, más en tono de drama que de tragedia.

Después de lo disparas la calle en seguida recuperó su dinámica de vida normal y ambos jóvenes el espacio para exteriorizar sus emociones; las de él, en fase de crecimiento, y las de ella, sometidas a un control que se desvanecía a cada palabra, a cada toqueteo; hasta olvidarse por completo de aquello tan ratificado una hora antes: la búsqueda a solas y por su cuenta de Pablo, su querido hermano. Dejó de recordarlo no solamente porque el deseo, como una especie de marea de aguas cálidas, bañase todo su bien trazado cuerpo, sino porque de pronto, decidió abandonar las reticencias habituales y entregarse por completo al deseo sexual. Empujada no sólo por el deseo, sino también por el inusitado el placer de pasar de la rutina a lo desconocido, el momento se le antojó igual que el de pasar de un mundo a otro. Para desterrar aquella desatinada sensación que mordía lo más hondo de su ser, se acercó a la ventana desde la cual se podía ver el mar como analgésico del dolor causado por el desorden cuyos daños se notaban en la calle, donde proliferaban los escaparates rotos, el trafico parado y una ambulancia pasando a toda velocidad y con gritos de sirena.

—Ey, ey, chica linda...

—¡Oye, tú estás por burlarte de mí o qué. Me prometiste que nunca más me llamaría así! —le recordó Palmira, enojada.

—Joder, cualquiera diría que te estoy insultando. No es lo mismo. Pero, Vale, vale: te llamaré sólo guapa, como te decían lo gañanes de «as Campas».

—Sí, tiene diferente forma, pero el mismo contenido. Si no recuerdo mal lo que aprendí en la escuela, son sinónimos. Y, ay madre mía, hablas como si tu fueras de Nueva York, como su fueras un erudito, y no eras más que un patán como otro cualquiera —le reprochó, acercándose como amenazante.

—¡Uy, Nueva York! No nací allí pero podía haber lo hecho porque el lugar de nacimiento se parece a una lotería. No me parieron en aquella ciudad, pero estando a tu lado, con ese perfume, estoy tan a gusto como si lo hubieran hecho —comentó el joven haciéndose el gracioso.

Recordando la escena de la catedral, Eduardo, poniendo en práctica su astucia, aquella que tantas veces le había proporcionado propinas femeninas.

—Hay que ver lo que has aprendido, erudito y todo. Eres una mujer como pocas, mejor dicho, como ninguna, y esto hay que celebrarlo, mi amor —se ofreció sacando del frigorífico, tres mini botellas de cava español.

Pensando que estaba siendo demasiado pueril con aquella mujer que, al fin y al cabo, no era más que el instrumento que, sin saberlo, le ayudaba a conseguir su propósito, guardo un minuto de silencio, luego, como:

—No, gracias, ya dije que no quiero más de esa mierda de champán; si fuera francés todavía («anda con la moza, y hace dos días que ni siquiera sabía que existía», pensó el hombre). Por supuesto, que algo se ha roto y mucho más importante que platos. Algo que no sé… —y en su rostro se cubre con un mantel de palidez.

—Venga, cuéntame por qué estás deprimida, como si se hubiera muerto alguien por ti muy querido.

—Y a lo peor, sí...

—Ya sé: te refieres a tu querido hermanito, y por eso estás así como estás. Pero, mujer, de vez en cuando hay que olvidar y hacer una apuesta por la felicidad —le recomendó el joven, tomándola por la cintura.

Ella pretender escabullirse; pero no lo consigue porque él la aprieta un poco más, y no insiste, sino que se deja llevar hasta la posición de los besos infructuosos, porque:

—No me fastidies. Mira: ninguna cosa de mi hermano pasará jamás al olvido. Pablo y todo lo que con él se relacione, estará siempre aquí —y con su mano derecha tocó, primero su frente, y después el corazón, añadiendo—: como una losa en el centro de la tierra.

Las palabras de Palmira eran, no únicamente una muestra de su aprendizaje, sino también una prueba del filón poético no aprovechado como tanto otros. Eduardo lo sabe y por ello le halaga con frecuencia. Pero en aquello ocasión, sin saber por qué se aventuró en ir más allá.

—¿Sabes? A ti te pasa que... de tanto aprender te has vuelto más... compleja. Hostia, y hasta más peligroso —masculló.

—¿Por ejemplo? —interpeló ella en tono moderado.

El presunto pensó en echar mano de su habitual astucia, más, recordando una más lo sucedido en la catedral: «bah, si se enfada que se enfade: voy a decirle lo que pienso», se dijo.

—Verás, como todo, el saber mucho tiene su parte negativa, y la tuyo es que has creado como una doble personalidad, o sea, dos contrapuestas (aún no se llamaba bipolarismo), una de alegría, de risas que llegan al éxtasis y, así te conviertes en una chica maravillosa, en una especie de ángel. De esa, sin tiempo de transición, pasas a la contraría de lágrimas, radicalismo y hasta agresividad, en algo parecido al demonio —glosó su interlocutor, agregando—: y perdona, eh.

—No hay nada que perdonar porque en eso de la doble personalidad tienes razón. Pero lo que, quizás no sabes es que una de las dos partes está dedica al amor que totalmente para ti —contestó Palmira separando los cuerpos y dirigiéndose a la puerta de salida—. Y, ahora vamos a los nuestro que, si no recuerdo mal, era volver a la comisaría.

Palmira no dijo toda la verdad, porque no sabía lo que le pasaba, y no lo sabía no por culpa de dónde, cuándo y cómo haya nacido (en la aldea «das Capás»), sino porque muchas veces los sentimientos de amor son ilegibles y siempre indefinibles. En aquel momento no sabía porque se lo impedía aquella fuerte e intensa atracción que, después darle tantas «calabazas» en la escuela, de sentirlo como un hermano y de practicar sexo, después, en aquel para ella, emblemático momento, sentía por Eduardo algo tan fuerte y intenso que no le permitía saber nada. Así, entre la inesperada atracción y el no saber en verdad lo qué era, estaba desconcertada hasta el punto de no saber dónde se encontraba. Por otra parte tenía la sensación de haber perdido algo que formaba parte de su personalidad hasta aquel momento, y barruntaba que tal pérdida incrementaría la atracción hacia el hombre. Eduardo vino a sacarla de su ignorancia.

La respuesta de la joven dejo a Eduardo sin palabras, y creyendo que se había equivocado en su definición, se dijo a sí mismo: «joder, a la mujeres no hay dios que las entienda».

En la comisaría les recibió por enésima vez el comisario jefe, hombre bien parecido y tal ver por ser descendiente de la burguesía del tiempos de los navegantes portugueses, de una cortesía en nada parecida al despotismo portugués ni español. En general la conversación giró como siempre, por caminos hipotéticos y supuesto que no conducían a ningún punto de encuentro. Pero al final, mientras le disparaba una mirada devoradora a Palmira (en secreto, también esta chiflado por ella):

—Bueno, según las últimas averiguaciones del agente francés *Lefroxe*, especialista en este tipo de investigaciones, su camino será el Atlántico. Digo será porque, según rumores, acompañado de sus captores, lo vieron entrar en la Casa de los Bicos.

—Entonces lo lleva para algún país de la américas, ¿cuál? —quiso saber Eduardo.

—A tanto no hemos llegado, pero la investigación continúa con inmejorables perspectivas —terminó como haciéndole a la joven un ofrecimiento con otra mirada.

Cruzaron oficinas, puertas y pasillo en silencio. Sin embargo, al salir por la puerta principal:

—«El camino será el Atlántico». Ves, cariño como mis sueños van por buen camino —recordó la joven exultante.

—Cariño, ya sabes muchas cosas, pero todavía no has aprendido a utilizar tus encantos femeninos para seducir a los tíos.

—Oye, y tú ¿por qué, puñetas dices eso? —le interpeló la joven a puno de entrar en la segunda personalidad.

—Pues, porque viendo cómo te miraba ese hombre, podías haberle sacado mucho de lo que no quiso decirnos. Te lo estaba ofreciendo con sus jodidos ojos.

—¿Qué leches quieres qué me fuera a la cama con él, mientras tú hacías una asquerosa «paja» —estalló Palmira, deteniéndose frente a frente—. Y yo no tengo que utilizar mis encantos más que con las personas queridas, que lo sepas, y sepas también que hoy te estás comportando como un como cabronazo...

—Perdón, perdón. Lo siento —se disculpó el hombre, aunque lo había hecho con toda intención de servir a sus oscuros intereses.

Al día siguiente, casi en silencio —sólo algunas palabras referentes a la que iba entrando por sus ojos— y sin apenas darse cuenta accedieron al parque Eduardo VII cuando todo los habitantes del mismo se despertaban con los primeros rayos de sol, iniciando cada cual su actividad biológica y profesional. Así, a pesar del cansancio y decepción, Palmira dejó brotar su numen artístico y, olvidándose de todo gozaba con el color y perfume reciente de las flores, con la alegre música de los pájaros y con la danza de las mariposas.

Eduardo se le acerco y, tomándola de la cintura, como era su costumbre:

—Oye, «cariño». ¿Qué te has vuelto pesimista? Con lo lanzada que tú eres y lo dispuesta que estabas a encontrar a tu querido hermano aunque fuese bajo tierra, aunque tuvieras que volar al cie...

Eduardo cortó la última palabra, al oír:

—¡Lo he visto, lo he visto, por mi madre! —aseguró una voz de entre la muchedumbre, en tono de proceder de una juerga nocturna—. Dos guardiñas lo llevaban arrastras y lo metían a empujones en la Casa de los… —añadió cambiando el tono por otro semejante a uno salido de bajo tierra.

No fiándose para nada de lo dicho por el extraño mensajero, e ignorando que la Casa de los Bicos tuviera algo en común con ningún preso y menos con el joven buscado ni con las averiguaciones llevadas a cabo en relación con el mismo, Eduardo y Palmira apenas hicieron caso. Sin embargo, recordando lo dicho por comisario, entraron para llevar a cabo una doble función: contemplar las maravillas de su interior, como turistas, y hacer un registro por si hubiera algo de verdad en las palabras de aquel hombre.

La Casa de los Bicos en el barrio de la Alfama, fue construida en el años 1523 con diseño de Francisco Aranda por orden de Bras de Albuquerque, hijo natural de Wikipedia. Al verla sin entrar todavía, Eduardo pensó que el edificio había sido concebido, sobre todo para albergar gente de alto rango —estaba en lo cierto—, y que con el paso del tiempo se fue transformando más para atraer y complacer turista que para esconder capturados por sospechosos de «rojos». La construcción era tan diversa y cambiante que, a pesar de ser él bastante aficionado a la arquitectura, no fue posible definir el estilo al cual pertenecía como monumento. Únicamente sabía que su nombre de Casa de los Bicos se debía a los puntos sobresaliente en su fachada.

—Oye, chica…, has visto que bonito es todo esto; tan hermoso que parece un broma de los dioses de otro tiempo —susurró el joven cercando su boca a la oreja femenina.

—Sí es precioso, ya lo veo. Pero debemos largarnos cuanto antes porque detrás de lo que se ve presiento algo que no me gusta. Venga ¡nos vamos! —recomendó Palmira voz autoritaria.

Utilizando un ardid en los que era un especialista, Eduardo intentó disuadirla.

—Cariño, vamos a echar otro vistazo, no sólo para gozar de todo esto, sino para que luzcas tu bella con este vestido tan bonito que te has puesto hoy. Me encanta ver como a estos portugueses se le van los ojos detrás de ti. Y, ¿quién sabe? A lo mejor todavía encontramos a Pablo por ahí en algún rincón.

—¡No, no. Nos vamos ahora mismo! En este momento tus locuras solamente sirven para aumentar el peligro —replicó ella empujándolo fuera de la principal.

—Joder, pero ¿de qué peligro hablas? No lo veo por ninguna parte.

De pronto, de entre los coches aparcados, había uno con el motor en marcha, del cual salió una figura vestida de hombre, cuyo tono de voz revelaba que era una mujer la cual empuñaba una pistola apuntaba al corazón de Eduardo, vocifero:

—¡Este cabrón ya no se va a ninguna parte, vivo!

La sorpresa dejó a ambos enlosados; tal vez porque había intuido el peligro, no tanto a Palmira como demostró con su largo y habitual suspiro. Paso cinco segundos, Eduardo pudo exclamar:

—¡Margarita! ¿Qué haces?

—Matarte con… dos tiros, uno por el jefe que nunca perdona, y otro por… mí que perdono, pero… no olvido…, hijo de puta —masculló la de la pistola.

Como si fuese una señal de que tiempo terminaba, el claxon del vehículo sonó dos veces.

—¡No, Mar...!

Eduardo no pudo terminar la frase porque el eco de dos disparos sonó en la plaza y dos proyectiles se clavaron en su cuerpo, como doble y diferente castigo, el primero en el estómago, y segundo en el lado derecho pecho. El herido se desplomó en suelo cual estatua derribada por un tornado súbito, mientras la sangre empezaba a fluir como catarata que amenaza con inundarlo todo de rojo para anunciar la muerte:

—¡Mira... ahora... ya puedes... buscar a... Pablo tu solita... muñeca! —balbuceó disparadora aludiendo a Palmira, cerrando los ojos lo mismo que si quisiera ver el resultado de su acción.

Lo que le quiso decir el herido ya lo había pensado ella nada más que oír los disparos; pero dejó de pensar cuando la de la chica de la pistola para perfecciona su papel de matarife y el asesinato, se acercó tranquilamente a Eduardo y los remató con otros dos disparos a quema ropa. «¡Toma, y estos dos por el amor que has traicionado!» Luego montó en el coche que la esperaba con el motor en macha y salió como alma que lleva el diablo.

Ante tan dantesco espectáculo, Palmira se quedó tan de roca que, si no fuera por la palidez que cubría su rostro como manto fúnebre, se diría que ni se inmutaba; en cambio, pasado dos minutos gritó con voz que no era la suya, y cuyo volumen era más alto que de las olas que llegaban a la próxima playa:

«¡Eduardo! ¡Eduardo! ¡Eduardo! Yo sin ti no... iré a ninguna parte —pudo exclamar Palmira, abrazando el cadáver mientras las lágrimas inundaban sus pálidas mejillas y la sangre del muerto manchaba su vestido—. ¡Contéstame, contéstame, por favor...!

Pero, Eduardo contestó con el último estremecimiento que le inmovilizaría en una quietud perdurable, mientras Palmira sufría un vahído que también le inmovilizó por un tiempo.

Poco después y, poco a poco, como siempre en los acontecimientos sangrientos, se formó un gran alboroto con la llegada de ambulancias, la policía y público. A pesar de que no era nada inaudito, pues los asesinatos privados y oficiales proliferaban sin tener en cuanta culpas ni inocencias, arribaron los espectadores siempre hambrientos de espectáculos cuantos más parecido a los que, en otro tiempo se desarrollaban entre hombres y leones, en el Coliseo de Roma.

Después de llevar a cabo rutinaria inspección del lugar, la policía detuvo a joven como muy sospechosa causa de la proximidad de la pistola que la autora había dejado allí con esa intención, precisamente. Avisado el juez, pronto se procedió al levantamiento de cadáver; el grupo de mirones se fue disolviendo paulatinamente y la Casa de los Bicos así como el barrio de Alfama, siempre proclive a los desórdenes fueron adquiriendo su orden habitual.

Extenuada por tan siniestro acontecimiento y, sobre todo, por la pena de perder a su eficaz colaborador y ocasional amante, Palmira fue llevada, siempre escoltada por dos agentes, a la comisaría de policía donde había estado aquel mismo día para algo de naturaleza muy diferente. En la puerta se encontró con el agente Camuñas que la esperaba para darle, en primer lugar, el «pésame», y luego en tono exultante de correveidile a lo que era muy proclive.

—Tengo que darte una gran noticia.

Faltándole fuerzas hasta para expresar agradecimiento, Palmira permaneció en silencio fúnebre.

—Ya sé que esto es muy duro para ti. Pero, por favor, ¿me escuchas?

La pregunta asintió con un movimiento de cabeza, y luego:

—Sí, te... oigo... a ver, dime —susurro en voz de confesionario.

—Que no vas a estar en la cárcel, ni ingresar siquiera —anuncio él, entusiasmado.

—¿Cómo? ¿Que no... voy a ingresar en... la cárcel? —quiso saber Palmira tomando asiento en una de la sillas que había en torno a la mesa.

—Como lo oyes: estás, eres libre. Después de las gestiones normales, podrás irte a tu casa.

«¿Irme a mi casa? ¿Y qué hago yo sin él en la casa?», se preguntó con la paradójica sensación de que, sin Eduardo el mundo estaba vacío, que con él se había muerto todos los prolífico seres que poblaban del universo. Pero aquella sensación, en lugar de debilitarla, le fortaleció con la idea de que le había llegado el momento de vivir sola.

—Bueno, y eso ¿por qué? —preguntó en tono más fuerte, después de su acostumbrado suspiro.

—Muy sencillo: porque yo —pronunció el pronombre con el orgullo de *Kevin Costner*— descubrí que las huellas dactilares de la pistola no son las tuyas.

—¡Dios! —clamó Palmira, añadiendo—: Bueno, ¿y qué pasa con la dueña de esas ella?

—Pasa lo normal, y es que ya se está investigando para identificarla y luego detener, aunque ya sabemos que es una tal Margarita, la que fue la segunda esposa Eduardo.

La última frase de Camuñas fue para la joven una noticia brutal, una especie de narcótico que alejó de su alma, por unos momentos, el dolor sufrido por la muerte de su amado. Él jamás le había dicho que estuviera casado ni una sola vez, y resultaba que había estado dos, por lo menos. Ocultarle aquello, por otra parte tan público, era imperdonable y un hecho que torcía el camino que les había llevado al encuentro de Pablo y ensombrecía el amor que tanto los había unido. Lo ensombrecía hasta dar paso a la venganza fugaz de pensar que la muerte de aquel modo tan atroz, se la tenía bien ganada. Por otra parte, denunciaba la mala clase de hombre que había sido Eduardo, dando veracidad a los rumores que le señalaban como chivato y culpable de llevar a mucha personas defensoras de la libertad a las murallas de los cementerios. Las palabras de Camuñas la sacaron de su amarga abstracción, como si despertara de una terrible pesadilla.

—Oye, es pero que esta tragedia no te haga olvidar la tarde de maravillosa locura que pasamos juntos, ni el sitio donde dije que está tu hermano, coincidente con tus sueños.

—Mire señor agente —empezó mientras en tono entre grotesca y burlón, abrazaba de nuevo el cadáver y contenía los mocos como para evitar el llanto—, lo primero no lo he recordado nunca porque, como tú bien dices fue una locura; pero lo segundo jamás lo olvido ni un momento —miente porque durante los minutos que permaneció hundida en los malos pensamientos, no recordó nada de nada...

La entrada de los encargados de llevar el cadáver, interrumpieron la conversación.

IX

La muerte de Eduardo fue todo un doble acontecimiento fúnebre y social. Doble porque se celebró en Portugal y en España. La capilla ardiente se estableció en la embajada de España a donde, para darle el último adiós, se acercaron altos dignatarios de la dictadura. Se lo concedieron todos las medallas merecidas y sin merecer y, durante muchos días fue motivo de artículos en todos los periódicos y, sobre de programas en la adolescente televisión. Sus restos, con todo boato funerario, fueron devueltos a la tierra donde había nacido.

Mientras se amenizaba todos aquellos espectáculos, sin asistir a ninguno de ellos, pues prefería estar con el recuerdo del protagonista a solas, Palmira buscaba caminos para hacer realidad sus sueños y las promesas del policía Camuñas, sin pensar que los sueños nunca se hacen realidad y que, por coincidir con ellos las promesas no podía ser mentira.

No asistió a las honras fúnebres porque nunca habían sido plato de su gusto; sin embargo, acaso porque todavía le quedaban restos de «as Campás», se vistió de negro hasta caer en la cuenta de que en la dicha aldea, el «luto» era la moda siendo matrimonio; pero, recordando que ella no había pasado por el altar, volvió a sus colores favorito.

Desde la muerte de Eduardo, más para combatir la soledad que por otra cosa, la correspondencia con su padre se incrementó tanto como exigían los de seos de verse. Así fue has que tomo el Mar Blanco, y después todo volvió a los recuerdo en el silencio.

Todas las cosas, por negativas que éstas sean, tiene su parte positiva. Por eso el asesinato de Eduardo trajo consigo, no sólo un doble acontecimiento espectacular, sino que puso de manifiesto que la personalidad aparentemente indomable de Palmira, escondía una parte muy vulnerable. Pues, la inesperada muerte de Eduardo le produjo una dosis de soledad que la hacía la vida, casi, insoportable. Para paliar aquel especie de psicosis —enfermizo estado—, y sin dimitir en ningún momento de la inaudita investigación (esto evidencia el aforismo expuesto al principio de este párrafo) de su querido hermano, multiplicó los contactos con sus padres en la aldea de «as Campás». Contactos por carta o teléfono, que abrían las puertas de aquella semejanza de infierno en que se había convertido la vida en la casa de los Aldao. Para que el infierno se convirtiera al menos, en purgatorio, con el permiso de Dios, Narcisa, la madre contrató a una «criada» que, según todos los rumores (sólo rumores), era el retrato vivo de su hija. En cuando a Manuel, quizás para no ser menos, contrató a un pastor que, sin imitar al desaparecido Pablo (ni por rumores), tenía el mismo nombre de pila. Pero las cartas, las llamadas y hasta en parte, los recuerdos de Palmira desaparecieron cuando el amor llamó de nuevo a su puerta.

Había que cruzar el Atlántico y eso, para quien como ella nunca había pisado ni una barca, era demasiada aventura. Sabía que existían de verlas pasar, para ella cargadas de misterios, cuando se subía al monte de Santirso para contemplar el mar al atardecer. Y, sobre todo lo sabía cuando recordaba que a sus 14 años, de hinojos y al socaire de una barca estaba abandonada en el nombrado monte, supo que ya era «mujer» masturbándose por primera vez. Artimaña que las mujeres de aquella época estaban persuadidas de que sólo les permitida a todos los hombres y a las pocas mujeres locas. «Pecado» que Dios le perdonaba a ellos exclusivamente. Por ello, antes de consumar semejante desmán tuvo muchas dudas, y más auto culpas sufrió, después. Pero como lo venía soñando desde los 12 años, no pudo resistirse. Y, como a pesar de su evolución, seguía poseyendo influencias telúricas, después de intentarlo muchas veces, aquella tarde no puedo resistir que la abandonada fuese encubridora de su culpa y cómplice su pubertad. Pubertad que, pasando los años, no produciría cosecha de ninguna clase, porque no había encontrado el hombre capaz de sembrarla.

Pasado el tiempo imprescindible para curar la pena por la muerte del ser querido, y superados los temores a la distancia y al Atlántico, la joven empezó la gestión del viaje.

Gestión que, además de costarle mucho tiempo y trabajo, le constó muchas pesetas (no importaba porque, antes mandarlo de viaje a otro mundo Eduardo le había compensado con un buen pellizco) para que una agencia más bien clandestina, le expidiera los papeles para cruza el mar, según se decía, el más bravo de los cinco. Pero, ¿qué importaban las olas y las corrientes?, Pues, durante aquellos días de aquí para allá, de incertidumbre y de soledad, había conseguido restar de su miedo al mar y multiplicar el deseo de encontrar a Pablo, su cada día, pese a las distancia, más querido hermano. Con los documentos en una mano y la maleta de cuero bien forrado (maleta de ricos; lo pobres la llevaba de madera) en la otra, llegaba en taxi al puerto de A Coruña. Al apearse y ver que había 3 grandes barcos atracados: «¡Madre mía! Y ¿cuál de ellos será el que me llevara a mí?». Después mirar repetidamente los 3 navíos, cuando el temor a equivocar el día de su partida, pudo leer en la proa y en la fachada del puente del que flotaba en el centro: Mar Blanca. «Gracias a Dios: éste es el mío», se dijo exultante.

En la agencia, la mañana que fue a recoger los papeles, le presentaron a un hombre con el nombre de Gustavo y el oficio de capitán del barco en que ella tenía que viajar, le dijo el presentador. La presentación fue de los más grata y atrayente.

Después de aquella presentación con final feliz, Palmira y Gustavo, sin mediar cita previa, pero como si la tuvieran, se encontraban todos los días contemplando el mar desde estribor. Tal vez por estar plenos de recuerdos, lo hacían en silencio como si se hallaran en un lugar sagrado. Silencio que, sin duda, le servía para dar rienda suelta, cada uno su propia imaginación, y con aquella libertad, ella hacía peticiones al Dios que le había enseñado y, a pesar de su entrada en la modernidad, perduraba en su conciencia y construía sendas para llegar al lado de Pablo, su querido hermano, mientras él tejía historias para contar y planes de futuro para sus lucrativos negocios. A pesar de encontrarse todos los días, en el mismo sitio y a idéntica hora, ni siquiera sabían el camarote donde se forjaba los sueños de cada uno.

Al día siguiente, muy temprano se fue al puerto donde debía de embarcar. A pesar de que el verano ya había dado sus primero pasos, la luz no se veía por ninguna parte porque un manto de oscura tristeza envolvía toda la ciudad, sobre todo el puerto donde atracaban lo grandes barcos. No obstante, después de mucho escudriñar, descubrió destacando entre todos los demás, uno en cuya proa así como en lo más alto de su puente de mando, brillaba un rótulo en el cual, en letra grande y cursiva, se podía leer: Mar Blanca. «Éste es el mío», se dijo la joven entusiasmada por encontrarlo y por demostrar que la intuición no era para ella solamente un sofismo como muchos pensaba. Un números grupo personas en su mayoría hombres con aspecto de emigrantes, hacían cola para embarcar. Palmira se colocó en el lugar que le correspondía, y en seguida, volviendo la cabeza, todos ojos masculinos se clavaron en su escultural figura; miras que no cambiaron para nada su estado porque ya estaba acostumbrada a suportarlas o disfrutarlas, dependiendo de quién cómo viniesen.

Detrás de la cola esperaba una muchedumbre con los rostros proclives a la palidez de estar allí para despedir a algún ser querido, incluso, por algunas mejillas se deslizaban lagrimas avergonzadas y delatantes, por salir de ojos más brillantes, no solo de un cariño cualquiera, sino de amor que amenazaba con perderse, tal vez para siempre en los entresijos del tiempo.

Dos tripulantes colocaron la pasarela y abrieron la portezuela de paso a estribor, y los hombres, unos muy jóvenes y otros en edad de retiro, embarcaron en tropel como rebaño de cabras sin pastor. Palmira fue la última, haciéndolo precisamente cuando el primer trueno-relámpago amenazaba con incendiar la noche, próxima. Para demostrarle a los alborotadores que no temía al fenómeno meteorológico, y al tripulante que, con pinta de mando, había salido por fin a recibirlos, que no era una más de aquellos, entró con aire y paso delator de mujer de alta alcurnia. Sin embargo nadie le ofreció una bienvenida, porque el hombre que estaba para hacerlo, al llegar ella a su altura, recibió una llamada del puente de mando, y desapareció de pronto meneando la cabeza en señal negativa.

Nadie daba señales de recibirla hasta que, sintiéndose abandonada (los hombres, sin dejar de mirar había pasado todos a la bodega), pulso con el dedo pulgar de su mano izquierda, repetidamente, el botón situado en otra puerta de entrada al pasillo central. El eco de un timbre resonó en todo el barco, rompiendo la soledad que, a propósito, proporcionaba a la estancia un ambiente de cárcel marinera o sacristía de iglesia abandonada. Por fin, se oyó un «tun, tun, tun» de pasos bajando escaleras. Una de las 5 puertas cerradas al interior, se abrió con chirriar de goznes y en ella apareció, se perfiló un hombre, cuya estura y robustez le capacitaban para hacer el mejor papel en la película «Madagascar»; vestía uniforme verde con galones en la hombreras, y su voz era de sueño; haciendo un esfuerzo para no bostezar, preguntó con acento argentino:

—Ah, usted perdone...

La joven contestó con su inaudito y peculiar suspiro.

—Vaya, pero si ya nos conocemos —continuó el de los galones luego de asumir la extrañeza producida pueril suspiro—. Lo siento esto; pero la Mar Blanca está destinado al traslado de emigrantes. Soy Gustavo el Capitán y no sabías que...

—Y yo Palmira Suárez, la pasajera con todos papeles en regla —le interrumpió alargándole la mano en la que aún llevaba los documentos.

—¡Ah, claro! Usted es la novia del pobre Eduardo. Perdona, y cuanto lo siento por él.

«Y este tío ¿por qué carajo sabe la existencia de Eduardo? Se preguntó Palmira, recordando el oscuro «hobby», como él llama su actividad profesional.

—Yo también lo siento mucho —contestó, dejando al corazón intervenir hasta que las palabras se le atrancaron en la laringe.

Cuan terminó de respectar me silencio.

¿Su destino es la Argentina, no es así? Interpeló el capitán con reservas.

—Efectivamente, así es —aseguró en tono tan campante.

Sí, el destino de Palmira era, nada más y nada menos que, después de recorrer el tramo de camino por el otro hemisferio, concretamente, Argentina, país que gracias a su presidente, General Perón, contribuía en alto grado a paliar el hambre en España y a dar cobijo a mucho de los desahuciados. País al, según el secreto que le había desvela con juramento de verdad, el agente Camuñas en Lisboa, estaba Pablo, su querido hermano.

—Seguro que usted viaja con todos sus papeles en regla, expedidos por la agencia donde tuve el gusto de conocerla.

La joven volvió a alargar la mano en la cual llevaba los documentos, diciendo:

—Como capitán, es usted un mal educado. Me dejó la última cuando debía ser la primera.

—Muy bien pues ahora llamo a uno de los mozo para que la camarote que le corresponde y que Eduardo le recomendó.

«O sea que este condenado los lo sabía todo y lo tenía todo preparado; por si acaban con él y acabaron esos hijos de puta. ¡Pobrecillo nunca te olvidare!» Se dijo para sí Palmira, con el propósito de no estar jamás con otro hombre.

Ocupó uno de los 3 camarotes de 1ª especial, especialmente reservados para burguesía incipiente de la pos guerra, es decir, nuevos ricos (los emigrantes se acomodaban como podía en las bodegas).

La nube allá en horizonte, tanto podía ser una conjetura como una contingencia que se acercaba a pasos agigantados, percatándose el hombre del fenómeno meteorológico, continuó sin darle importancia al insulto, porque bien sabía que los impulsos femeninos podían terminar en locura de amor.

—Bueno, dentro de media hora zarpamos: a las 18 horas en punto —asegura mientras consultaba su reloj de bolsillo—. Y como supongo a vos no le hacen feliz los truenos ni los chispas, aquí para pasajeros como vos tenemos para deleitarnos...

—Me está usted invitando a algo a algún sitio maravilloso.

—Pues, sí, cuando usted deje sus cosas en el camarote, la invito a nuestro pad que, sin paraíso, sirve para olvidarse de tempestades.

—¡Acepto, encantada!

Evidentemente, al contrario de la inmensa mayoría de los humanos que, por ley natural, se pasan toda la existencia anclados a su origen por largas en imperecedera raíces, Palmira estaba integrada en su nueva vida, a pesar del poco tiempo que disfrutaba de ella y de conocer, precisamente, por boca de interesado, de sus problemas y maldades. Maldades como que la agencia Buscar la Vida, de tan bonito y trascendental nombre, se dedicaba al contrabando de personas, sobre todo de trabajadores de España y Portugal con documentos falsos. Contrabando con cuyas suculentas ganancias, Raimundo, su presiden había alcanzado el grado económico de banquero y terrateniente. En cuanto al mundo del amor, lo joven no sólo se había integrado en tan poco tiempo, sino que asumía la vida disoluta que, como todos los de su clase, Gustavo en él llevaba. Claro: para asumir tan brutal situación, Palmira tenía maravillosas razones, pues, entre Esther, Jaquelín, María Fátima, etcétera, no solamente llegaría a ser la preferida, sino que tenía la esperanza —nunca se pierde— de expulsarlas a todos. Aquella esperanza la disfrutaba porque, Gustavo en su primer encuentro en la cafetería de la Mar Blanca, se embriagaba con su mirada, con su sonrisa, sus labios, con sus palabras y, especialmente, con su perfume. Aquella (él, al contrario de Eduardo, nada tenía de anósmico). Tan inesperada embriaguez, significaba que el hombre, a pesar de sus años, se había enamorado de verdad, por primera vez.

Tomaron a siento mesa mejor adornada con detalles caseros, ajenos al mar —era la del capitán que le gustaba así en recuerdo de aquella en la que se había queda viudo en su casa de Río Grade—. Antes de habla se miran con una sonrisa a flor de piel; en la de ella, aún se reflejaba una sombra.

—Es una coincidencia especial, ésta para mi muy grata, ¿y para vos?

—Para mí también, diría inerrable (no le gustaba la palabra, pero se la había oído decir tantas veces a Eduardo, que se le escapó). Cruzar el Atlántico es como un sueño hecho realidad.

—Maravilloso, ¿y vos no le tenéis miedo? —preguntó ejecutando un gesto con su brazo derecho que abarcaba todo el mar a la vista.

Como si tuviese dudas de la situación, del lugar o de la respuesta que debía de dar, guardó silencio, silencio que le sirvió para recordar un hecho de cuando era niña.

—Pues, no, no estoy bastante familiarizada con la mar…

—¿Por qué? Si vos me lo puede decir.

—Con mucho gusto: se trata de cuando mi hermanito y yo éramos pequeños: vivíamos con nuestros padres, en una casa que en la pleamar se quedaba aislada y, por supuesto, nosotros encerrados como por muros de agua. Así, nuestro juego favorito era tirar por el balcón cacharros de la casa: tazas, vasos y otras cosas flotantes, al mar. Nos divertíamos mucho; pero, claro, mi madre, ante tan patético juego, lógicamente, se desquiciaba de tal manera que, por ello cambiamos de vivienda. Pobrecilla —terminó en tono nostálgico.

—Oh, que hermosa historia: que bien le serviría a *Yanitzia Canete* para escribir su mejor cuento infantil. Pero, ¿es un invento de vos o una historia real como?… —se interrumpió porque una de sus ayudantes, acercándose como de puntillas le susurra algo al oído, a lo que el asintió con un movimiento de cabeza.

Tras un rato de silencio en suspense:

—Real como la vida misma —contestó ella en tono afirmativo, adornando la parte de mentira con aquella sonrisa que empezaba a hacer cosquillas en el corazón del hombre—: y continuó teniendo contacto con las olas, los delfines y las gaviotas.

—¿Con los delfines, sí? Pues que cosa más linda. Pero, bueno, no me diga que se dedicaba también a bucear, voz.

—No, pero, desde el acantilado, los veía y veo pasar bailando su tango maravilloso —dijo Palmira y ambos se unieron en una alegre carcajada.

Por cómo la miraba y le hablaba, saltaba a la vista que la fascinación de Gustavo, el capitán, por Palmira marchaba a pasos agigantados, y no sólo por su belleza prolífica, mezcla de su tierra y de la ciudad, sino también, juzgando por sus palabras, por cómo imaginaba que era su alma. Él cansado de lidiar con mujeres temporales, le visitaba la esperanza de que, por fin, se había tropezado con la mujer sin tiempo.

Después de tomar sendos cafés —el de él para no dormir y el de ella descafeinado sin azúcar—:

—Es la hora de zarpar: que Poseidón nos acompañe. Me voy al puente: mi puesto de combate —anuncio Gustavo con un gesto de desgana y una sonrisa que refleja las ganas de esta con Palmira.

—¿Poseidón? Bonito nombre. ¿Es algún marinero amigo suyo? —preguntó la joven incorporándose también.

Al capitán la pregunta se le antojó pueril, en primer lugar. Sin embargo, después, pensándolo mejor llegó a la conclusión de que la joven poseía un bajo nivel cultural. «Y qué más da, lo que realmente importe es la mujer. Además como es joven, le queda mucho tiempo para aprender», pensó con sentimiento algo erudito:

—Pues, no es ningún marinero. ¡Uy! Es mucho más que eso… Es nada más y nada menos que el dios del mar.

—Pero... si Dios no hay más... que uno —masculló ella.

—Claro, linda joven: estas son cosas, creencias de la mitología griega —quiso aclarar el capitán dirigiéndose a la puerta.

La ignorancia puso su ración de ictericia en las cálidas mejillas de Palmira; en cambio, aún le quedaba tiempo y libertad para que, antes de que el saliera por la puerta:

—¿Puedo ir usted? —preguntó con voz de niña buena.

Hubo un momento de duda y de no saber qué decir, por parte de Gustavo.

—A ver, ¿sí, o no? —insistió Palmira.

—Bueno, no es la costumbre. Pero si vos promete que es únicamente para contemplar el mar, recordar aquel episodio de niña y compensaros mi falta vuestra llegada, aceptado —dijo el hombre sin prescindir de la ironía.

Después de subir muchas escaleras, llegaron al puente desde donde se embriagaban los ojos y aceleraba su ritmo el corazón, gozando un todo inaudito: la contemplación perdurable de la ciudad y su playa, formando semicírculo; el espejo del mar y las montañas en combinación perfecta de lo sólido y líquido.

—¡Esto es algo fascinante! —exclamó Palmira abriendo los brazos cual si quisiera abarcarlo todo.

Cuando llegaron al puente ya había comenzado la singladura; pues igual que otras veces el francés, *Renuth,* el francés segundo de abordo, había dado la orden de poner los motores en marcha.

El lugar de contestarle Palmira, el capitán se dirigió al segundo de abordo:

—A ver *Renuth:* ¿vos estáis por fastidiarme o qué? Os he dicho mucha veces que no pongas el buque en marcha sin mi presencia y mi permiso. ¿Vos lo recordáis, no es así?

Evidente el capitán era argentino.

—Pues, claro que sí lo recuerdo y lo sé. Pero, hoy estáis tan bien acompañado —y lanzó un reojo a la joven— que no me atreví a interrumpirte el camino de la dicha, tomando la iniciativa Por otra parte, el ser práctico ha dado la orden de zarpar; ahí lo tienes —dijo señalando una embarcación especial que desfilaba delante de la Mar Blanca, añadiendo con una mezcla de broma y subordinación—: ¡usted perdone, mi capitán!

—De acuerdo, pues vos sois, como siempre y porque para eso sois el segundo de bordo, quien va conducir este rey de los mares (lo de rey de los mares dijo para impresionar a la mujer). Mientras tanto nosotros vamos a tomar el sol al Alcázar. Dado que ignoraba los nombres marineros, las joven pensó: «¿éste qué dice? Si el Alcázar está en Toledo», pensó la joven.

—Teniendo en cuanta la condiciones meteorológicas, procura navegar a barlovento —le advirtió Gustavo.

En vez de contestar, sin dejar los mandos ni la atención del mar, *Renuth* preguntó con sorna y de mostrando con el tuteo, la confianza reinante entre ambos.

—Bueno, ¿no me presenta a esa chica tan linda?

Después de presentarla con las mejores suertes y calificativos que la convertían en una especie de *Nefertiti* o de *Marilen Moroe:*

—Bueno, sino... mejor navego... yo y tú te vas a dar una vuelto por los camarotes y, con mucho cuidado, por la bodega, a ver cómo van los emigrantes y, especialmente, polizones. ¿Vale? —recomendó con una sonrisa de malicia recatada.

—Vale —asintió el segundo de a bordo, pensando: «claro, y tanto que vas a navegar, cabrón.

Aquel insospechado cambio, hizo sospechar a Palmira que el capitán era un hombre voluble; en cambio, no era así, pues Gustavo era un ser que simbolizaba todos sendas y los objetivos de su vida, y sólo cambiaba por la fuerza del amor. La joven lo sospechó tanto que pronto llegó estar segura y, por supuesto ajena a ello, sin caer en la cuenta que la culpable de aquel cambio era ella.

La singladura era larga, tan larga que el viaje duraba 18 días navegando, con mar tranquila. Se rezaba para que, por una vez, el Atlántico quisiera contribuir con deseada tranquilidad, a que la travesía fuese una especie de crucero turístico de los que tanto en moda se pusieron pasando los años.

Después de aquel encuentro, sin mediar cita previa, Palmira y Gustavo se encontraba a babor para asistir en silencio a la escena que el mar y el cielo representaban a la hora del ocaso. Una tarde, sin dejar de gozar del espectáculo, más bien asociándolo con los recuerdos, la joven recordó con lógica nostalgia, que aquel día era el día de la Virgen de la Luz, patrona de la parroquia de «as Campás». Fiesta, pese a las exiguos en inseguros bienes, era mucho y bien celebrada por todos los habitantes de la aldea. Recordó la misa solemne con derroche de fuegos de artificio; el especial y clásico yantar: (sopa de cocido, callos gallegos y estofado de ternera —«chapreira»—, y recordó sobre todo las verbenas en las cuales, en pareja con Pablo, hacían exhibición de bien bailar.

Aunque por el camino del tiempo el verano había llegado a su punto culminante, una nube cargada de negrura y niebla avanzaba desde el Oeste, pagando la llama del sol y pintando de oscuridad la tarde.

Percatándose de que algo sublime rondaba por la memoria femenina:

—¿En qué piensa, vos? —le susurró al oído, Gustavo, el capitán, tuteándola por primera vez.

Volviéndose sorprendida:

—¡Uy! Tantas cosas: historias que a pesar de este maravilloso escenario, te aburrías de leerlas o, si le las contara…—ella continuó «usteándolo».

—Oh, no. Cuenta, cuenta que me fascinan las historias y los cuentos bien contados, claro, como el que me contaste el otro día de la casa aislada por cuya ventana arrojabais los cacharros, tú y tu hermano.

—Lo que estaba recordando hoy no le resultaría tan divertido; así que mejor dejarlo para otro día que tengas más ganas de reír y yo esté más inspirada. Bueno, le diré que hoy es el día de la Virgen de la Luz, patrona del lugar donde yo nací —manifestó Palmira con voz donairosa.

—¿Virgen de la Luz? —interpeló él, guasón—. Pues, maja: la Virgen de la luz debió de haber dimitido porque la luz no se ve por ninguna parte —terminó mirando a su alrededor.

—Quien sabe. A lo mejor es que se olvidó que era su día, y se lo tomó libre —añadió ella y ambos coincidieron en una carcajada.

Después de un breve silencio:

—Eres muy simpática. Venga: cuenta, cuenta más…

—¡No, no! Y me arrepiento de decir lo que he dicho, porque es un pecado reírse a costa de la Virgen. Que ella y Dios me perdone.

—Bueno, como vos quiera —asintió él dirigiéndose al puente.

Después de salir de la zona portuaria, del estuario del Tajo y entrar en mar abierto, consciente de la influencia de la tormenta en mar, Gustavo, previa la utilización del aparato correspondiente, dejo que el barco navegara a sus anchas hasta que la primera ola, cuya aparición le sería desvelada por radar correspondiente. Automáticamente, pero como supiera la singladura de memoria, aquello le permitía estar libre, no para contempla impresionante paisaje (estaba harto de verlo), sino para hacer realidad la ilusión que le invadía como tormenta, desde el momento imborrable de conocer a Palmira. Empujado por el aire de hombre romántico y con paso delator de todo lo que sentía y deseaba, se acercó a la joven. Pero viendo que ella volaba sobre el paisaje que la madre Naturaleza regalaba a los ojos, se detuvo para, contemplar con una mirarla con la cual demostraba que lo más sabroso para él era el paisaje femenino.

Por su parte, Palmira experimentaba dos sensaciones contrapuestas, la primera, que aquel paradisíaco lugar marítimo la alejaba cada paso más de la vida hasta aquel momento vivida, y segunda, le acercaba más y más al mundo donde vivía Pablo, su querido hermano.

—¿Es bonito, verdad? —afirmó más que preguntó, alargando su brazo derecho sobre los hombros de la mujer.

Sospechando la intención masculina, Palmira se apartó y rechazó el brazo masculino con la aspereza de la negación.

Pensado que la chica no era tan accesible como él creía al principio, o que detestaba los hombres que duplicaban la de edad como era él, Gustavo, dado que era hombre no vencible al primer asalto, guarda 2 minutos de silencio para trazar otro camino por donde pasearla, y sabiendo que las emociones generadas por el paisaje marino, eran el mejor terreno para conseguirlos, afirmó:

—Sí, bonito, emocionante.

—Más que eso es precioso, divino: lo mejor que han visto mis ojos en todo los días de mi vida —afirmó ella con solemne.

Efectivamente, el paisaje era un todo un incomparable regalado por la Naturaliza: mar, islas verdes, playas blancas con pueblos turísticos a su vera, montañas arboladas y rocosas, valles con aldeas campesina en su fondo y, sobre todo el sol que se despedía, a ratos, incendiando las aguas, a ratos, reflejándose en el mar como en un gran espejo. En definitiva era el escenario ideal para una película paisajística de *Roland Joffé*. Semejante belleza aumentaba en grado superlativo la pasión amorosa de Gustavo, e hizo que naciera la misma en el corazón de Palmira, por primera vez desde la muerte de Eduardo. Así cuando él volvió a extender su brazo por los hombros, ella en vez de apartarlo como antes, se apretó igual que, si frente a un peligro, necesitara refugiarse en el cuerpo masculino. Ante tan sutil aceptación, al brazo pasó de los hombros a la cintura y de la cintura a las redondas nalgas, y así continuaron en progresión hasta que todas las sensaciones, vibraciones y pasiones, se concentraron y coincidieron en una: la pasión de practicar sexo, con olvido de todas y todo lo demás. Ya, hombre y mujer con sus cuerpos a la moda de los primeros pobladores. Sin embargo, teniendo como sofisma las dos sensaciones anteriores, no era absolutamente consciente de lo que iba a pasar.

—¿Qué, vamos al sofá? —quiso saber el Capitán, señalando el mueble que esperaba en un rincón del puente.

Ante el oscuro significado que emergía de las pocas palabras del hombre, a la joven la sitiaron mil preguntas; pero no formuló ninguna porque desde niña le encandilaban los misterios; sólo se limitó a decir:

—¡Vale!

El silencio sepulcral, un silencio que resistía el ruido de una escuadrilla de aviones de combate que en aquel momento cruzaba el cielo de la ciudad. Silencio tenso como el ánimo de un centinela en tiempo de guerra.

De pronto un barullo semejante al de una feria, proveniente de la bodega resonó en todo el barco, sembrado la alarma e interrumpiendo con ella el preludio del acto sexual degustado por Palmira y Gustavo. En seguida el barullo se convirtió en alboroto de catástrofe. La pareja abandonó el sofá y vistió apresuradamente sus prendas.

—¡Huy, madre mía! Esta es una revolución como la que me contó mi padre de los irmandiños.

—¿Una revolución? Vos no me joda… —dijo el hombre yendo de uno a otro lado de la estancia.

Ante semejante escándalo, los ocupantes de los camarotes destinados a la clase rica se sobresaltados y pillados por sorpresa, tal como estaban: algunos medio desnudos. Muchos salieron a cubierta; otros petrificados por lo sorpresa, no sabía que hacer hasta que, desde el puente y por radio el capitán de la Mar Blanca, que ya había recibido, del mando noticias de la posible sublevación, ordenó a la tripulación destinada al efecto, que los mantuvieran a raya en sus camarotes. Por el mismo medio llamó a *Renuth*, el segundo de a bordo para que volviera a hacerse cargo de la conducción del barco. Cuando después de insistir varias veces por fallo en la llamada, el requerido dijo un: «¡a sus órdenes señor!

—Formidable: ahora nosotros nos vamos a nuestro camarote especial y, mientras los de seguridad tranquilizan a los pasajeros, nosotros continuamos con los nuestro —le hizo saber Gustavo entre exultante y preocupado.

—¿Nuestro camarote? —preguntó Palmira, porque dejándose conducir por su genética vulnerabilidad, estaba arrepentida de a donde había llegado con el aquel hombre que sólo podía ser un obstáculo en el camino de la meta, que no era otra que la de encontrar a su idolatrado hermano—. Yo, contigo no tengo, ni quiero ningún camarote; lo único que deseo... con locura es encontrar, tener a Pablo.

—Bueno, de eso ya hablaremos... Pero, chica, si estabas muy ilusionada...

—Eso crees tú; sin embargo, no tanto. Además, aunque estuviera como una perra en celo, la ilusiones también se truncan porque las persona, sobre todo las mujeres, por si no lo sabes, no somos inmutables —explicó ella disponiéndose a salir del puente.

Como si sus ocupantes abandonara el viaje de la protestas para detenerse en la reflexión, a la bodega volvió el sosiego por unos momentos durante los cuales en la Mar Blanca reinó de nuevo la tranquilidad y la esperanza de que la paz sería la brújula de aquel viaje. Paz en todo el barco. Como si la paz sirviera para incrementar la violencia, el disturbio volvía por sus fueros implacables, a inundar el buque. Y todo por qué entre los trabajadores que, sin saberlo, viajaban clandestinamente, con los papeles en falsos, lo hacía un representante del prohibido sindicato español TEU, quién, en reunión revolucionaria y en el encierro de la bodega, les informó con voz de combate y dominio de líder, de las condiciones ilegales y del abuso que con ellos se estaba cometiendo. Lógicamente, la noticia produjo la reacción imparable del grupo. Tanto que las voces de protesta (destacaba la de ¡Gustavo, Gustavo! A por él) y los hombres más audaces trepando escaleras y derribando puertas, saltaron en cubierta y en los camarotes.

El mar puede ser violento hasta la destrucción de todo cuanto encuentren sus olas. Pero también sabe estar tranquila, como había demostrado a lo largo de aquellos 18 días de viaje. El que nunca está tranquilo es el llamado ser humano, y esa intranquilidad le predispone, incluso cuando duerme, para la guerra más atroz. Por eso, los 5 últimos días, la Mar Blanca, se pintó con sangre.

Por aquello que todo tiene su fin, después 5 días la batalla terminó con 8 muertos —4 ahogados por ser arrojados por la borda para pasto de los jaquetones; y otros tanta golpeados— y 15 de ambos bandos, entre los cuales había 6 mujeres —una al estilo de Agustina de Aragón— y dos inocentes niños. Entre los muertos a golpes, con saña, estaba el miembro del sindicato TEU. Pero se había salvado sin pelea ni rasguño Gustavo, el Capitán, el cual, además del mérito de conseguir la paz, consiguió reanudar excelente relaciones con Palmira, más porque ella necesitaba ayuda para encontrar a su querido Pablo, que por ser él, el hombre de su agrado, siquiera.

X

Palmira cada día estaba más hermosa, atrayente y deseable, sin duda porque a esa lindeza natural de la aldea de «as Campás», inconscientemente, sin que le quedase nada del aldeanismo negativo, le sumaba, por una lado el encanto y la finura de la mujer hija de la burguesía que otrora se movía por los salones, y por otro la atracción, glamour y demás artificios (mini falda o vestido, zapatos de tacón alto, pendientes acampanados en sus lóbulos ya de por si colgantes y pelo negro pintado de rubio) de la chica que caminaba por las pasarelas. A ello, desde luego, contribuía mucho su nueva amiga Azucena, una chica adornada siempre con lo sofisticación de pertenecer una compañía de teatro de aficionados y haber sido miss España. Sin embargo, aquel drástico cambio, en el fondo le pasaba desapercibido: sólo se percataba en verdad de él cuando lo hombres la miraba más y más deseosos que antes. «Y, ¿por qué me miran así? Son unos cretinos, como dice mi amiga Carmiña», se decía impulsaba por la inocencia y, a veces con más ganas de llorar que de reír, porque había aprendido las triquiñuelas de ponerse guapa. Pero no así las picardías que la lujuria de los hombres llevaba consigo: su joven corazón tan despistado y al margen, como antes de abandonar «as Campás».

—Buenas tardes, Palmira. El mar y el navegar por él te sienta como algo nunca visto... Lo digo porque cada día y cada noche estás más hermosa —dijo, endulzado su ronca voz, Gustavo, mientras la joven, sentada en los bancos de la proa, contemplaba con frenesí como el fuego del sol se reflejaba en el inmenso espejo del mar, añadiendo—:

—Con esa belleza podrías ser miss universo...

—No quiero ser miss nada —le interrumpió Palmira, prosiguiendo—: lo que sí quiero es encontrar a mí hermano y para eso, además de las ganas y de la fuerza que me falta, necesito ayuda.

En las palabras y la necesidad de la mujer, Gustavo vio su mejor oportunidad para completar aquello que días atrás, había empezado con la mujer que chiflaba por todo, incluso, por no estar en su contra aquello días de guerra.

—¿Ayuda? Yo te puede prestar todo cuanta necesites, ya lo sabes, ¿no? —aseguró el capitán tomando asiento en el banco contiguo.

—Sí, ya sé: ayuda como instrumento o pretexto para luego, o mejor antes, conseguir el sexo, ¿no? Y después si te he visto no me acuerdo. No eso ya lo he sufrido antes —argumentó la joven recordando cuando lo había hecho con Camuñas.

Entrando en el ámbito de lo inconsciente con lo que, a veces la propia naturaleza juega, Palmira no precisaba amor ni sexo, porque ambos los tenía en la sombra del amor de hermano, con Pablo. Pero la realidad social, religiosa y familiar sólo le permitían el amor de hermano, nada menos que gemelo. Por cuyo motivo, dado que el sexo es, casi, una necesidad imperiosa, necesitaba hacerlo, incluso para romper aquel hechizo que le empujaba a busaca al ser amado, Aquello que los demás lo consideraban antinatural y, por lo tanto contrario a la vida (pero ¿qué es la vida? se preguntaba). Ella, aunque a los demás le pareciera inaudito, lo sentía como lo más natural del mundo. Quizá lo sentía así porque como su padre le había dicho tantas veces, tenía alma de poeta y los poetas, ya se sabe son...

Como para darle la razón a su padre, bajo la protección del silencio y la soledad de la noche, nunca dejaba de escribir versos, versos que jamás saldrían a la luz. Pero le servían para conocerse a sí misma por dentro y para no sentir culpable por amar a Pablo, su hermano gemelo así como para recordar a Rosalía de Castro, a Pesoa y sobre todo a Alfonsina Storni.

—Oye, no sé por qué sospecho porque amas a otro. Pero conmigo te equivocas: yo nunca haría sexo sin amor —dijo el hombre sin mentir, pero con sorna.

—No me digas. Pues el otro día bien que lo intentaste...

—¿Qué pasa qué se te olvidó el plural? Lo intentamos... —corrigió él con una risa pícara.

Se produjo un silencio tenso y oscuro por una nube que acababa de interrumpir el sol que ya no volvería hasta el día siguiente.

—Vuelves a equivocarte: estoy enamorado de ti desde que te conocí. Seguro que no te lo crees; mas es lo que siento y pienso —afirmó Gustavo.

«Ya que no he sido capaz aún de encontrar al hombre que amo plenamente, aunque sea a escondidas, y pagar con su vida al que podía querer a la luz del día, ¿por qué no amar a éste mientras tanto?», se dijo.

Tal vez por su desarrollo mundano, como mujer o porque el amor autentico no había podido desarrollarlo todavía, Palmira no distinguía claramente la gran diferencia entre sexo a solas y el sexo por amor.

—¡Ufff, que bien! Eso mismito me pasó a mí: nada más que verte y ¡zas! El amor, no sólo llamó a mi puerta, sino que me inundó como una ola —corroboró empujada por la ola poética, aun sabiendo que el amor auténtico no arde a primera vista. Pero sintiendo más la llamada del deseo que la del amor, añadiendo—: pero con la condición de que has de ayudarme en todo (ya había hablado antes del tema) a buscar y encontrar a Pablo, como sabes, mi querido... hermano. ¿Me lo prometes?

—¡Prometido! —aseguró el capitán empujado por la misma fuerza—. Además con todo esto —señaló el barco levantando sus dos manos como alas para abarcarlo todo— y mucho más de lo que dispongo —mintió, pues no disponía más que su empleo, sin pasar por la escuela de marina—, lo encontraremos aunque se en el final de mundo: te lo aseguro.

Entre tanto, a pesar del desorden que había disminuido con la muerte, el segundo de a bordo había llegado para hacerse cargo de la conducción del navío, exclusivamente, es decir, participar por respecto, no falta de ganas; tantas que intuyendo la bacanal: «joder, menudo orgía se van a correr estos», pensó con el desencanto de no poder hacer él lo mismo y con la misma moza que le «ponía» demasiado.

Después de tan sólidas palabras el anhelo preparó el camino del silencio para llegar a la tribuna del frenesí: la cama que recordaba el estilo luisiano en el camarote especial del capital. Pero antes de llegar, queriendo incrementar la pasión con el romanticismo de su latido poético, cuando, cogido de la mano, caminaban por estribor:

—Espera: vamos a ver lo que hay en el fondo —pidió la joven, inclinándose en la barandilla.

—Vale, vale —asintió Gustavo desganado, en primer lugar porque el pene lo acuciaba, y en segundo porque, de pronto, sin saber por qué intuía que algo más peligroso que de antes, le amenazaba.

Un regimiento de peces de todas las clases y colores desfilaban por las profundidades, mientras una familia de delfines de piel brillante, realizaban sus acrobacias en marcha paralela a la del barco.

—¡Gustavo, esto es maravilloso! —exclamó Palmira con voz acorde con la realidad de lo contemplado—. Estoy emocionada. Jamás he visto cosa igual.

—Es normal, cielo, porque, además de lo bonito que es, según tú me has dicho el pueblo donde creciste es de secano, o sea que no tiene mar, y claro, esto para ti es novedad que aumenta tu gusto. Pero, por favor, vamos a los nuestro antes de que alguien o algo apague la llama.

«Y este desgraciado, al revés de pobre Eduardo que Dios guarde, se creyó la mentira que en «as Campás» no existe el mar, que es de secano»

—No te preocupes, majo, porque hay fogata para rato —replicó ella acariciando con su mano izquierda su seno derecho, con uno risa por más sugestiva.

Navegaban con mar calma, como suele decirse, como una balsa de aceite, entre las islas Madeira y las canarias. De pronto, el capitán observó que, en círculo, le sobrevolaba un avión anfibio por cuyas ventanillas asomaban tricornios en la cabeza de guardias civiles.

—¡Palmira, cariño! Déjalo ya, y vamos a hacer el amor antes de ocurra lo inevitable —pidió el hombre sin más remilgos.

—Señor capitán —dijo la aludida en tono de guasa, prosiguiendo—: ¿qué es lo qué pasa? Será porque soy de secano, ¿no? —y terminó con una carcajada de jilguero.

—¡Mira eso! —recomendó Gustavo señalando el cielo con su dedo índice.

—Esos estarán de ronda como nosotros. Bueno, lo tuyo y lo mío, sin contar lo de mi hermano, es más un desacato que otra cosa.

De pronto, procedente del avión anfibio, se oyó por megafonía, una voz de mando: «soy el teniente coronel jefe de la comandancia y, en nombre de la ley, como tal, le ordeno que detenga el barco, ¡señor capitán!».

Como trasladado de pronto a otra dimensión, Gustavo apenas hizo caso de las palabras de su interlocutora. Cogiendo los prismático que tenía siempre a mano, y en silenció salió del camarote y se fue, con paso ligero, a la popa. Desde allí tras colocar los prismáticos en sus cejas, observó a un guarda costas que le seguía a la distancia de tiro al blanco. Junto a la bandera de España, destacaba en la proa, una ametrallara dispuesta para el disparo.

«¡Señor capitán!» Recordó y, aunque tanto lo de señor como lo de capitán, eran para él un sofisma, de súbito sintió capitán, tan capitán como pudo haberse sentido Cristóbal Colón otrora. Cual si, inesperadamente, tomara un analgésico para curar todo los males, le desaparecieron todas las ambiciones y lujurias, incluso la atracción volcánica por la mujer que había dejado en el camarote, sintiéndose únicamente el capitán de la Mar Blanca, navío que había cruzado todos los mares, legalmente, y si en aquel viaje no la hacía así, él no era culpable. Motorizado por tan fuertes ideas e intensos sentimientos, como si no existieran las escaleras, voló al puente.

—¡Hay que navegar a toda máquina! Deja: yo me hago cargo de la conducción —ordenó—. Tú vete a tu sitio.

Al verlo así, *Renuht,* creyó que se había vuelto loco o que el amor había conseguido otorgarle la capacidad de mando y gestión de la cual siempre había carecido.

—Oye, no me jodas... Eso, ¿eso por qué cojones los haces? —quiso saber el segundo de abordo.

—¿Qué pasa qué no has oído al teniente coronel ese?

—Sí, pero, él mandó que nos detuviéramos, ya —quiso recordarle *Renuht.*

—Ya lo sé; sin embargo por eso y por cojones, que lo sepas, vamos a navegar a toda máquina porque la Mar Blanca no hay quien lo pare, mientras yo sea el Capitán.

Pensando que, efectivamente, por los motivos que fuese, Gustavo sufría una enajenación mental, el segundo de abordo guardó silencio, esperando a ver lo que pasaría.

La situación insólita de por sí, estaba tomando el camino de tragedia inefable, pues el navío a todo correr ya representaba un peligro. Pero siendo, como en verdad era, un desacato con agravantes a la autoridad, el destino estaba asegurado. Catástrofe en la que, por supuesto, podrían representarse las escenas más feas del teatro de la vida; escenas como sumar muertos y heridos a los ya habidos durante el viaje.

En tan inaudita y peligrosa situación los pasajeros, igual los que viajaban en camarotes como los que lo hacían en la bodega —los primeros embargados por el temor, y los segundos aconsejados por el representante sindical, que, al contrario de antes, les aseguraba que era el momento de salir beneficiados con la paz. En cuanto a Palmira, después de la marcha de Gustavo, en lugar de sufrir el golpe de la soledad, sintió la caricia de la libertad que le ofrecía las mejores vías para llegar junto a Pablo, su querido hermano. «Estaré soñando o divagando como todos estos locos», pensó; en cambio, no era nada de eso, sino que la perdurable necesidad y esperanza de encontrarlo, hacían de ella un ser invulnerable.

No podía ser de otro modo: la desobediencia del capitán, transcurridos 15 minutos de gracia, a una orden del teniente coronel los del avión anfibio, usando sus mosquetones Mauser, abrieron fuego de advertencia. Pero, como la advertencia se abortó, fue la ametralladora del guarda costas la que barrió la cubierta. Sin embargo, aun con esas, la Mar Blanca continuó su marcha hasta que, el acorazado Escorial que realizaba maniobras por allí, alarmado su capitán por el ruido de los disparos, se presentó en el lugar y, tras las consultas correspondientes con el teniente coronel, amenazó con utilizar sus cañones.

Así, por fin, Gustavo «echó el freno» con una maniobra como si fuese a abarloar con el acorazado. Custodiado por los otros dos navíos, esperó hasta, después de trazar volando dos circunferencias más, el avión anfibio amerizó, y de él, por la escalerilla puesta al efecto, el teniente coronel seguido de un sargento, un cabo y dos guardias, subió a la Mar Blanca. Con el primero que se topó fue con el capitán que los esperaba con la quietud y la tranquilidad de estatua.

—¿Es usted el capitán Gustavo Macías Manrique? —interpeló el teniente coronel, adusto y con la enjundia que le daba la responsabilidad de aquel servicio.

El preguntado, antes de responder paseó una mirada interrogativa por horizonte, por cuya escalera el sol bajaba hacia el otro hemisferio.

—Pues sí, señor: el mismo que manda este barco —contestó en tono jactancioso, sin cambiar de postura.

—Lo mandaba: ya no lo manda porque queda usted detenido por contrabando de personas.

—Vamos a ver —empezó el candidato a la prisión, con desparpajo y abandonando la quietud, acompañando sus palabras con gestos de ambas manos, continuó—: bueno, ¿y quién dice que transporte personas hambrientas a un mundo mejor, es contrabando? Joder, ¿y quién coño dice que el llevarlas a donde pueden comer, trabajar y ser libres, es un delito por el cual tengo que ser detenido. Señor coronel (le ascendió un escalón) esa sí que es una injusticia como una catedral, algo que no tiene perdón de Dios.

Desagradablemente sorprendido por la insólita dialéctica de Gustavo, el aludido le hizo señas al cabo para que prepare las esposas.

—Señor capitán: lo manda la Ley, y virtud de ella lo ordena el ministro de la gobernación, y en cumplimiento de esa orden, lo manda este teniente coronel —alargó el brazo derecho para que el otro viera las dos estrellas de 8 puntas— Benjamín Contreras Bueno.

«Joder de bueno tienes poco; más tienes de cabrón que de nada», se dijo el detenido.

Entorno a los protagonistas de aquel incidente se había ido reuniendo otros ocupantes del barco, particularmente, tripulantes que deseaban saber a dónde le llevaría el futuro. Ocupantes que eran controlados por los guardias, vigilándolos a distancia prudencial. A otra señal del Teniente coronel, el cabo le colocó las esposas, que para sorpresa de todos, se las dejo apretar sin decir esta boca es mía.

Evidentemente, Gustavo era, pertenecía a una estirpe de seres volubles e imprevisibles, pues en el momento más inesperado era capaz de cambiar la parábola de su vida o de los acontecimientos. Tanto que aquel preciso momento: «jode y me llevan sin dejarme follar a Palmira», recordó con pesadumbre.

—De acuerdo, ¿y mi abogado? —preguntó moviendo las manos esposadas como si pretendiera pegar un doble puñetazo.

—¿De qué abogado me está hablando?

—Del que tengo derecho al ser detenido, como en Suecia de donde vengo —hizo saber lleno de razón.

—Lo siento, señor; pero en España sólo tendrá abogado en el juicio, y si lo paga, por supuesto —le informó el teniente coronel, con la amabilidad congruente con el nivel del preso, prosiguiendo—: y bien, pues, como solo usted es culpable, solamente usted vendrá con nosotros para ingresar en la prisión. Todos lo demás quedan en libertad: los trabajadores en seguida llegará un barco para recogerlos y los pasajeros continuaran su viaje en el Mar Blanco (se equivocó de género) que será capitaneado por el comandante *Renuath Maritain Casado*, auxiliado a su vez por toda la tripulación y por *Renuth*, su hasta ahora segundo de abordo y nuestro gran colaborador.

—¿Qué me está diciendo, que Renuth es un chivato, un traidor? —preguntó disparándole una mirada asesina al nombrado.

—No le estoy diciendo nada. Limítese usted, señor capitán, a contestar a mis preguntas.

Mientras todo aquello ocurría, después de superar el miedo y el desconcierto, Palmira ponía en práctica su talento literario componiendo versos inspirados en Pablo, su querido hermano. A pesar de las graves incidencias ocurridas, por estar incluida en el grupo de lo que viajaban en camarote, su viaje continuó sin más incidencias hasta su destino.

XI

Por fin, el día 7 de Mayo de 1.945 terminó el mayor holocausto de la historia: la segunda guerra mundial con 50 millones de muertos, heridos y desahuciados. Sesenta y nueve meses después, el día 8 de Septiembre de 1.951 se firmó el tratado de paz San Francisco, entre las fuerzas aliadas y el Japón. La paz trajo consigo muchos beneficios, entre otros, el primero fue el desalojo de las cáceles y campos de exterminio con libertad de todos sus ocupantes. Cuando le llegó el turno al *Dachau*, Pablo, después de llevar 2 años allí encerrado, no se alegró un absoluto. Y no se alegró porque, además de por su capacidad interpretativa para representar el papel más difícil, gracias a una de esas locas paradojas de la vida, había cambiado su personalidad para adaptarse a aquel ritmo de vida y muerte. A pesar de haberle enseñado su madre, de niño, que la muerte sólo puede ser mandada por Dios, y haber aprendido de mayor, que por naturaleza, la muerte es la peor consecuencia de la vida, se había acostumbrado tanto y de tal modo a verla ordenada y ejecutarla por el hombre, que llegó a estimarla como algo normal, incluso necesaria. Y eso no era porque él hubiese pasado de ser una buena persona —que lo era— a un hombre desalmado, sino la muestra de lo que el llamado ser humano puede cambiar para seguir actuando en la comedia de la vida.

Como todo en la carrera de vivir, eso tiene su más y sus menos, sus castigos y sus premios. En el caso de Pablo en concreto, después de las palizas de los primeros días, por aquel su acomodo a cualquier situación y por haber pertenecido a la División Azul (supuesta amiga de Hitler), proliferaron más los premios, pues fue descartado como víctima de las salvajadas Hitlerinas, pasando como un ser casual, permaneciente porque alguien, al meterlo allí se había equivocado de sitio. Había asumido de tal modo la situación que para él no existía otro mundo; tanto que hasta se había olvidado de la existencia de la aldea de «as Campás», incluso, a veces de su propio nombre, y solamente recordaba el de *Yom Purk* (en lugar del día del perdón, el hombre perdonado) que le habían puesto sin pila bautismal, los muchos judíos que allí iban a morir a aquel infierno. Y no se diga de sí mismo, pues había cambiado tanto que, cuando alguna vez se miraba al espejo, no se reconocía; sin embargo se consideraba que era el que tenía que ser. Era algo sumamente inaudito, pero del mundo exterior a quien recordaba claramente, sobre todo por los mucho que la soñaba, era a Palmira, su querida hermana. Por ello, el día ansiada liberta, mientras los pocos que la muerte había desdeñado, tras formaban un alboroto con la alegría, se iban a sus casas, Pablo inició la búsqueda. No sabía cómo ni por dónde; mas recordando que otras veces siempre la había encontrado siguiendo los caminos marcados por la suerte, puso sus neuronas al servicio de la esperanza. Pero, como en aquella ocasión la suerte no era seguida de cerca por la esperanza, esperó y esperó...

Lo primero que precisaba para llevar a cabo tal empresa, era dinero cuanto más mejor, y únicamente poseía 5 marcos ganados en las partidas de cartas que juega a escondidas. Marcos que guardó por mucho tiempo, como si fueran un tesoro grande y genuino. El segundo problema, era por las causas ya narradas y, aunque parezca una paradoja, era que en libertad se encontraba como perdido en un mundo desconocido, por cuyo motivo, de un joven, casi invulnerable, pasó a ser, tal vez, un hombre vulnerable. De tal modo que, el moverse entre las ruinas y destrucción dejadas por la vorágine de la guerra, aunque los edificios abandonados, como a otros muchos desheredados, le sirvieran de alojamiento nocturno, le producían una mezcla de amargura y arrepentimiento por haber nacido ser humano. Hasta tal punto que si siempre había sido contrario a la violencia, perdurable en cualquiera de sus múltiples formas, prometió —y cumplió— no utilizarla jamás, ni en defensa propia.

La suerte tardo —siempre tarda—. El día siguiente de su libertad, cuando el sol ya se despedía por detrás de las casas del pueblo:

—¡Oye, oye! Espera un momento —le ordenó más que le pidió un hombre, inesperadamente.

El hombre era español a todas luces, a pesar de medir 1´80 metros de estura, más o menos, le brillaba unos ojos negros como el azabache;

el poco pelo que le quedaba, del mismo color y el rostro moreno, como si en lugar de andar por el centro de Alemania, viniera de las playas de Andalucía. Cuando ambos se encontraron a la misma altura, prosiguió:

—¿Qué... desea, que... desea? A ver —masculló Pablo con sorpresa y cierta desconfianza.

Antes de contestar, el otro le recorrió de arriba a abajo con una mirada.

—¿Tú estuviste en la División Azul, no? —empezó tuteándolo igual que si fueran vecinos.

—¿Quién es el qué los pregunta? —quiso saber el joven mirándolo cual si tuviese ante si a un fantasma que, por sentirse en otro mundo, eran lo que se le antojaban todo las personas con las cuales se encontraba.

Después de dudarlo en rato y encender un cigarrillo:

—¿Qué pasa, qué no me conoces ni me recuerdas? —preguntó con una sonrisa cínica.

—Después de estar 2 años en el infierno, no conozco ni recuerdo a nadie, ni a mi madre —contestó Pablo, distante.

—No me extraña. Pero sí recuerdas que has militado en la División Azul, ¿a qué sí?...

La conversación se interrumpió por el paso, en la calle, de un desfile del ejército libertado, seguido de una multitud de civiles gritando: ¡libertad, libertad, viva la liberta! Acompañados en el aire por una escuadra de aviones de combate. Cuando desapareció la marabunta:

—¿En la División Azul?...

—¿Qué ocurre, qué tampoco la recuerdas? Chico, parece que te has caído de una nube —dijo el preguntante mirando al cielo oscurecido.

—Mucho peor: vengo de otro mundo y no entiendo nada de la que anda por éste.

Sospechando que su interlocutor, estaba de guasa o padecía algún tipo de trastorno, psíquico, el otro insistió, autoritario:

—A ver, chico: ¿has estado en la División Azul, sí, o no?

—Bueno, más recordarlo, lo he soñado y, como yo me confío mucho en los sueños, digo que sí...

—¿Lo afirmas?

—Afirmado.

—Pues yo soy el comandante Jerónimo Contreras, aquel que siendo capitán, para que tú te fugaras de la maldita División Azul, puso en juego su vida. ¿Lo recuerdas, no?

Tras hacer memoria durante un rato, el preguntado respondió con sorprendente seguridad, porque aquel recuerdo fue el primer paso para entrar en el desaguisado mundo real.

—Claro que lo recuerdo, y se lo agradezco muchísimo porque me ha salvado del suicidio. Esas son cosas que nunca se olvidan, mi comandante —asintió con intento de ponerse en posición militar.

—Tranquilo. Vamos a dejarnos de tratamientos, que me ya estoy con los míos. Pero la fuga resultó jodida porque luego te echaron el guante para meterte en el purgatorio de *Dachau*. ¿No fue así?

—Así fue. Pero, aunque *Dachau*, más que el purgatorio era el infierno donde los demonios no dejaban de quemar vidas, yo tuve suerte y no sólo, como ve me salvé, sino lo pasé bien: mejor que si tuviera en la desgraciada División, incluso que en la calle —contó satisfactorio y gesticulando con las manos como si estuviese señalado una realidad física.

De pronto, la lluvia que había sido una contingencia, empezó a caer torrencialmente. A propuesta del que llevaba la voz cantante, pasaron corriendo a un bar que, como muestra de que los milagros existen no lo había visitado ninguna bomba ni cañonazo, y permanecía intacto, como si lo perdurable fuese cierto, a pesar de tanta destrucción. En el rincón más apartado tomaron una mesa.

—¿Qué quieres tomar? —preguntó Jerónimo, sacudiendo el agua de su gabán.

—Pues si quieres (en seguida se apuntó a los no tratamientos) que te diga, no lo sé; como en el campo de la muerte no dejaban, he perdido la costumbre...

—Bueno, pero como estamos en Alemania, que 2 cervezas: una para ti y otra para mí. ¿Qué te parece?

—Que vale —asintió encogiéndose de hombro.

Para sorpresa de ambos, después de pedir, le sirvió una chica con pretensiones de parecerse a *Marlene Dietrich* (era la hija del dueño). Superada la sorpresa y el hambre de contemplar a la dicha camarera:

—Bueno, chico, y ahora en libertar y terminada esta locura mundial, ¿a qué pretendes dedicarte con tu conocida audacia? —quiso saber el ex capitán después de tomar el primer trago.

Hubo un silencio que el preguntado encubrió mirando de nuevo a la belleza femenina. Antes de contestar carraspeó varia veces, como si las palabras se le hubieran atrancado en la laringe.

—Mira, pretendo sólo una cosa que parece imposible. Pero yo la tengo muy clara... —anunció y, tras otro breve silencio, aseguró—: tengo que buscar y encontrar a Palmira, mi hermana.

—Hombre eso una cosa admirable, no exenta de riesgos bestiales. Pero pronto la encontrarás porque ella, lógicamente, seguirá viviendo en la casa familiar, esa aldea tan así... de la que tú tantas veces me has hablado —comentó el señor Contreras, retrepándose en asiento.

Después de curársele la tos que le había producido el primer y largo trago de cerveza:

—¡Oh, no! Ojala fuese así, en cambio, seguro que el mismo día que llevaron a mí los cabrones aquellos, segurísimo que salió en mi busca —afirmó Pablo incorporándose como para desperezarse aunque no lo hizo.

—Chico, y tú ¿cómo lo sabes?

—Muy sencillo: porque su mejor diversión o no sé qué..., era buscarme tan pronto como salía por la puerta. Y más seguro todavía, porque todo este tiempo soñé de noche y de día, que me andaba buscando por todo el mundo. Lo que pasa es para esa tarea necesito alguien que me ayude.

Se produjo otro silencio, entonces no para admirar la chica, sino para poner las neuronas en marcha hacia la solución más conveniente. Silencio durante el cual Pablo se preguntó «¿por qué aquella ansia de buscar a su hermana?» Sin caer en la cuenta de que eran gemelos y que, no era sólo el parecido físico el que debía de unirlos —no hacía—, sino que también en el psicológico podía haber muchos elementos: sentimientos, ideas, pensamientos etcétera. Concretamente en aquel caso, en que él quería buscarla y encontrarla, y ella deseaba lo mismo hacia a él, podía servir como ejemplo de la intercomunicación biológica de fines y deseo. La desigualdad venía del momento (el tiempo siempre desigual), ya que Palmira llevaba 2 años buscándolo y él todavía no había comenzado la búsqueda: estaba con los preliminares siempre dudoso.

El señor Contreras carraspeó y por un momento desparecieron las duda en el presente del joven, al decir aquel:

—Yo puedo ayudarte en cuanto necesites —afirmo con determinación—: siempre que tu colabores conmigo.

El ex comandante, a pesar de haber luchar en bando de los «nacionales» en la guerra de España, y haber estado en la División Azul —forzoso y no luchando—, como tanto otros de aquella época tenía como sofisma la doctrina de *Karl Marx*.

—De acuerdo: si usted —se le escapó el tratamiento— me ayudas a encontrar a Palmira...

—Oye, oye, encontrar es mucho decir: yo te ayudo a buscarla —le aclaro el ex capitán.

—Vale, vele, eso: a buscar —asintió el joven—. Yo contribuyo con lo que tú me digas; como si hacen falta matar alguien —añadió en tono del todo ausente de intención.

—Hombre, en verdad, la cosa no creo que sea para tanto. Tenemos que ir por el camino de la moderación. Sin embargo, como la cosa es de órdago, tampoco se puede descartar. Lo muy seguro es que tenemos muchos enemigos por la espalda, que es lo peor. Enemigos que por mantener el poder hacen los que se le olvido al demonio —explicó contreras, como si hablara de un tema de andar por casa, con lo cual demostraba que estaba ducho en aquello tejemanejes.

Pidió otras cervezas, petición que sirvió para que Pablo volviera admirar a la camarera, con deseo reflejado en sus ojos. Deseo sexual lógico y ardiente, que, si no fuera por su capacidad de contención, podría salirse de madre, ya que durante los 2 años de cautiverio, sólo había hecho uso de su pene, una vez con la guardiana *Erica Irimier*, a escondida en el dormitorio de ella. Se contenía sin más desasosiego, gracias a que en el mundo de donde acababa de salir y en que había estado por fuerza, absolutamente integrado —estaba iniciando la senda del desintegro—, no existían la mujeres como guardianas, para falta de hombres, al final de la contienda.

—Te gusta, eh, condenado.

—Si quieres que te diga, no lo sé: solo me entero que, al verla todo mi cuerpo se hincha y vibra como si ardiera. Pero hablemos de lo nuestro, de lo que nos ha traído aquí —replicó Pablo con voz determinante.

—Tienes razón: venga —animó el otro.

—Mira, escuchándote, la cosa parece peliaguda; tanto que parece que habrá que proveerse de armas y todo la hostia.

—¿Qué pasa qué te da miedo después de tantos años de guerra y de vivido lo que has vivido por culpa de esos hijos de puta del...

¿Miedo? A mí no me da mido nada. Sólo era una sugerencia. Como te prometí contribuiré con lo que tú me digas. Pero las detesto —terminó escupiendo de asco.

—Vale, hombre, vale. No pasa nada: para realizar tu misión con una navaja de Albacete tienes bastante. Tranquilo —y haciéndole señas al que estaba detrás del mostrador (la moza se había ausentado), gritó—: ¡Eh, sírvenos otras cervezas!

—¿Otras cervezas? Es demasiado —le hizo saber Pablo.

—Amigo: esto hay que celebrarlo porque es muy importante, tanto que puede ser la solución del mundo, sobre todo de los pobre —pronosticó el señor Contreras con alegría.

—Sí la cosa pace interesante; pero me gustaría tener una información más exhaustiva (en su rodar por el mundo y con lo que estudiando en su tiempo libre en *Dachau,* había aprendido palabras que para nada figuraba en el diccionario de «as Campás); sobre todo que me explicaras algo de qué y cómo es lo que yo tengo que hacer, pues no quiero tener que soñarla —pidió el joven apoyando los codos sobre la mesa en actitud de espera.

—Lo siento, pero hoy no me es posible, porque esta tarde tenemos una reunión para determinar todo lo necesario. Sólo te puedo adelantar que el centro de todo está en la Unión Soviética que, como tú ya sabrás fue la primera que entró en Berlín destruyendo al hijo puta de Hitlerismo.

Aquella ocultación de los contenidos de la misión era una muestra más del suspense que marcaba el desarrollo de aquella historia que comenzó el día del cumple años de los gemelos. Pero en aquel caso en concreto, era más: una sombra densa que le desconcertaba cegando su futuro. Sí, porque su futuro, después de haber aceptado el asunto propuesto, y por no tener otro camino, estaba en manos del señor Jerónimo Conteras, un hombre que, a pesar de haber propiciado su fuga de la División Azul, con aspecto de habitante de la Siberia y militar golpista, no le ofrecía más que la confianza que necesitaba para sobrevivir en la tarea de buscar y encontrar a Palmira. Por todo ello, insistió:

—Señor Contreras, al mencionar la Unión Soviética, la necesidad de saber es mayor, porque todo lo que venga de ahí es un enigma.

—Hombre, no te preocupes..., relájate que la mejor manera de resolver... con eficacia estos temas, es no enfrentarse. Mira, mañana a las 4 de la tarde nos volvemos a reunir aquí: ¿quieres? ¿Puedes? —el preguntado asintió con movimiento de cabeza—. Bien, pues los sabrás... todo: el contenido fundamental que, por cierto, es... muy amplio e importante, y el de tu misión que sin serlo tanto, también se... las trae. ¿Conforme? —masculló por acción de la cerveza, Jerónimo, disponiéndose a partir.

—Vale: a las 16 horas —asintió Pablo.

Se separaron caminando, ambos algo achispados por el alcohol, uno por cada lado. Antes de perderse de vista, el señor Contreras, levantando la mano derecha a modo de saludo y con el dedo índice de la izquierda, señalando el bar donde había estado.

—¡A las 4 en el Intocable! Era el nombre del bar.

Entretenido en reprocharse el no haberse dado cuenta hasta aquel momento de que el bar tenía nombre español; nombre que procedía de su integridad por no haber sido blanco de las bombas o cañonazos, dando media vuelta, respondió en tono algo insolente:

—Esperemos que no faltes tú.

Como cansado de tanto alumbra a ratos, sin un adiós se fue yendo el sol, mientras Pablo recorría impávido lo más importan de la ciudad devorada por las bombas. La recorrió a solas (los pocos habitantes que existían, se refugiaban donde podían), tranquilamente, sin que su corazón se alterase en absoluto, porque, como ser humano, él era una ruina más. Cuando llegó la noche como caída del cielo sin avisar, se alojó en el antes mejor hotel de la ciudad, en cambio, igual que la mayoría de los edificios estaba destrozado. Pero el joven se sintió como si estuviera en el *Hilton Waikki Beach* de Hawaii; las ruinas se le antojaron exuberantes y se sintió a sí mismo, por primera vez desde que le habían sacado de la «as Campás».

Durante la noche le despertaron tres mujeres (en una de ella se reflejaba su bellezas a pesar de sus fea vestimenta) para ganar vida trabajando el sexo. Pero el joven, aunque lo que deseaba, prefería que le dejaran en paz para soñar con Palmira como toda las noches. Y aquella, a diferencia de las otras en que siempre la veía en la distancia, la soñó a su lado hasta el amanecer. Y ya ajeno a la vorágine de los sueños, en plena función sus neuronas, luego de darle muchas vueltas a los indicios y a la imaginación llegó a la conclusión de que marchaba por el mismo camino, pero en sentido opuesto. Se levantó con un suspiro de cansancio; mas aun así y a pesar de todo permaneció invulnerable en el empeño de buscarla. Sí, porque encontrarla, era para él como para ella encontrarlo a él, una especie descubrir un mundo inefable, aunque fuese conocido. Llegada la hora del yantar, busco donde comer algo; pero nada encontró que pudiera matar su hambre, y echo de menos el comedor de *Dachao*. «Bueno, como se puede estar hasta 7 días sin comer, no pasa nada», se dijo sin convencimiento.

Llegó al intocable a las 15,55 horas —la puntualidad para el joven era llegar siempre antes de la hora, lo que significaba que no puntual—. El reloj adosado en la pared de enfrente marcó las la 16, las 16, 05 y las 16,10, pero Jerónimo no asomaba por ninguna parte. Lógicamente, Pablo pensó que ya no vendría que todo lo del día anterior había sido una patraña. Y pensando lo peor se armó contra una posible artimaña urdida para meterlo en algún lío de los muchos que se cometían en aquel tiempo revuelto. A las 16,15 horas, cuando el joven cruzaba la estancia para desparecer, entró el señor Conteras.

—Creía que ya no vendrías —le dijo a modo de saludo, en cuyo timbre de voz se notaba el reproche.

—¡Yo nunca fallo, siempre cumplo! —replicó el otro.

—Joder, pues cualquiera lo diría.

—¿Lo dices por lo de los 15 minutos?

—Pues, ¿por qué, sino? Y...

—Bueno —le interceptó Jerónimo—: te pido que me disculpes por no haberte avisado que para mí la impuntualidad empieza pasados los 15 minutos de la hora puntual.

Antes de que empezara a hablar, con andares de alfombra roja, se les acercó la despampanante camarera, y como si el resto del mundo no existiera ni tuvieran nada que decir, ambos se quedaron absortos y en silencio hasta que ella, en una mezcla de español y alemán:

—A ver, ¿qué van a beber hoy los señores? —preguntó disparándole a Pablo una mirada cautivadora.

—Para mí café con leche —contestó el mirado.

Como Jerónimo aún no había despegado su alma del cuerpo femenino y, por lo tanto seguía ajenos a todo cuanto le rodeaba:

—Y a usted, ¿qué le apetece? —repitió la guapa como con prisa.

—¡Ah! Para mí un coñac español —respondió el señor Jerónimo Contreras como si despertara de una pesadilla.

—Coñac español lo hay de muchas marcas y todo bueno, señor — dijo ella a modo de despedida, después de una segunda mirada también llena de seducción, al joven.

—Bueno, pues que sea un Chiva Regal —terminó con un suspiro de hombre exhausto.

Pon fin la cinematográfica moza pudo alejarse meneando el culo lleno de salero, como si en lugar de camarera fuese una bailarina del coro Banda Blanca.

—Viendo a ésta tan así... parece que nunca existió la guerra —comentó Jerónimo con hambre de mujer y tono indecoroso.

—Sí. Pero nosotros bien sabemos que existió y, mucho por eso nos conocimos y estamos aquí para tratar un tema relacionado con ella, creo yo —le hizo recordar Pablo, esbozando una sonrisa algo insolente.

—Estás lleno de razón, muchacho. Lo que pasa es que con presencias así, se le va uno el santo al cielo.

—Pues comencemos que ya está bien de perder tiempo. Soy todo oídos —dijo el joven, pensado en aquello de que «a la tercera va la vencida». Sin embargo viendo que la chica volvía con las consumiciones solicitas, creyó que ni a la tercera ni a la cuarta, que más bien habría que esperar hasta un «sabe Dios cuando»; en cambio, no fue así, pues sin prestar atención a la recién llegada:

—Te dije que el centro del tema es la Unión Soviética, ¿no?

—Efectivamente: eso me has dicho. Unión por la cual tengo especial admiración, que valga la rima.

—Oye y ¿por qué tanta admiración? No será por su «extensidad»: nada menos que 15 estados o, mejor dicho, repúblicas y luego la Siberia que es todo un mundo desierto. Mucho me gustaría recorrerla. Pero, cualquiera, a no ser que te quieras morir como un bicho más de los que por allí danzan —cuenta Jerónimo tras saborear con lujuria el primer trago de licor, añadiendo—: joder, que buenísimo esta esto.

A pablo le ataca la sensación de que su interlocutor, en lugar de ir directamente al grano se desvía por caminos telúricos para evitar o retrasar la explicación del tema genuino, en cuestión. No sabe exactamente el porqué de aquel rodeo —sólo tiene sospecha—; más para evitarlo en lo posible, responde en tono concluyente:

—Bueno, qué más da. Pero si hay que decir algo, diré que es porque, según se dice, allí no existen las diferencias de clase, ni ricos ni pobres: todos son iguales.

Como si lo dicho por Pablo fuera algo insólito que necesitaba saber para empezar con lo realmente necesario, comenzó su interlocutor:

—Ya te dije que la Unión Soviética era el centro, ¿no? —repitió y, sin esperar la respuesta, prosiguió—: pues partiendo de ese centro, base, tú debes calles, caminos y plazas para que pueda circular y descansar el comunismo en todos los países del mundo. Y eso, además, será la mejor senda y referente para encontrar a tu querida hermana.

Tras un minuto del más hondo silencio, el eco del ruido de una escuadrilla de aviones de guerra, acercándose invadió los restos de la ciudad, dejándole desierta de los pocos seres vivos que la poblaban; espantando, incluso las gaviotas precursoras de la lluvia. El medio del barullo destacó la pregunta, casi gritando, de Pablo.

—No me jorobes: ¿Ou mundo...? Bon, sea o que sea. Pero eche, ¿e eu que vou a recivir a cambio por todo iso? Contame.

—Joder, amigo, ¿y por qué te pones a hablar, ahora gallego? Es inaudito. Menos mal que yo lo entiendo, sino, ¿cómo hostia te iba a contesta? ¿Qué te crees que soy polígrafo, o qué? —interpeló con ademán grotesco.

—Perdona: por ser la lengua de mi origen, se me ha escapado. Bueno, la verdad, también porque me gusta más el gallego que el castellano, no sólo porque sea la lengua de mi tierra, sino porque es más suave y musical que el castellano, que está lleno de jotas y palabras agudas: me di cuenta de esto cuando estudiaba gramática en la escuela, con daña Gertrudis. Pero no te preocupes, hablamos en el que tú quieras.

La escuadrilla de aviones de combate llegó; pero afortunadamente no descargó su carga mortífera. Así los habitantes, dirigiendo al cielo miradas en las cuales se reflejaba el miedo y la esperanza, volvieron a dar señales de vida, gracias a la cual la ciudad retomó ambiente y dinámica de posguerra. Incluso, impulsados por la alegría de que la inminente muerte se hubiera convertido sólo en amenaza, se organizaron grupos festivos en los que, por supuesto no faltaron la cerveza, el *eierlikör* y el baile al ritmo de la música de *Johann Wolfgang Frnk*. Todo ello, pese a la famosa seriedad de la casta, por la necesidad que tenían de ser felices, con las mayores muestras de alegría pública. Todo ello sin pesar siquiera que más tarde los aviones —aquellos u otros—, volverían. Pero los aviones, contraviniendo los tratados de paz, volvieron, primero para con su run, run, run aún lejano pintar en los rostros de los reunidos, el pánico y en alguno la rebeldía. Y luego, llegaron para destruir la fiesta y sembrar la muerte a diestra y siniestra. Su retorno evidenciaba que todo había sido una inefable y cruel estrategia de quien mandaban la aviación en aquella demarcación.

Después de superar el impacto que, no obstante a su veteranía en aquellas lides, el señor Contreras retomó la conversación como si nada hubiese ocurrido:

—Bueno, yo bien quisiera hablarte el *Sáncrito* para que nadie no entendiera; pero como tampoco lo entiendes —dijo en tono jocoso, añadiendo—: hablaremos en español que es lo nuestro, coño.

Pablo asintió con movimiento de cabeza porque la atrocidad presenciada, le había dejado sin palabras.

—Bien, —empezó el ex comandante Contrera, y demostrando que era un ser muy locuaz, continuó—: a ver: tú serás nombrado oficial de la aviación de Estados Unidos, lo que permitirá viajar por todo el mundo sin problemas, sobre todo, entre España y la Unión Soviética que, en verdad, son las que nos interesan. Pero eso no significa que tengas que andar siempre de uniforme: eso sólo sirve para justificar, en realidad viajarás siempre de paisano con pasaporte internacional. Los beneficios económicos serán: el sueldo que te corresponde por tu graduación, que por ser de donde es, no es pequeño, gastos pagados y dietas. Por lo demás no tendrás ningún problema la trampa está perfectamente urdida entre el mando comunista español —en Francia— y por la Unión Soviética, con el consentimiento de EE. UU., claro. En cuanto a tu misión, creo que ya te los he dicho, hacer de enlace entre la Unión Soviética y los comunistas españoles, y bici versa. De enlace y «pregonero» —y, quizás para demostrar que también era un hombre alegre, terminó con una leve carcajada que puso un toque de alegría su larga y pesada intervención.

—Todo lo que has dicho me parece fetén —pudo intervenir, por fin, el joven—. Pero te olvidaste de lo más importante para mí.

¿Qué es...?

—¿Cómo no sé qué te importa un carallo? —pudo, por fin, replicar Pablo con voz insolente.

—¡Ah, sí, hombre! Lo de buscar a tu hermana. Perdona.

—Lo de buscar y encontrar, no te olvides. Todo lo demás, siendo mucho, lo reconozco, me importa una mierda.

—Oye, por lo de encontrar a tu hermana, no te preocupes porque, como ya hemos acordado, forma parte de tu trabajo. Mira, para encontrarla podrás viajar a dónde quieres con las mismas condiciones económicas, además en esos viajes contarás con la ayuda de la organización así como de todos los comunistas, sobre todo, de los españoles que muchos ya están enterados de lo que esos hijos de puta fascistas hicieron contigo.

Se produjo un silencio tenso y dudoso. Silencio, transcurridos 30 segundos, roto por:

—A ver, Pablo, ¿aceptas, o no? —quiso saber el señor Jerónimo, con impaciencia algo crispada.

—¡Aceptado!

—¡Muy bien, fantástico! —exclamó el proponente, tocando las manos cual si terminara un espectáculo.

Hubo otro silencio, al término del cual:

—Acepto con la condición de que la primera escapada he de hacerla a Francia.

—Uy, no el primer viaje está programado, como te dije a la Unión Soviética, como primer contacto.

—No: a Francia —afirmo el joven, terco—: es mi condición.

—No jodas, chaval: las condiciones las ponemos nosotros, no te olvides —le hizo saber el señor Contreras.

Evidentemente la divergencia surgida inesperadamente entre los, casi amigos, había tomado un oscuro camino, pues los intereses privados del joven y los comunitarios de Jerónimo Contreras, por ser divergentes amenazaban romper el acuerdo, hasta con un enfrentamiento.

—Lo siento, pero esa es mi condicione —dijo Pablo, tajante.

—Mira, hombre, en todo caso, las condiciones se ponen antes de aceptar el acuerdo; si se ponen después, no sirven de nadas y, por supuesto, el partido no se las permite a nadie. Así si te niegas a ir en primer lugar a la Unión Soviética, atente a las consecuencias —dijo el señor Contreras, más sibilino que amenazante.

—¿Me está usted amenazando? No me joda —dijo el joven sacando pecho y añadiendo—: tenga en cuenta que después de lo vivido, nada me da miedo: me lo paso todo por los huevos.

—No te amenazo: te advierto que es diferente. Pero como soy hombre de paz —de guerras ya estamos bien servidos— y por otra parte me gustaría que encontraras a tu querida hermana, afrontando yo las consecuencias, te voy conceder la gracia de que vayas primero a Francia, a ese país donde todo se encuentra, espero que la encuentres también ella. Pero en el cual sólo podrás permanecer una semana; ¿de acuerdo, machote? —terminó Contreras en tono intransigente.

—Vale: con una semana tengo bastante.

Sin siquiera sospechar el doble intención y juego que había en las palabras de su interlocutor que, siendo además locuaz era un ser de elocuencia poco común, las palabras le nacía como para convencer, Pablo se quedó y se mostró muy satisfecho, tanto como, por tratarse de su hermana, recibiera el mejor de los premios.

XII

París no era en aquel tiempo de pos tragedia, ni por lo más remoto, el París de que todos, estando o sin estar en él, hablaban del río Sena con su cruceros y sus 36 puentes uniendo por igual las dos parte de la ciudad; el arco del triunfo con sus estatuas: *Le Trionphe, Le Paix, Le Aesidence;* Notre Danme, Torre Eiffel, etcétera. Inevitablemente se notaba que por allí también había pasado la guerra con su quehacer destructivo, a pesar del armisticio del Tercer Reich con el mariscal Pétain.

La capital de Francia no era ni mucho menos el destino de Pablo, él había llegado allí, como tanto otros, por qué las exigencias de la pos guerra obligaba a los medios de transportes, incluso los ferrocarriles, a llegar a donde menos se podía esperar. Así el tren que él tomó para llegar al Rosellón se quedó en París.

El destino de Pablo, aunque inseguro para encontrar lo que deseaba, era nada menos que *Coulliure*. En realidad nadie se lo había recomendado. Sin embargo, él sabiendo que Palmira siendo una prolífica aficionada a la poesía y que en aquel pueblo era donde había muerto Antonio Machado, su ídolo, pensó, más bien soñó despierto, que ella, depués de abandonar «as Campás», podía haberse dirigido allí.

Porto lo que todo ello encerraba de negativo, París se le antojó decepcionante hasta el punto de no merecerse la fama de ciudad maravillosa. Pero una tarde encontró en el café *La Rotonde* a Nicomedes *Coutent*, un gran poeta (pero desconocido) que llevaba el mismo destino. Se conocieron porque, cuando Pablo pidió su café, aunque lo hizo utilizando el poquísimo francés que sabía, Nicomedes lo vio y reconoció a la primera de cambio. El encuentro le fue tan favorable que el concepto negativo que había tomado de la ciudad de las artes, se transformó en positivo. Y todo porque, al revés de su hermana que lo buscaba desde el primer día, únicamente impulsada por sus fuerzas personales e interiores, prescindiendo de cualquier motivo externo, él la buscaba a ella y se empañaba en encontrarla más que nada por justificar su propia existencia, de ahí que cualquier elemente o circunstancia podía motivarle empecinada búsqueda.

A veces la casualidad se presenta como suerte, y aquel caso así se presentó, pues, Nicomedes *Coutent* no sólo tenía como destino *Coulliure*, sino que también era poeta, aunque su aspecto, sin perder del todo el aire de jugar medieval, era más bien de empresario arruinado, y tenía coche (nada menos que poeta con coche, en aquellos tiempos): un *Volkswagen* modelo escarabajo que había heredado de su esposa, una señora perteneciente a la alta burguesía alemana, muerta en Berlín, no en la invasión de la ciudad, sino de parto de su primer hijo (aún se moría de parto como se muren en la actualidad de cáncer de mama).

A pesar del motivo, para él del mismo, de los mucho kilómetros y del mal estado de la carreteras —en algunos puntos aún estaba cortadas por la bombas, y había que desviarse, el viaje se convirtió en una especie de viaje de placer turístico, porque además de que Nicomedes conducía bien entre cuentos y versos, Pablo se deleitaba contemplando las poblaciones en que se detenía (Orleans, Chateauroux, Limoges, etcétera) y los paisajes de tierra que sin parar entraban por la ventanillas. Pero no sólo se deleitaba, sino que aquellas obras de arte de la biología elevaban a la cima aquella sensación suya de probar su existencia buscando y encontrado a Palmira. De tal manera que llego a pensar que de no apreciar todo aquello que lo rodeaba, jamás la encontraría. Estaba equivocado porque aquella ignota sensación de justificar su existencia, que lo embargaba, era la consecuencia cruel de haberle sido arrebatada en *Dachau* la capacidad para vivir en el mundo real.

Tras iniciar la marcha después de hacer un alto de Orleans para tomar café y unos «chopitos». Hasta entonces sólo había hablado el poeta para decir sus cuentos y versos.

—Bueno, a ver, ¿qué tal lo estás pasando en este viaje fantasma, amigo? —quiso saber el poeta; mas, antes de recibir la respuesta, se puso a recitar «Oración por Antonio machado», de Rubén Darío. Cosa que, aun placiéndole mucho, le hizo pensar al preguntado, recordando a su querida hermana, que en verdad los poetas eran seres especiales, y le extrañó que, a pesar de las rarezas, Nicomedes, que bueno que nunca ni por nada desatendía la conducción.

—Oye, disculpa que no te haya ido por el sendero de la poesía en lugar de por el tuyo.

—Te parecerá algo inaudito e insolente. Sin embargo, siendo tu hermana poeta, espero que los entiendas —se disculpó con indigente.

—Palmira no es poeta: es aficionada simplemente —aclaró el joven en tono displicente, añadiendo—: en cuanto a pasarlo bien, lo paso genial. Y no lo sólo eso: lo que va entrando por mis ojos me potencia a más no poder para hacer realidad el sueño de encontrar a mi querida hermana.

—El hecho de encontrar algo perdido, particularmente, si es un familiar, lo considero sensacional y muy reconfortante; en cambio, la fuerza que te mueve a ti para hacerlo me parece algo insólito, inenarrable. Una especie de hipocondría —comentó el poeta apuntando la sien con el dedo índice de su mano izquierda, como si estuviera cavilando o elucubrando algo muy importante.

—Oye, es la primera vez que oigo la palabreja. Eso de hipocondría ¿qué carajo significa? —interpeló el joven.

—Es una terquedad especie de enfermedad. Pero olvídalo que fue sólo un decir, sin ninguna realidad.

—¿Una especia de enfermedad? Pues, mira si lo será que yo mismo soy incapaz de desvelarlo. Por eso, después de pensarlo mucho y no llegar a ninguna conclusión, me dejo llevar por el impulso, porque lo que realmente me importa es encontrar a Palmira —dijo y su rostro se ensombreció.

—Como tiene ser...

Dando un volantazo a la izquierda, el vehículo está a punto de salirse la calzada con el riesgo consiguiente de precipitase por un acantilado de considerable altura; mas, antes la pericia del conductor le permite permanecer en la carretera, ocupando parte del arcén.

—¿Qué haces? —gritó el joven con el pánico reflejo en su rostro.

—Lo que puedo para salvar una vida libre —contestó el conductor sin detenerse y mostrando un sosiego que, por supuesto tampoco sentía.

—¿Cómo? Sólo notó la vida de los pájaro y de los árboles.

—La vida como la muerte, pude surgir donde menos uno la espera. Mira... —termina señalando con movimiento de cabeza (las manos aferradas al volante) el monte al otro lado.

Un enorme jabalí verrugoso los miraba como si ello fueran los bichos culpables.

—Ya podían regular esta clase de tráfico, ¿no? —bromeó Nicomedes, y el miedo se transformó en exultante carcajada.

Llegaron a Colliure cuando el sol de julio, cansado de abrasar el día, buscaba el merecido descanso tras el horizonte. Como las playas, ni en Francia, todavía no estaban tanto de moda; sin embargo el turismo daba sus primeras señales de existencia, las calles eran el escenario de un trasiego humano que, con un exceso de imaginación se parecía a un hormiguero con las hormigas en plena faena. Gente en las calles paseando sin saber bien hacia dónde; en los comercios buscando lo más acorde con sus posibilidades y gustos; en los parques respirando el oxígeno donado por lo árboles y, sobre todo, gente en los hoteles y cafés, tratando de borrar los dolores de cada día con un trago de buen *Blanc de Blancs*; el mejor de los analgésicos... Y tal vez, para compensar de alguna manera la mezquindad de aquellas muchedumbres, en el teatro y en la casa de la cultura también se celebraban, aunque no con tanta asistencia, importante eventos culturales en honor y memoria al décimo aniversario de muerte de gran poeta español Antonio Machado. Eventos que habían llevado, por lógica de su arte, allí a Nicomedes y, por inducción y motivo diferente a Pablo. Al primero con doble intención de pasar unos días dando marcha a su pasión por el mundo de la noche en que esperaba no faltaría condimento femenino (se decía que le gustaban mucho las mujeres, a lo que él contestaba: ¿y qué hombre con todas de la ley no le gustan?). Y sobre todo, pasión por escuchar los mejores poemas del poeta sevillano, su ídolo. Poemas como por ejemplo:

A LA MUERTE DE RUBEN DARIO

Si era toda en tu verso la armonía del mundo, ¿dónde fuiste, Darío, la armonía a buscar? Jardinero de Hesperia, ruiseñor de los mares, corazón asombrado de la música astral, ¿te ha llevado Dionysos de

su mano al infierno y con las nuevas rosas triunfan-
tes volverás? ¿Te han herido buscando la soñada
Florida, la fuente de la eterna juventud, capitán?
Que en esta lengua madre la clara historia quede;
corazones de todas las Españas, llorad. Rubén Darío ha muerto en sus tierras de Oro, esta nueva nos
vino atravesando el mar. Pongamos, españoles, en
un severo mármol, su nombre, flauta y lira, y una
inscripción no más: Nadie esta lira pulse, si no es
el mismo Apolo, nadie esta flauta suene, si no es el
mismo Pan.

Tras detenerse un momento para admirar el castillo Royal, se dirigieron a la oficina de turismo donde fueron recibidos por una recepcionista, chica, para sorpresa de ambos, española de Galicia y más fea, la
cual les informó de los hoteles más convenientes según aparente nivel
económico—social.

—*Le Relais des Trois Mas* —eligió el poeta.

Después de dispararle una mirada de incredulidad:

—¿Estás de cachondeo? —susurró Pablo

—¿Por qué había de estarlo? No te gusta o qué.

—Mujer, claro que me gusta; pero has elegido el más caro. Mira: la
poesía no da dinero, ni un chavo. Pero no todos los poetas somos indi-
gentes, ¿sabes? —explicó Jenaro con voz de capitalista burlón.

Recordando la cantidad de pesetas que le había transferido el señor
Contreras, Pablo le hizo saber siguiendo la broma.

—Bueno, también existen «buscadores» que no van con los bolsillos
vacíos.

—Pues, entonces de qué te quejas, o ¿qué pasa, qué quieres ponerte
rico buscando a tu hermana? —dijo el poeta en la misma actitud de
broma, mientras firmaba en libro de huéspedes.

—¡Uy, no! Eso ni por lo más remoto.

En hotel fueron recibidos por una recepcionista, otra chica cuya figura, al contrario de la del centro de cultura, su hermosura y lujo estaban
en total concordancia con la del hotel y la famosa de la mejer francesa:
ojos vestidos del color del mar, de párpados amplios y mirada acarician-

te; boca de labios sinuosos en los se dibujaba una sonrisa incasable; cabello largo rubio por genética y recogido en una trenza y cuerpo esbelto sin prescindir de las curvas que suelen marear las neuronas masculinas. Pero no sólo era su figura, también su voz era tan dulce y graciosa que sus palabras evocaban a una música en Do Mayo; de tal forma que al informarles, en dirección publicitaria de las excelencias del hotel, ambos se quedaron prendados de aquel ejemplar femenino: *Maitherine,* así se llamaba la recepcionista. Más que prendado, Nicomedes se sintió enamorado ya que, por ser hacedor de versos y a pesar de sus 60 años, se enamoraba no únicamente por la hermosura de la mujer, sino por la belleza de sus palabras. Sin embargo en aquella ocasión quien estaba destinado a recorrer el camino del amor era Pablo. El primer paso había de darlo empujado por la vehemencia de encontrar a su hermana.

Les adjudicaron habitaciones muy separadas, tanto que la de Pablo estaba en el 5° piso, desde la cual, por suerte para él, se podía contemplar el mar con sus acantilados. La del poeta en 8° desde donde únicamente podía ver la calle.

—Bueno, amigo, visto los visto y que nuestros objetivos son también muy diferentes, vamos andar poco juntos, ¿no?

—Claro, cada uno por su cuenta —asintió Pablo, añadiendo—: de todas maneras te estoy muy agradecido por haberme traído. Cuenta conmigo si me necesitas...

Al día siguiente, más por volverla a ver de cerca que por otra cosa, el joven se dirigió a le recepcionista.

—Por favor, no habrá visto usted por aquí a una chica (le hizo una descripción física). Se llama Palmira —le preguntó en un momento que ella tenía libre, y mientras el poeta, sin dejar de escucharlo, luchaba con los versos, sentado en uno de los sofás que adornaban la estancia.

—Vaya, pues sí; qué casualidad: hace unos 8 días que estuvo aquí alojada aquí una tal Carme, una chica que coincide en todo con la característica que usted me da. Se alojó aquí 3 noches y nos hicimos muy amigas porque ella es la mar de simpática —explicó *Maitherine* con su voz de azúcar y en castellano.

—Y no sabe usted...

—Mejor que nos tuteemos: ¿no le parece? —lo interrumpió ella.

—Desde luego: mucho mejor... Bueno, no coincide el nombre;

pero, claro, el nombre se puede cambiar. Siendo así: Quería preguntarte si alguna vez dijo su procedencia y su destino —quiso saber Pablo con la esperanza reflejada en sus palabras y en su mirada.

—Sí: el último día me dijo que venía de España. Bueno, no hacía falta que lo dijese porque bien se le notaba que era española; en cambio, del destino nada me dijo, ni media. No obstante intuí que tenía algún problema de a dónde y por dónde y a donde ir.

Llegaron otros clientes y, aunque había otro —una chica y un chico— en el mostrado, era *Maitherine* la que debía e atenderlo.

—Ya ves —continuó señalando a los recién llegados con un decoroso movimiento de cabeza—: Lo siento... Hablaremos en otro momento.

—Vale.

El hotel, aunque, tal vez en exceso suntuoso, respondía perfectamente a la fama que tenía de gran hotel, pues estaba construido en el extremo último de una pequeña península que formaba un alto acantilado contra el cual chocaban las olas del Mediterráneo, formando una especie de catara al revés. Su arquitectura exterior evocaba, en tamaño reducido, al palacio de Versalles con sus jardines poblados de toda clase de elementos biológicos, en los cuales, además de fuentes y piscinas, destacaba entre otras, tal vez para que no se olvidara del todo el mundo de la poesía y de la lectura, la estatua del mencionado poeta mostrando en su mano derecha un libro que bien podría interpretarse como el «libro de la vida».

El vestíbulo estaba formado por una gran sala con el mostrador de recepción al fondo; cuyas paredes se engalanaban con obras de arte de los pintores más conocidos, lo que le daba un aire de museo. En todo su interior, las paredes de las dependencias públicas estaban decoradas en madera de haya, y las de habitaciones tapizada con telas especiales y colores para elegir a gusto del cliente. En cuanto a los suelos se hallaban cubiertos por mármol de diferentes colores y por todos los espacios seguían proliferando las obras de arte, así como las lámparas de lujo correspondientes cada de pendencia. Todo allí bien merecía las 5 estrellas y daba la impresión de ser perdurable, desafiante al tiempo. Pero el mar se le adelanto al tiempo, y una noche de invierno y tempestad, el tranquilo Mediterráneo, ofendido por el viento despertó sus olas, las cuales quizás exasperadas por haberles interrumpido su sueño desde el cielo, se llevaron consigo todo aquello que había sido admiración del todo el mundo, convirtió en ruina lo mejor de *Le Relais des Trois Mas*.

Al día siguiente, cuando disfrutaba del descanso merecido después de ingresar el conjunto de clientes que solían acercarse con la llegada del tren:

—Buenas tardes... ¿Sabes si ha llegado el momento? —preguntó Pablo.

—Buenas tardes —respondió *Maitherine*, y antes de volverse—: ¿a qué momento se refiere, usted?

Hubo un momento de silencio propiciado por en el joven para añadir suspense.

—¡Dios, pero que tonta soy! —exclamó ella dando media vuelta. Pero si eres tú. Oye, perdona, estaba de espalda.

—Sí, soy Pablo y ya me he dado cuenta, y también de que eres guapa hasta por la espalda —adujo el hombre sorprendido de sus propias palabras.

—Y yo *Maitherine* —bromeó ella, añadiendo—: encantada de conocerle.

—Igualmente, pero, en realidad, ya nos conocimos ayer. Lo que pasó es que no descubrí todos tus encantos —contestó con la sorpresa en aumento, al límite.

La sorpresa era lógica, ya que él había nacido en la aldea de «as Campas», y las influencias del lugar donde se nace nunca se pierden. Nacido y crecido viendo todos los días a las mismas personas; las mismas chicas, que de tanto verlas se le antojaban como de la familia. Y se había hecho mayor en *Dachau* don la inexistencia de mujeres había contribuido a perder la conciencia de la vida y a alejarle del mundo real, pasando a otro compuesto sólo de hombres y otros primates aún más extraños. Por ello, no solamente había dejado de aprender las palabras del amor, sino que la idea y sentimiento del amor se le había esfumado. Sin embargo aquel momento, además de los halagos dedicados a *Maitherine*, sintió cómo le aumentaba las pulsaciones, algo como un revoloteo de mariposas en el corazón. «¿Esto qué coño es?», se preguntó temiendo que fuese algo de ir al médico. Pero luego, echando mano de sus armas de varón invulnerable a los sentimientos: «seguro que es una gilipollez, hostias», se dijo, en cambio, la avispa del amor continuó picando hasta perforar es la distancia.

—¡Uy, qué piropo más lindo! —dijo la joven acercándosele con paso de ir por alfombra roja, añadiendo—: igual te sale del corazón y todo...

Por acertar con la respuesta, se produjo un breve y confuso silencio.

—Pues la verdad no sé si me sale del corazón del estómago, lo que puedo decir es que es la verdad, lo que siento.

—Muchas gracias, Pablo: eso aumenta el valor de sus palabras. Pero cuando usted está un poco cansado de ver chica guapas, quizá todo será diferente —dijo la recepcionista volviendo al usted sin querer; por costumbre.

—De eso nada, qué más quisiera yo. De ver chicas guapas no me canso, sobre todo procediendo donde sólo había hombres feos y acabados por la injusticia y la crueldad, que mi caso —le hizo saber recordando el campo de *Dachau*.

Su interlocutora: «de dónde vendrá este guapo hombre, para no ver mujeres», se preguntó, en cambio, como ella no estaba allí para hacer preguntas escabrosas, sino para hacerle la vida agradable a cuantos se asomaran a aquel mostrador semicircular.

—¡Oh, que fastidio! Pues por aquí pasan todos los días muchos hombres guapos, bien parecidos, al estilo de un *Burt Lancaster* o *Paul Newman* —contestó la joven con un toque sarcástico.

—Claro, no me extraña; viéndote a ti ya se puede uno imaginar lo mejor —dijo Pablo, notando que a cada momento, a cada palabra se reducía la distancia que le separa de la joven, y más se le abrían las puertas del mundo real.

—Bueno, comparada con las que pasan por aquí también, como...—quiso decir nombre, pero luego se contuvo, terminando—: yo soy una chica del montón.

Pablo no contestó porque, de súbito pensó que aquel era el sitio y la persona idóneos para iniciar la búsqueda de su querida hermana, y empujado.

—Oye *Maitherine*, y pasando por aquí tantas chicas, no habrás visto una —y le hizo una descripción pormenorizada de los rasgos físicos de Palmira, su hermana.

Después de pensarlo un rato, poniendo el dedo índice da la mano izquierda en su frente, su interlocutora respondió.

—Madre mía; pero si con una así de hermosa y con esas mismas características, nos hicimos muy amigas. Se llama Carmen y es de España. Bueno eso lo fue lo que...

Entró una pareja de clientes con una pareja de niños y acompañados por un mozo con el carretillo cargado de maletas y Bolsos. Como, con andar cansado se acercaban al mostrador:

—Lo siento; pero tengo que atenderlo —se disculpó la joven, cortando la conversación.

—Claro. No te preocupes —asintió, en cambio, en lo que estaba preocupado, ansioso y en un desagradable suspense era él, pensando entre otras muchas cosas, que se había cambiado de nombre, coso lógica en su situación.

Ansiedad sin límite, pero lógica porque la promotora de su primer amor le había diseñado una figura que podía ser la de su hermana y, con ella, la posibilidad de encontrarla, aunque, de pronto descubrió que la necesidad ya no era tan acuciante porque competía con la de permanecer en Colliure para saber si su recién nacido amor por *Maiterine* era correspondido, y en la suerte de serlo, volar juntos por el espacio intangible de la pasión. Pero, todo aquello no eran más que conjeturas producto de un sueño: la realidad, su realidad era la de marchar de allí cuanto antes para ir (de la semana que le había dado el de las Casas, únicamente le quedaban 2 días), en principio, a la Unión Soviética en representación de los comunistas españoles, y después, aprovechando otros viajes, seguir buscando a Palmira hasta encontrarla como era su promesa y sin fin.

Y, dado que él había sido hombre íntegro y fiel consigo mismo en el mundo irreal que las guerras le habían obligado a crear, debía ser igual en el real que después de las postguerras le permitían vivir. Así, sin pensar más en el amor ni otras cosas que del mundo real, le eran desconocidas, decidió, inapelablemente, abandonar el bonito pueblo, tumba del poeta de la Generación del 27, Antonio Machado, y continuar la búsqueda de Palmira su gemela hermana. Pero no pudo sustraerse cuando, tras despachar a la familia de clientes, *Maitherine* volvió para decirle inesperadamente:

—¿Me permites que te diga una cosa? —preguntó con su voz melodiosa.

—Lo que tú quieras: encantado de escucharte.

—¿Sabes? He estado pensado que, tienes parecido con los actores que he nombrado.

—Nombrado: eres un chico, un hombre muy atractivo —rectifico entusiasmada y, sin duda para darle mayor intensidad a la expresión.

La sorpresa lo dejo tan pasmado que, por un buen rato no acertó a contestar ni que hacer. Pasmado, sobre todo porque, ante la vorágine de aquel mundo real en el cual no había tenido tiempo ni para crear sus propios sofismas, Pablo era un ser vulnerable. A pesar de todo entendió que las palabras de la joven le revelaban el enigma de saber si le correspondía al amor que desde el primer día sentía por ella. Por fin puedo balbucir con voz religiosa:

—Pues, yo… sin pensarlo me… enamoré de ti.

—Me resisto a creerlo...

—¿Por qué?

—Porque, la chica que preguntaste, supongo que es tu amada novia.

—De eso nada: es mi hermana, gemela por si fuera poco lo de hermana. A propósito, has dicho que coincide con los datos que de ella te he dado.

—¿Hermanos gemelos? Pues no os parecéis nada, chico.

—Bueno, que le vamos hacer: lo quiso así la Naturaleza y ella es la que manda en todo. A propósito, has dicho que coincide en todo con los datos que te he dado.

—Oh, sí: exactamente iguales. Pero, ¿por qué tienes tanto interés en eso? Si se puede saber.

—Es muy largo de explicar: sólo puedo decirte que la tengo que encontrar. Si eráis tan amigas, a lo mejor te dijo a dónde se dirigía, cuál era su destino. Si me lo dijeras me harías un gran favor, porque tengo que encontrarla.

Para dar paso a las miradas en las que refleja el flechazo adornado, en la de él, por un toque de lujuria, el encuentro se armó de un silencio seguido de un suspiro femenino. Silencio al término del cual, apartando su mirada para posarla en la puerta de entrada, ella contestó:

—Verás: yo insistí mucho para que se quedara aquí, incluso, trabajando en el hotel. Ay, pero ella se negó diciendo que los suyo era viajar, recorrer el mundo si hacía falta. Que venía de España y que de aquí se iba al país inmediato, que es Alemania. Le pregunté cuál era su destino y me contestó que era peregrinar.

«Madre mía, pero sí de Alemania vengo yo», pensó el joven.

—O sea que se negó a quedarse aquí; pues yo me quedaría de buena gana, y no sólo por lo bonito que es el pueblo y el hotel, sino por... —no se atrevió a exponer el motivo; mas en el tono de sus palabras se podía leer la página.

—Pues quédate; yo encantada por lo que...

El teléfono situado en el mostrador sonó como una reclamación insolente e invulnerable. *Maitherine* detestaba aquello de romper la conversación en vivo y directo, sobre todo cuando entre las personas, las palabras eran el testimonio de los sentimientos, aunque, como era el caso, lo sentimientos fuese como una flor recién brotada en un tiempo inesperado. Pero atender al condenado teléfono era parte importante de su trabajo y el trabajo, tal vez más importante que las personas.

Mientras la recepcionista atendía al aparato, Pablo reflexionaba moviéndose en el espacio —cada momento era mayor— que conocía del mundo real. Y reflexionado llego a la conclusión que debía de elegir entre aquel reciente amor y el antiguo y telúrico cariño que, por otra parte, era un deber ineludible al imponérselo la prolífica obligación de buscar y encontrar a Palmira, su querida hermana. Por fin, creyendo que la chica que había descrito *Maiterine* no podía ser otra más que la buscada, y que por ello contaba con todas las posibilidades de encontrarla, eligió continuar con la obligación sin abandonar el amor, aunque pesando que conjugar ambas cosas era muy complicado.

Esperó un buen rato; pero, como la conferencia se alargaba en exceso, decidió partir; mas no sin dejar antes, dentro de un sobre que por allí había encontrado, el importe de las 2 noches de estancia en el hotel. Y como lo conferencia seguía haciéndose interminable, recordando la habilidad que según la profesora, doña Clotilde, tenía para escribir aforismos, después de algunas dudas, resolvió introducir también en el mismo sobre, la siguiente nota de despedida:

Me voy porque la obligación es antes que la devoción. Pero volveré en primavera (era el día 15 de Marzo) *con el amor como bandera.*

En la calle, cuando se dirigía a buscas un medio de transporte público que le llevara de vuelta a París para coger el avión, se topó con Nicomedes *Coutent*.

—¡Hola! Hombre, cuanto tiempo. ¿A dónde vas por aquí a estas horas? —le preguntó simulando grata sorpresa.

—Me marcho, me doy el piro para continuar con lo mío...

—No me jodas. Pero, según la reserva en el hotel, aún te quedan 2 días —le advirtió, pero después de un breve silencio, añadió—: bueno, está fetén que te largues.

—Fetén, ¿por qué lo dices?

—¡Ah! Que no te has enterado.

—Oye, no me vengas con gilipolleces. ¿De qué hostias me tengo que enterar?

—Pues, de que te vigilan, y una de la vigilantes es esa tía buena que está detrás del mostrador.

—¿Te refieres a *Maiterine*, la recepcionista? —quiso saber Pablo, incrédulo.

—Bueno, de cómo se llama no tengo idea. Pero sí sé que es la recepcionista. Así que ya puedes andarte con cuidado.

Recordando la misión que le habían encomendado y, sobre todo el dinero que le habían dado, Pablo no le extrañaba que lo vigilaran —casi lo veía normal—; lo que no podía admitir es que fuese, precisamente, la mujer a lo que le había declaro su amor. Pensando que lo dicho por *Coutent* era la consecuencia de no haber atendido, ella su enamoramiento:

—Lo que dices de *Maiterine* es absurdo, una calumnia y, tú un cacho cabrón por levanta falsos testimonios (lo de falsos testimonios, lo sabía de cuando niño ir a misa en «as Campás» y de los juicios de que había sido víctima) —bramó el joven, acercándose al otro en actitud ofensiva, continuando—: lo dices porque te dio calabazas, y eso un potentado mierda como tú no lo puede soportar.

Después de recular y prepararse para la defensa, demostrando, tal vez gracias a sus años una tolerancia y sosiego poco comunes:

—Pablo no te pongas así, hombre que con la violencia sólo puedes conseguir más violencia. No, amigo, no es una calumnia: es la verdad, lo sé de buena tinta porque estoy metido en mismo rollo. El que aceptase de buen grado tu amor, incluso, que te tirara algo lo tejos, sólo fue para que tú te fíes.

Las tolerantes palabras del poeta, consiguieron lleva a Pablo por un camino menos lleno de baches, hasta el punto de poder caminar sin tropezar.

—Oye, a ver, y eso de que tú estás metido en mismo rollo, ¿qué es? —quiso saber sin darle crédito como hecho.

—Pues que va a ser, hombre, pues que sirvo a la mima empresa que tu perteneces desde que aceptaste el viaje a Rusia. Por qué te crees, sino que traje aquí, ¿por tu cara bonita?

Pablo no daba crédito a las palabras de su interlocutor. Todo lo veía tan inaudito y negro que, por unos momentos de silencio experimentó la sensación de haber salido de un infierno para meterse en otro peor. Intuyendo los sentimientos del joven, Nicomedes le recomendó:

—Hombre, tranquilízate, relájate porque esto nada tiene en común con *Dachau*. Al contrario: esto es el comunismo que lucha por la igualdad de todos los hombres y mujeres, donde que quiera que hayan nacido. Lo que pasa, eso sí, es que, como todos los grupos dedicados a este menester, a veces tiene que utilizar elementos y conductas, digamos, especiales para lograr sus fines, algo parecido con los utilizados por las mafias. Por eso te vigilan a ti. Pero no preocupes que si cumples con lo tratado saldrás ileso. No te ocurrirá nada malo, más bien al contrario, serás premiado y ensalzado como todos los que cumplen con los principios de Carl Marx que fueron los de cambiar el mundo.

—Es que yo no tengo ni puñetera idea de lo que debe de hacer: el señor Contreras sólo me dijo que tenía que llegar a Moscú y allí presentarme a *Reunux Carplan* que me estaría esperando. Y, cloro sin darme más explicaciones, a pesar de que se las he pedido, tío estoy que no me aclaro, como dicen los cultos, desconcertado —argumentó el joven moviéndose de aquí para allá.

—Claro, es que estas cosas son así. Tú no te inquietes que ese tal *Carplan* ya te dirá lo que debes hacer. Lo bueno es que ya te pagaron por adelantado, ¿no?

—Eso sí, y bien, todo haya que decirlo —asintió Pablo palpando el bolsillo interior de la americana—. Pero aun así voy a tener muchos problemas. ¡Dios, en un Moscú! Buscando sin haber salido de «as Campás» y de *Dachau*, y siempre llevado de la mano del enemigo.

—Bueno, para que veas que soy un buen amigo, te devuelvo a París para que tomes allí el avión —se ofreció el señor Coutent, sinceramente.

—Muchas gracias. Pero, para que veas que también eres amigo, no, no quiero que te quedes aquí con todo el camino libre para que llegues a *Maiterine*. Ya que puedo llegar yo —y ambos se despiden con un apretón de manos y una sonrisa testimonio de no volver a verse.

Lógicamente, Pablo aborrecía a Alemania y sólo recordar el nombre le sugería algo impronunciable y le producía una especie de mordisco de ratones en el corazón y vómito doloroso en el estómago. El resto de los recuerdos le resultaban de tal modo insoportables, que utilizando su genética capacidad conmutativa conseguía sentirlos como un mal sueño o, él como un actor interpreta un papel que no sentía. Sería feliz no pisando aquella tierra que tanto detestaba. Pero, por imposición de los medios de transporte tuvo que hacerlo en Luxenburgo, donde a pesar de todo, tuvo la suerte de ser bien acogido y de encontrar indicios de que su hermana (Palmira juzgando por los dato que le había facilita *Maiterine)*, había pasado por allí hacia Suiza. «¡Oh Suiza! Que bien: la única nación que no ha entrado en la peor guerra de la historia, y que ni siquiera tiene ejército organizado», pensó el joven porque él, después de la experiencias vividas, no sólo no era capaz de entender (y por lo tanto era tan contrario) la existencia de las guerras, sino que tampoco entendía, desde el punto de vista humano, la de los ejércitos. Por mucho que reflexionaba sobre el tema, únicamente podía llegar a la conclusión de que enseñar a matar a los semejantes hasta formar una escuela y una profesión de la muerte organizada y pagada por los estados, era algo absurdo y monstruoso. Y lo que le resultaba más inverosímil y nefasto era el hecho de que para llevar a cabo todas aquellas maniobras de muerte, se le presentaba a los alumnos un supuesto e irreal enemigo. Para convivir lo mejor posible con terrible e tradicional realidad, haciendo uso así mismo de capacidad de transmutación, lo asumía cual si se tratara de tragicomedia.

Después de volver otra vez a Francia, llegó a Basilea, ciudad de Suiza, frontera entre Francia, Alemania y la propia Suiza. Allí, a pesar de la mezcla de culturas, costumbres e intereses que suelen perdurar en el ambiente de toda ciudad fronteriza, Pablo se sintió caído en otro mundo. Allí reinaba el orden, la paz y la tolerancia por todos las partes, incluso se podía disfrutar igual otrora, de algo tan vital en un mundo de hambre como eran los artículos genuinos de mercados para el normal vivir de sus habitantes. Tras disfrutar merodeando un rato para conocer lo más importante, se dirigió al hotel *Der Teufelhof Basel* con el fin de reserva una noche de habitación; una noche solamente por al día siguiente el tratado le exigía estar en Moscú. Sin embargo al ver que lucía 5 estrellas en sus fachada, pese a que su cartera seguía repleta, tal vez por influencias de sus paso en la aldea de «as Campás», se dijo: «bueno, por una noche me sirve otro más barato», y se fue al *Deste Western Hotel*.

Todo el mundo sabe que la suerte no entiende de categorías, de clases ni de nada, o sea, que algo es abstracto sin orden ni concierto, en definitiva es como un fantasma que aparece cuando menos se espera, o no se presenta por mucho que se le espere. En el Hotel *Deste Western Hotel* se dieron los sin motivos el primer caso, pues, cuando Eduardo estaba acomodándose en el mostrador de recepción, por la enmoquetada escalera que conducía a las habitaciones bajaba con paso gimnástico a causa de los altos tacones, la misma —u otra por con iguales características— que le había descrito *Maiteneri*. Impulsado no por la semejanza, sino por el recuerdo de su hermana:

—¡Palmira! ¡Palmira! —vociferó sin poder contener la emoción, señalándola con gusto y una mirada que no dejaban lugar a dudas.

Después de terminar de baja la escalera en silencio, ella se plantó frente a él con el aire «de aquí estoy yo» y un excesivo desparpajo lo que demostraba que no era la primera vez que se las veía con un hombre, contesto:

—Si era a mí a quien llamabas —no tenía ninguna duda—, mi nombre no es Palmira.

Consciente de que había caído en su propia trampa, el joven no sabía cómo disculparse; al fin pudo mascullar algo tartamudeante:

—Perdone. Es que... se perece usted... tanto a la nombrada que es... mi... hermana.

—No hace falta que me trates de usted: no es costumbre en estos tiempos que nos ha tocado vivir...

Evidentemente, la joven demostraba que no era la primera vez que salía de su casa, ya actuaba como si se enorgulleciese de evidenciarlo; incluso, acompañaba sus palabras de risitas suspicaces y no tenía reparo en señalar a su interlocutor con el dedo índice de cualquiera de sus finas manos.

—Oye, y ¿quién te ha dicho a ti que me parezco tanto a tu hermana? Lo veo algo absurdo porque hay muchas personas que nos parecemos y no llevamos ni una gota de la misma sangre, es decir, que no somos nada de la familia.

La recién bajada, hablaba y hablaba, pero seguía sin desvelar su nombre; a propósito de ello, a Pablo le empezaban a surgir malos pensamientos.

—Verá... Verás, a mí me lo dijo *Maiteneri*: la recepcionista del hotel ...

—No me digas más: esa tenía que ser. ¡Oh, *Maiteneri*! Que momentos tan maravillosos hemos pasado juntas. Y también te habrá dicho que me llamo Carmen, ¿no?

—Pues, sí: eso me ha dicho.

—Ya..., pues te ha mentido porque mi verdadero nombre es Sarah y soy bailarina: puedo demostrarlo —dijo revolviendo en su bolso para sacar algún documento acreditativo, que terminó sacando por las dificultades de todo lo que llevaba dentro.

Tan insólito énfasis le daba a sus palabras que Pablo sospecho —y no se equivocó— que era de las que gozan sexualmente una con la otra, es decir lesbianas.

—Me dijo que os habías hecho muy amigas y, por los dato físicos que me dio, yo deduje que eras la hermana que ando buscando, cuyo nombre es por el que te llamé a ti cuando bajabas por la escalera.

—¡Uy, amigas: mucho más que eso! —exclamó Sarah y Pablo ya no dudó de lo que le había dicho la sospecha—. ¿Tu hermana? Vaya deducciones, tío, si no nos parecemos en nada.

Un mucho porque aborrecía a las personas homosexuales, bisexuales y todas aquellas clases que empezaban a merodear sin límite, y en poco porque estaba cansado de hablar sin obtener ningún resultado:

—Bueno, Sarah, a pesar de todo, ha sido un placer conocerte. Mi nombre es Pablo.

—Igualmente, Pablo —correspondió un beso de cumplido en cada mejilla. Beso que por el ondulado erótico de sus labios, olvidándose por un instante de lo demás..., le produjeron un hondo estremecimiento—. ¿Estás aquí alojado?

—Sí: en este hotel estoy.

—Fantástico; entonces ya nos veremos y hablaremos —dijo en tono de promesa, subiéndose y, poniéndose al volante de uno de los turismos por allí estacionados, se puso en marcha sacando su mano izquierda por la ventanilla en un gesto de despedida.

Pasaron mucho días sin volver a encontrarse, a pesar de vivir en la misma casa; tantos días que Pablo pensó que la joven se había traslado a otro hotel. Días que, sin dejar de pensar en ella porque su belleza lo había fascinado, aprovechó para llevar a cabo las gestiones más que pertinentes para encontrar a su querida hermana. Aprovechando las libertades y los excelentes servicios públicos, incluso se trasladó a Berna donde, además de las operaciones oficiales con la policía, realizo otras pertenecientes al mundo de las sombras, es decir, se introdujo en grupos marginados y contactó con personas —particularmente mujeres— dedicadas al arte la brujería. Solamente éstas, aunque no creía en nada que no fuese tangible o demostrable, fue con aquéllas y con sus frases como: «lo que se quiere de verdad vive más allá de la realidad y si se quiere se consigue», con las cuales halló la esperanza para continuar la búsqueda más allá de la fronteras.

En cuanto a organismos oficiales, concretamente la policía, sí le ofreció trato y ayuda como en ninguna otra parte había obtenido. Sin embargo, incluso después de utilizar los servicios especiales, trató de disuadirlo con palabras y muestras de que Palmira no había entrado en el País. Y a propósito de países, le hicieron saber que, teniendo en cuenta el de procedencia y la región de donde había desaparecido, lo más razonable sería empezar a buscar por el más próximo y continuar por los que habían estado más lejos de las malditas guerras.

A partir de aquella atinas explicaciones de los agentes, sin perder la fuerza proporcionada por la esperanza, el joven no dejó de pensar, tanto que sufría la enfermedad de la obsesión, que Palmira había entrado y salido por Portugal, y que por lo tanto iban en sentido contrario. Aquella supuesta —casi segura— realidad le aconsejaba volver y por consiguiente desandar el camino. ¡Ay! Pero estaba obligado a continuar hasta la Unión Soviética y a presentarse en Moscú para recibir instrucciones...

—¡Hola, Pablo! Cuanto tiempo sin vernos.

—Es verdad, y cuento lo siento porque vamos a vernos menos aún: tal vez no volvamos a vernos más en este mundo. A lo mejor nos vemos en el otro... —bromeó el joven.

—¿Y eso por qué? —preguntó Sarah, pasando de la bruma.

—Bueno, no sé se debía de decírtelo, pero como desde el otro día eres la caja fuerte de mis secretos, te lo voy a decir.

Un hombre de larga estatura, de pelo largo y ancho de hombros, entró de pronto empujando la puerta con fuerza. Al llegar a la pareja se detuvo y clavando sus ojos en la joven:

—Dentro de 5 minutos te espero en la habitación —advirtió con voz de mando.

—Vale, allí estaré —le hizo saber la joven mientras el recién llegado se alejaba.

Se produjo un silencio oscuro e incómodo.

—Esto sobrepasa mis proyectos y propicia mi silencio. Así que ya no te voy desvelar nada: sería una imprudencia contra las normas.

—No fastidies, Pablo. ¿Qué es por el chico por que habló conmigo? —quiso saber ella, tomando la mano izquierda masculina entre sus manos.

—Pues, ¿por qué va a ser? Será tu marido, tu novio, amante o yo qué sé...

—Que no, tonto: es mi hermano —afirmó con una leve carcajada y en tono implorante añadió—: Dímelo, por favor.

—Vale, te lo diré, pero con la condición de que no se lo dirás ni a Dios. Me lo prometes.

—¡Prometido! Dios cuantos remilgos.

—Mañana, a primera hora, salgo para Moscú y...

—¡Ay! Voy contigo —le interrumpió ella.

—¡Oh, no, no! —le contradijo él, en cambio, deseaba tanto su compañía como un caminante sediento desea encontrar una fuente. Y la deseaba porque el bello parecido con Palmira, su herma, estaba convirtiendo se estaba convirtiendo en algo que nada se parecía a los vínculos familiares, a una especie de tempestad de amor por Sarah. Por su parte, ella estaba en la misma tesitura desde el día que se habían conocido; con más pasión si cabía porque su sensibilidad era más proclive a la lujuria que al amor. Por ello, sus antecedentes amorosos, al contrario de los del joven, en principio eran contrarios al amor perdurable, pues, a pesar de su juventud, aquel le había producido mal fruto y peores experiencias.

—¡Sí, sí! Quiero ir contigo —insistió en tono infantil.

—Bueno, dime: ¿por qué tanto empeño en venir a la Unión Soviética, estando tan mal como se dice por aquí que está?

Hubo un rato de silencio para contemplar al unísono, a un desfile de múltiples personas de todas las edades y ambos géneros que, con motivo de alguna festividad u otro acontecimiento público iban por la calle, en silencio, casi fúnebre. De pronto se oyó estrépito de sirenas de la policía, y en seguida llegó media docena de automóviles de los cuales, demostrando su buena instrucción, se bajó una escuadra de policías que, en una abrir y cerrar de ojos, disolvieron el desfile a porrazo limpio. El hecho, recordando la famosa paz suiza, hizo pensar a Pablo que la paz era un mito político y que en «todo los sitios cuecen habas. Terminado el «espectáculo» y superada la sorpresa que a los dos jóvenes les había producido.

—Menudo desaguisado. ¡Dios que locura, que bestias! —empezó Sarah, y tras carraspear, quiso saber: ¿volvemos a lo nuestro?

Pablo que, más por su naturaleza que por educación, prefería los eufemismos, suavizo:

—Bueno, es la comedia de este tiempo que nos toca vivir: se ve todos los días y en cualquier parte del mundo. En cuanto a lo nuestro, pues, claro. Te preguntaba, antes ¿por qué tienes tanto empeño en venir a la Unión Soviética? —interpeló el joven.

No aventurándose a exponer la verdad tal como la sentía, que no era la atracción que por él sentía, y recordando que conocía bien Moscú porque había estado en él dos veces:

—Porque soy de Moscú —mintió— y, como lo conozco como la palma de la mano, puedo ayudarte mucho en tus gestiones.

—¿Tú de Moscú? No me lo puedo creer. Para nada tienes chispa de mujer rusa —afirmó él tomando asiento en uno de los sofás que servía y adornaban la estancia.

—Oye, tu tampoco tienes aspecto de español, y sin embargo lo eres —replicó ella, añadiendo en tono irónico; pero fiel al sentido de las palabras—: caramba, y que español: como la copa de un pino o la giralda de Sevilla.

—¿Qué quieres decir con eso?

—¿No te lo imaginas?

—Pues, no, porque no me gustan los acertijos ni el suspense: prefiero las cosa por su nombre, aunque sea feo; pero: «al pan, pan y al vino, vino». —le hizo saber él con voz cortante.

—¿Y si te digo —te lo afirmo— que es el motivo por el cual quiero ir contigo a Moscú o a dónde se? —quiso saber ella, sentándose pegada al cuerpo masculino.

—Vale: esa explicación ya me gusta más —dijo el preguntado con una risa pícara que lo decía todo.

—Entonces, ¿voy, me llevas? —preguntó la joven con aquella su voz infantil que utilizaba cuando pretendía conseguir algo.

—Pero, a ver: ¿tú sabes hablar el idioma ruso? —le preguntó, pensando que de saberlo, en verdad, podía prestarle una gran ayuda, además de disfrutar de su belleza.

—Claro que lo sé, y no sólo el idioma, sino también algunos dialectos de los muchos que por allí se hablan —creyó que le mentía aún más descaradamente.

—Entonces, desde luego...

—Desde luego, ¿qué? —quiso saber Sarah con el entusiasmo y felicidad reflejado en su moreno y lindo rostro.

—¡Jooo! Que vamos a ir juntos.

—¡Oh, Dios: que alegría, que locura!

—Bueno, bueno, que la cosa no es para tanto... ni para poner así...

Pensando en el excelente resultado de sus mentiras y sin hacer caso de los eufemismos del hombre:

—Pues ya podemos darnos prisa porque el tren sale a las 20 horas —anunció la joven con la sana intención de empezar a ser útil en aquel hipotético viaje.

De pronto, como empujados por la misma fuerza, ambos se incorporaron al unísono y en un silencio muy extraño por improcedente, se dirigieron a sus respectivas habitaciones para coger sus equipajes.

XIII

Llegaron a Moscú cuando los pájaros cantaban el amanecer de una primavera, cálida menos allí que, a pesar de que el sol luchaba por ofrecer el calor de sus rayos, quizás por necesidad o capricho de la climatología, caía un frío, casi insoportable. El frío no impedía que las calles ya empezasen a llenarse de vehículos y personas ataviadas, un poco, a semejanza de los habitantes del Polo Sur, lo que dificultaba el distinguir si eran hombres o mujeres. Pero, particularmente, a Pablo no le importaba porque había mejores belleza en las que atraían su mirada siempre hambrienta de nuevas lindezas (a ella no atraían tanto porque ya las había contemplado hasta la saciedad). Por ejemplo, la fortaleza *Kremlin* con la plaza Roja, La catedral de San Basilio con sus cúpula dorada y en forma de globo, la torre de *Shújov* de construcción hiperboloide y muchos otros monumentos y lugares más para romper la rutina diaria con el asombro originado por su belleza sin par. Pero los jóvenes no estaban allí únicamente por eso, pues los motivos que le habían llevado, particular a Pablo, era más humano, tanto como representar y defender —aún no sabía cómo— a los hambrientos comunistas españoles. Y no lo hacía del todo por convicción ni por su natural audacia, sino y sobre todo, porque al dinero como a la inmensa mayoría de los mortales, no le era ajeno; en cuanto a la cantidad que le había entregado el señor Contreras, era lo suficiente elevada para aceptar la misión sin conocer bien los detalles reales de la misma. No los sabía, pero, llevado de su genético sentido de la obligación y el compromiso, estaba dispuesto a llevarlo todo por la senda de la verdad, costara lo que costara.

Sí, ciertamente Moscú era una ciudad encantadora, construida por y para los zares, en cambio, gracias al comunismo podía vivir en ella los trabajadores sin diferencias de clases (al menos esa era la teoría).

—Bueno, cariño (uso por primera vez la palabra sin haber tenido todavía motivos de amor para decirla) te gusta Moscú, mi ciudad —preguntó Sarah, mirando a un lado y a otro.

—¡Uy, me encanta! Es una maravilla: diferente a las que he visto hasta ahora. ¿Y a ti?

—A mí, aunque la he visto muchas veces, me chifla. Pero, en verdad, hay tantas cosa y alguna persona que me chiflan... y tan cerca que no te lo puedes ni imaginar —comentó la joven lanzándole una mirada tan elocuente que los decía todo. Sin embargo, él inmerso en la contemplación del arte que les rodaba, no entendió nada.

—No serás tú una de esas chifladas —le contestó con una risa suspicaz.

—El que una mujer se enamore no significa que sea una chiflada —aclaró tomándolo de la mano—: el amor es el estado más humano tanto para la mujer como para el hombre.

Sabiendo que lo peculiar del sexo femenino no era precisamente declararle su amor al masculino, a Pablo le parecieron algo estrambóticas las palabras de ella, pronunciadas en tono de declaración, incluso llegó a pesar mal: que era una cualquiera, por mucho que se pareciera a su hermana. Pero pronto desechó tales pensamientos, y tomándola de la estrecha cintura:

—Perdona, cielo; porque te hayas enamorado no eres chiflada: yo también estoy enamorado de ti como un loco, y creí que era santo; pero, como tú bien has dicho —no lo había dicho así—, el amor nos hace humanos.

Y en la plaza Roja, sin más excusa ni pretexto, se abrazaron y se besaron hasta perder el sentido, bajo la mirada despreciativa de los viandantes y la catarsis de San Basilio, desde la catedral.

—Por fin hemos llegado —dijo Sarah separándose algo.

—¿A dónde? —quiso saber él.

—Pareces tonto, ¿a dónde va a ser? A eso...

—Ah, sí, ya caigo: al amor. Pero aún nos falta lo mejor.

—¿Y qué es? —preguntó ella con una risa sardónica.

—Ahora la tonta pareces tú, o ¿te haces? Nos falta el clímax que es la confirmación. Para decirlo a lo burro: nos falta follar.

Sarah no contestó y en aquel silencio, Pablo pensó que la melodía del amor sonaba con exceso de decibelios, tanto que estaban ensordeciendo la voz interior que la había llevado allí, y que no era otra que le aconsejaba buscar y encontrar a Palmira, su querida hermana. Herido por el arrepentimiento, pensó que era un cateto por no ser capaz de la catarsis que aquello requería. Lo pensó, en cambio, el amor siguió marcando la preferencia de cada día. No obstante, después de ver los mejor de la ciudad y de gozar la orgía en el *Napoleón Hotel*, en cuya recepción Sarah le demostró que no le había mentido al asegurarle que sabía hablar ruso —hecho que hacía realidad la ayuda prometida—, al día siguiente a la hora prevista, se presentó en el *Kremllin* (Sarah se quedó en el vestíbulo por si era necesaria su aportación lingüística), como le había mando el jefe Contreras, a presentarse al señor *Thonjake*. Aquella era, tal vez la parte más humilde del palacio; sin embargo, sobre todo al despacho no la faltaba la opulencia de lámparas *Maisons du Mondu* en el techo, figuras artísticas en todos los rincones y obras de arte pictórica en la paredes. En medio de tanto derroche, tras la mesa semicircular se dejaba ver, sentado un hombre de cabeza que evocaba, en pequeño, la esfera terrestre, de pelo rapado al cero, orejas comparables a las de un koala, rostro pálido y ojos intensamente azules.

Antes de entrar en el despacho Pablo fue debidamente identificado y registrado por dos guardias que, después le escoltaron hasta llegar frente a *Thonjake*, al cual le hicieron la oportuna presentación del recién llegado —en palabras que él no entendió— y luego desaparecieron por una puerta lateral. Para gran sorpresa de Pablo, y satisfacción por ya no serle necesaria la ayuda de la mujer:

—Buenos días, señor Pablo —saludó en normal castellano, pero con acento que no era el propio ni mucho menos. Incorporándose y, tendiéndole las manos como para que pudiese elegir, prosiguió—: mi nombre es *Thanjake Cophindor* y soy el presidente de la *Kmingufom*.

—En cantado señor *Thonjake* —contestó el joven, y nunca mejor dicho por lo de hablar español, y después de una pausas—: no tengo ningún cargo oficial; pero si el encargo de encontrar a mi hermana. El señor Jerónimo Contreras me dijo que usted me diría lo que tengo que hacer para conseguir los dos.

—Bueno, eso no es tan fácil —dijo como si hablara consigo mismo—. Por favor, tome asiento recomendó señalando una de las 2 sillas situadas al otro lado de la mesa, ocupando él la suya.

Evidentemente *Thonjake* era un señor con todas las de la ley, con una amabilidad y cortesía anormales en las autoridades de un país ganador de una guerra recién terminada, como era el de él.

—Efectivamente —continuó—, yo lo instruiré para que consigas ambas misiones. Mejor dicho: para la primera porque por obra y gracia de ésta ya conseguirá la segunda. Verá: a partir de este momento, usted es nombrado ante lo Unión Soviética, representante, mejor dicho: embajador de todos los comunistas de todos los países, especialmente de España, por supuesto.

—¿Países? —quiso aclarar en joven.

—Países e individuos, es decir, usted ha de moverse para que los país que todavía no han conseguido el comunismo, lo consigan, y para eso hay que empezar por el individuo. En realidad su cargo tiene dos funciones, una, representar a los países que ya son marxistas, y dos, instruyendo a los individuos, conseguir que lo sean aquellos que todavía no lo son, empezando por España, claro que es la que más nos importar por estar avasallada por cabrón capitalismo y el clero.

Tras un silencio, el primero para coger aliento, y el segundo para meditar sobre lo oído:

—¿Todo eso lleva consigo el tomar muchos aviones, trenes, barcos, coches, o sea, viajar mucho; lo que significa la actividad ideal para localizar a su hermana. ¿Cómo se llama?

—Palmira —respondió Pablo algo mareado de tanta palabrería, pues el señor *Thonjake* no sólo se conforma con ser amable, sino que también pretendía ser elocuente a más no poder, aunque no lo consiguiese porque la elocuencia no consiste sólo en hablar, hablar…

—¿Me ha entendido, Pablo?

—Sí, señor: todo lo que me ha explicado; pero hay algo que aún no me ha dicho.

—¡Ah, sí! Los medios. No se preocupe: contará con todos los que le hagan falta y más para llevar a cabo su trabajo.

—¿También de aquí...? —interpeló Pablo, chasqueando los dedos pulgar e índice de su mano derecha.

Como *Thonjake* no era español, no captó el significado de la señal.

—¿Qué quiere, usted decir con eso?

—Dinero.

—¡Ah, hombre! Claro no faltaría más: el dinero es muy importante; yo digo el principio de todo, de la vida misma ya que sin él nada se puede hacer —adujo el presidente en tono hipocrático, prosiguiendo—: pero tranquilo que tendrá todo cuanto necesite para el despeño de las actividades encomendadas; además del que ya le entregó Contreras, que fue bastante generoso, ¿no?

—Vera: lo de la generosidad depende del por qué y del para qué —y luego de una breve pausa que su interlocutor respetó—: incluso, del cómo y el cuándo. Sí es cierto que me dio una cantidad considerable; pero teniendo en cuenta lo que usted me dice que tengo que hacer, y por dónde, no me llega ni para empezar: será necesario sumarle o, incluso, multiplicarla —respondió el joven conteniendo la ironía.

Por negativa que sea el desarrollo de la existencia, siempre tiene algo de positivo; tal vez por eso, y sin tener en cuenta sus capacidades biológicas, Pablo no era el mismo de cuando (hacía 4 años) salió, mejor dicho, lo sacaron de la aldea de «as Campás». Evidente su militancia en la División Azul y su estancia en *Dachau* —sin contar otros avatares—, le habían preparado para hacer frente con más o menos éxito a los problemas de la vida, incluso le había dado la maña y las armas para destejer la red que, como la de aquel momento, podía tratar de en volverlo. Por todo ello, sin caer para nada en los desmanes e injusticias del tiempo que le había tocado vivir, siempre salía y llegaba airoso por el camino que le correspondía en la encrucijada del tiempo y de la vida.

—De acuerdo —asintió *Thonjake*—: tendrás todo cuanto necesites, siempre y cuando tú —lo tuteo como muestra de confianza— aportes todo necesita la empresa, claro, porque la vida, amigo es un tomar y dar, como creo que decís los españoles: «un toma y daca». De lo contrario el edificio de vivir se viene a bajos —advierte, evidenciando su tendencia a filosofar, añadiendo—: tu misión dará comienzo en España el día que yo te señale, para lo cual estaremos en contacto permanente por teléfono del *Deste Westerme Hotel,* habitación 213. Facilitándole un adelanto, le digo que lo primero que ha de hacer es reunirse con el jefe de los comunistas españoles, que son muchos, para organizar un acto multitudinario y simbólico contra la dictadura de esa bestia. ¿Cómo se llama?

—Franco, señor.

«Hostia, y a éste quien coño le dijo el hotel y la habitación donde estamos», pensó malhumorado. No obstante, como los abusos del poder dictatorial, sin saber nada de la doctrina de Carlos Marx lo habían convertido en comunista de verdad, es decir, un anticapitalista de la más pura ideología, respondió ufano:

—Vale, allí estaré. ¡Ah! Pero yo también le adelanto que organizar un acto contra aquella dictadura es, casi un imposible...

—No, no hay nada imposible cuando el hombre quiere —replicó el presidente con voz profética de manda más, añadiendo—: sobre todo si es un hombre como usted.

Como no es estaba acostumbrado a recibirlos —más bien todo lo contrario—, el halago llenó el corazón —no tanto la razón— del joven de entusiasmo.

—Vale, haré cuanta sea necesario —aseguro en tono belicoso.

—Muy bien: ahora si no tiene más que decir, puedes retirarte —concedió *Thonjake*, incorporándose y tendiéndole la mano de nuevo.

Cuando salió a la plaza Roja, Sarah lo esperaba carga con la impaciencia y, sobre todo ese temor a algo malo, que se produce cuando la persona amada tarda más tiempo del esperado. La alegría de volverse a ver después del temor y la tardanza, les empujó a darse un fuerte y emocionado abrazo, en silencio.

—Menos mal, cariño: ya pensé que habías liado con otra en Krellin —empezó la joven con un toque de guasa—. ¿Por qué has tardado tanto, hombre de Dios?

—Joder, porque ese tío se ha enrollado que no me veas, como un loro, vamos. Y para más inri, habla castellano. Por otra parte, no me extraña porque el asunto se las trae: no sé cómo lo llevaré adelante.

—¿Castellano?... ¿Entonces ya no me necesitas para nada...?

—Madre mía, que tontería: ¡te necesito para el amor que es lo que, realmente, importa! Todo lo demás son complementos que, a veces se convierten en obstáculos. Y el que te necesite para el amor, hace que te necesite para todo. A lo peor eres tú la que no me necesitas a mí —terminó Pablo interrogándola con la mirada.

—Disculpa. La culpa la tengo yo por someterte a semejantes preguntas —se disculpó la joven en verdad arrepentida, continuando—: del amor y de todo lo que lleva consigo, ya hemos hablado y estuvimos de acuerdo porque cuando se está enamorado de verdad como lo estamos nosotros, sobran las divergencias. Y en respuesta a tus palabras te aseguro que tú eres todo lo que necesito en mi vida.

—Y yo a ti, cielo: sin duda estamos involucrado... —contestó el hombre, y ambos inmersos en el éxtasis, se abrazan de nuevo y abrazados permanecen hasta que se oyeron algunos silbidos de los viandantes.

A pesar de todas las ocupaciones y la sospecha personal de que caminaban en sentido contrario, Pablo no se olvidaba ni un momento de Palmira. A donde quera que llegara, lo primero que hacía eran las gestiones para encontrarla, preguntando a todo aquel que pudiera aportarle alguna referencia. Preguntaba en primer lugar y en especial a la policía con la que la cual había tenido algunos problemas; por ello, últimamente centraba más sus investigaciones en las personas con las que encontraba y en su propia intuición. Así buscando, buscando durante años, sólo había encontrado indicios que al llevarlos a la práctica, daban como resultado la nada.

Pasados 5 días disfrutando de todas cosas maravillosas de Moscú, y por la noches a pagando su sed en la fuente del amor a quema ropa, una madrugada sonó el teléfono en la habitación 213 —número mágico de Sarah—. Después de uno noche de juerga, no es fácil abrir los ojos tan temprano; por eso el «ring, ring» se oyó muchas veces:

—Sí, dígame —contestó Pablo a la quinta, tomando con muchas dificultades, el auricular de encima de la mesita de noche.

—Esta tarde a las 14,30 horas tomará usted el avión para Madrid, España.

No reconociendo la voz y menos el usted:

—Pero, ¿quién es el que llama? —quiso saber el joven.

—¿Qué pasa, qué no posees la capacidad de reconocer voces? Pues eso también es importante para la misión que le he encomendado: soy *Thonjake*, el presidente...

—¡Ah, ya! Perdone usted por no haberlo reconocido... Es que estoy bastante ocupado con asunto privados —quiso disculparse Pablo, subrepticiamente, mas lo que hizo fue aumentar su culpa.

—Muy mal porque los asuntos privados los hay que romper o dejarlos en el fondo del cajón, por los menos. Nunca te olvides que lo que prima por encima de todo es la obligación de cumplir con la misión encomendada —advirtió el otro con voz dictatorial no propicia para replica.

—No se preocupe que no volverá a ocurrir... —y tras 2 segundos de silencio—: Bueno, me dijo usted que tenemos que salir para Madrid esta tarde a la 14,30.

—Sí, eso le he dicho; pero en singular, lo que significa que debe de ir usted solo (según la importancia del mensaje, unas veces lo tuteaba y otros la «usteaba») —aclaró tajante; pero, luego de una breve pausa, demostrado que a pesar de su marxismo, era un creyente al estilo de Doto Quemada, al añadir en tono de púlpito—: bueno solo en cuanto a personas y animales. Pero siempre en la compañía de Dios Nuestro Señor.

La noticia de tener que viajar y vivir solo no le importaba en absoluto al joven, pues él, a pesar de Palmira, siempre se había sentido un solitario, en el fondo. Lo que le resultaba insoportable era vivir sin su nuevo amor: Sarah. Por oírselo decir al jefe, tuvo las sensaciones kafkianas, primero de que el mundo era un lugar aborrecible, y después que la tierra en donde estaba solo, desaparecía de debajo de sus pies. Cuando recuperó sus 5 sentidos, pensó que lo mejor era darse dimitir de aquella comedia y luego, ya que la tierra no desaparecía, desparecer él, incluso rompiendo las cadenas del amor si era necesario. Para saber las posibilidades tenía de poder hacerlo:

—Oiga, jefe, ¿si no llego a Madrid, qué pasa?

—Vaya pregunta más anodina; pues si no llegas a la capital de España, no te preocupes que alguien llegará a ti para quitarte lo que tienes de hombre —contestó en tono guasón.

—No me fastidie, y con eso ¿qué me quiere decir?

—Joder, amigo, ¿tú eres tonto o te quieres burlarte de mí? Pues, eso significa que te matarán, pero antes para que sufras más y mueras como un «héroe», te arrancaran los cojones. Y ahora corta porque el teléfono no es gratis —avisó con voz más bien amistosa.

—Un momento ¡Un momento, por favor!

Evidentemente el presidente, a pesar su sangre criminal, tenía una vena de paciencia animal, y por ella y por su buen hacer delictivo se había hecho tan famoso en todo el mundo de la delincuencia organizada, como una excelente jugador de fútbol o artista en lo suyo.

—Bueno, a ver qué coño quieres ahora…

—Vera, ¿usted estuvo alguna vez enamorado?

El preguntado pensó en contestarle con exabrupto y cortar. Pero movido por la fría curiosidad, después de un rato de silencio:

—Pero, ¿a qué cojones viene eso ahora? Sí, alguna vez, ¿o es qué yo no tengo derecho a soñar… Si lo digo yo que pretendes tomar el pelo; pero también eso lo puedes pagar muy caro.

—¿Sabe? Es que yo estoy muy enamorado —afirmó Pablo sin hacer caso de las amenazas de su interlocutor, añadiendo—: y le pregunté porque si usted estuvo enamorado, ya sabrá que estando enamorado, no se puede ir solo a ninguna parte.

—Déjate de filosofías baratas… Tú tienes que ir solo o muerto…—y la comunicación se cortó inesperadamente.

Durante un buen rato, el joven víctima del desconcierto traumático, se quedó con el auricular en la mano sin saber qué hacer ni qué pensar. Cuando volvió a su estado normal, se le ocurrió llamarlo; pero recordando que no sabía el número —los teléfonos de entonces no la marcaban en las llamadas— desistió de empeño, y otra vez se quedó desconcertado, pues ante la disyuntiva ofrecida por el jefe, *Thonjake*, ¿Qué podía hacer? Creyendo que Sarah, por estar en el cuarto de baño, no habría escuchado la conversación, decidió consultarlo con ella, aunque adornando la parte más fea de la misma. Al volver ella a dormitorio:

—Cariño, el presidente me llamó por teléfono y…

—Pablo, no me digas nada porque lo he oído todo —lo sorprendió la joven, prosiguiendo—: pero no te preocupes, cielo (las palabras de amor abundaban entre ambos, aunque, paradójicamente, de la mujer eran menos sentidas) que nadie te va a matar porque irás solo físicamente, aunque eso sí, me tienes que llevar en alma.

—¡No! No me van a matar ni voy a ir solo: iré contigo porque lo que voy hacer es abandonar el trabajo que me tiene hasta la coronilla…

En la calle se oyó una música de fiesta, que desvió el tema de conversación.

—¡Qué bonito! ¿Por qué esa música? —preguntó él.

—Porque es el Día de la fiesta nacional suiza: *Jour de la fête nationale suisse* —contestó Sarah en tono algo erudito por traducirlo en francés, continuando—: pero, vamos a lo nuestro: no abandones nada porque todo nos hace falta, e irás solo porque la soledad te ayudará a mantener el motivo por el cual estás aquí, por el que nos hemos conocido…

—¡Ah, sí! El de buscar y encontrar a Palmira, mi querida hermana —exclamó Pablo reprochándose que, entre unas cosas y otras, su hermana había pasado a un segundo plano.

—Menos mal, pues, por lo poco que hablas del tema, parece que la has olvidado —dijo la joven abrazándolo para el reproche.

—¡Oh, no: eso jamás! Lo que pasa es que tu amor ocupa mucho espacio en me vida. Por otra parte, el trabajo que me han encargado esos condenado comunistas, me está poniendo a prueba las neuronas más tranquilas —aseguró y el joven correspondiendo al abrazo con aderezo sexual.

—Bueno, amor, pues quedamos en que, obedeciendo la orden del presidente, irás solito a Madrid. Mira: ¿no te das cuente de que, además de todo, el hacerlo solo te facilita el encuentro con tu hermana? —explica Sarah apartándose del calor.

Pablo tenía la sensación, mejor dicho, había llegado a la conclusión, que por su mayor cultura o mejor genética, en las conversaciones discrepantes, ella siempre llevaba la de ganar. Ganancia que, en el momento del intercambio, dado que Pablo era un joven del tiempo en el cual el hombre, «hombre» siempre debía llevar la última palabra, oscurecía en parte la claridad del amor. Empujado por dicha fuerza y también porque la separación, a ella no le producía aflicción como a él:

—¿Cómo que el ir solo me facilita el encuentro con Palmira? —preguntó con voz de Torquemada? Si tú me has asegurado que me servirías de apoyo en la búsqueda. O, ¿qué pasa qué te has arrepentido, te has vuelta atrás?

— ¡Oh, no! En absoluto —le hizo saber la mujer con determinante.

A Pablo en el mundo del amor, por genética, por influencia de época y también por educación familiar, sólo sabía caminar por el mismo camino hasta el final. Sin embargo, en aquella inesperada y brutal ocasión, se encontraba en la necesidad de tomar otro que le era absolutamente ajeno, en cambio, aunque muy a pesar suyo, aquel nuevo camino le llevaba a la meta del dinero y a la posibilidad de poner en práctica sus nuevas ideas marxistas; dos elementos que le parecía vitales para la consolidación del amor: el ser auténtico y lo cuartos para desarrollarlo.

—Sí, te lo dije, cariño. Pero fue por lo de la idiomas de Suiza. En España esa ayuda no la necesitas, porque, a pesar de ser gallego, hablas bien el castellano. Por otra parte, me atrevo a asegurar que tu querida hermana anda por los madriles —dijo Sara acompañando las palabras de aquella su sonrisa penétrate.

A Pablo, por los motivos ya narrados, no le convencieron las palabras de su amada interlocutora; sin embargo, una vez más aquella sonrisa le incapacitó para seguir en la brecha.

—A ver, mi amor, ¿y mientras yo voy a Madrid, tú que vas hacer sola?

—Huy, anda que no tengo cosas que hacer: volver a París para reanudad mis estudios de astrología. Y nunca estaré sola porque tú irás conmigo, aquí —respondió dando palmada sobre su teta derecha.

Las primeras sombras del final del día entraban como de puntillas por el cristal de las ventanas y, por el dorsal de la montaña *Matterhorn*, la luna asomaba su rostro pardo, mientas las estrellas convocadas por la noche, convertían el cielo azul en una especie de verbena popular.

—¿Seguro?

—Nunca lo pongas en duda, mi amor —contestó Sarah con voz de confesión.

XIV

Después de 3 horas de vuelo, el *De Honilland Cmet* tomó tierra en el aeropuerto de Barajas. En la sala de llegadas, mucha gente esperaba a sus ocupantes. Pero a Pablo no esperaba nadie. Pero, a pesar de que era la primera vez que pisaba aquel suelo, naturalmente, él tuvo la sensación de que llegaba a su casa. Después de recoger la maleta y ser registrado de pies a cabeza por 2 agentes de la guardia civil, tomó un taxi que lo llevó al hotel NH *Collection*. Hotel decorado con figuras, joyas y detalles de las épocas, quizás con exceso; pero, sin embargo, por ser tiempos de impresionismo desmesurado, era lo más atrayente para los clientes de la nueva burguesía. Situado en el paseo del Prado, ocupaba un amplio espacio con campos de deportes, piscinas y jardines llenos de árboles que además de servir para sombra durante el día y esconder las parejas que preferían el amor bajo las estrella, contribuían al dicho de que Madrid era la ciudad más arbolada de Europa.

Después de tomar nota de su nombre, la recepcionista, una chica con aspecto funcionaria de justicia; pero con la disposición adecuada al trabajo que desempeñaba, le dirigió una mirada tan recreativa que motivó la pregunta del hombre:

—Oiga, ¿por qué me mira usted de ese modo? Lo hace como si yo fuese un fantasma caído de las nueves, pues ya le he dicho que vengo de Suiza.

La mujer bajo la vista y la cabeza en un gesto de disculpa, y volviendo a mirar el cuaderno en que hacía sus anotaciones:

—¡Perdone! ¿Usted tiene una hermana, verdad? Por cierto, muy guapa.

—Pues, sí. Pero, dígame, ¿por qué me hace usted esa pregunta; acaso tiene algo que ver con ella? —interpeló el joven en tono de reproche.

—Pues, directamente, no. Pero, mire: hace unos días se registró aquí en este hotel, una chica, por cierto muy guapa —repitió— con sus mismos apellidos.

De pronto, a Pablo se la abrieron todas las ventanas del cielo, y todas las puertas de la esperanza. Pasado unos segundos de silencio originado por la emoción.

—Oiga... ¿Y recuerda usted como... se llama? —masculló apoyando sus codos en el mostrador, igual que si temiera caerse.

—Eso no, pero no se preocupe que enseguida lo sabremos —dijo tomando el libro de registro, y tras repasar unas cuantas hojas—: su nombre es Mercedes.

—¡Lo siento! Pero, entonces no es mi hermana; mi hermana se llama Palmira —replicó el joven, desazonado.

—No se fíe, hombre: puede ser porque hay mucha gente que se registra con documento y nombre que no es el suyo.

Después de un rato de meditación, mientras paseaba en círculo por la sala:

—No: mi hermana no hace eso bajo ningún concepto. Ni Dios le haría cambiar de nombre —afirmó Pablo, no obstante, sabiendo que Palmira era capaz de cambiar hasta la hora de nacimiento o el día del eclipse solar, pensó que era la pista más clara y contundente que había encontrado hasta aquel momento. Y fue por eso que, movido por aquel amor inconmensurable, se propuso reanudar la búsqueda, aunque para encontrarla tuviese que poner Madrid del revés.

Efectivamente, pasando los años que todo lo borran, la búsqueda entre ambos hermanos continuaría. Tantos años que ya lo harían más empujados por una costumbre inevitable que por otra cosa.

—Por favor, dígame, ¿después de aquí tiene usted idea a dónde se fue? —preguntó volviendo a la barra.

—Pues no tengo la certeza. Pero les oí hablar de Lisboa...

—¿Les oyó hablar? Es que ¿iba acompañada de alguien?

—Por supuesto, pues ¿cómo puede usted pensar que una chica tan guapiña (con aquella dulce palabra se declaraba gallega) como ella, vaya sola por este mundo de hombres...? —respondió la mujer con su verdad cargada de ironía.

Colocando sus codos en el mostrador y las manos en posición budista (últimamente se había hecho muy aficionada a la historia de Sidarta Guatama):

—Oye… No me… fastidies —empezó a tutearla con la emoción bloqueando sus palabras; mas pensado que a lo mejor nada de que aquello era real y que, por lo tanto se estaba pasando al darle tanta importancia—: bueno, seguro que nada tiene que ver con la que yo busco, sin ni siquiera se llama como ella. Sin embargo, ¿tú podrías darme una descripción de cómo es ella físicamente. Eso sería una pista infalible.

—¿Quién ella o él? —quiso saber la joven mientras se desplazaba para atender a una pareja de posibles clientes.

—Ella, por supuesto —respondió Pablo.

Mientras esperaba la respuesta que tardó mucho porque, los recién llegados, tras ponerse muy pesados con muchas preguntas, por fin, fueron inscritos en el libro correspondiente, el joven se afianzó más en la idea —condimentada con el sentimiento— que si los datos que le había pedido coincidían con los de Palmira, y, sobre todo si iba acompañada de un hombre, lo primero que debía de hacer antes de nada, era buscar a su querida hermana por encima de todo. Pero, claro aquello suponía contravenir las férreas y prioritarias órdenes recibidas del presidente *Thonjake.* Órdenes que de no ser cumplidas estrictamente y como había jurado, el joven se vería entre el fusil y la pared.

No obstante, cuando la recepcionista terminó de convertir la pareja de clientes en nuevos huéspedes.

—¡A ver, a ver, cuéntame, por favor! —imploró.

—Pues verás: tiene una estatua aproximadamente como la mía —170—, con el peso correspondiente, los ojos muy verdes así —y mira los de él con cierta envidia— como los suyos, la boca normal, pero con labios muy pronunciado. Y lo más llamativo es lo de ser rubia, con un rubio tirando a blanco. ¿sabes? Como esas alemanas que vienen de vacaciones. En cuanto a su comportamiento, me pareció genial: muy simpática y muy… conquistadora.

—No me digas más: es ella, la misma —y salió disparado, no sin antes dar las gracias a quien había sido su mejor guía.

Salió tan exaltado que, en el primer bar de la esquina entró para tomar algo capaz de darle la calma necesaria para, sin dejar de pensar en Sarah, le permitiera combinar la búsqueda con éxito su nuevo oficio. Como no estaba acostumbrado a beber. «A ver, ¿hoy me voy a meter entre pecho y espalda? Un whisky, pues para algo uno es rico», se dijo y pidió mientras el camarero lo miraba con extrañeza y servía con especial atención, porque en aquel tiempo de hambre sólo consumían tal alcohólica bebida los norteamericanos opulentos —nunca mujeres— y los españolitos de alta alcurnia. Tras ingerir el whisky como una medicina, con sus órganos digestivo ardiendo, sobre todo el esófago, se sintió más tranquilo y salió a la calle dispuesto buscar y en la confianza de encontrar a Palmira, su querida hermana. Para ello, gracias al whisky, se siente capaz física y psicológicamente, igual que un agente especial para enfrentarse con el peor de los servicios.

Era sábado y Madrid ardía en ambiente de fiesta y primavera. A pesar de que la mayoría de la gente viajaba por el subterráneo, es decir en metro, las calles se embotellaba de coches y las aceras de peatones, de aquí para allá, sin aparente destino. Dado que se había propuesto hallar a su hermana en la capital de España, a Pablo no se le escapaba un rostro sin ser objeto de sus ojos. Incluso trataba de registras con su verde mirada, el interior de los vehículos, sobre todo cuando coincidía con los que se paraba en los semáforos. De tanto observar y recordar los rasgos de la buscada, llegó un momento que todas las mujeres jóvenes, se la antojaban Palmira. En el Paseo del Parado, se cruzó con una que, según lo que dijeron sus ojos era la más semejante, y al volverse para mirarla por la espalda y contemplar su donaire artístico por naturaleza, tuvo la certeza inapelable de que era su hermana en cuerpo y alma. ¡Palmira! ¡Palmira! Gritó inundado por la sorpresa y la alegría. Gritó, pero la mujer continuó indiferente. Imaginando que la indiferencia de la joven se debía a no haberle oído por distraimiento en el barullo de la calle, Pablo aceleró el paso para alcanzarla. Así consiguió llegar a dos pasos de la espalda femenina, lo que, mirándola más de cerca y con la emoción desbordada, le confirmó que la carrera no había sido en balde, pues, a pesar de no haberle visto bien la cara, se trataba de la persona buscada, ya que ninguna otra podía caminar con aquel estilo y elegancia con que lo hacía su querida hermana.

—¡Palmira! ¡Palmira! —repitió con voz compungida—, ¿por qué no me haces caso?

De pronto, la joven se detuvo y, dando media vuelta, lo miró de arriba abajo, dando lugar a que él hiciera lo mismo con una mirada de la cual brotaba el perdón, sorpresa y la pena, mientras en la de ella se reflejaba el reproche y el desprecio sin paliativos. Después de aquellas miradas silenciosas, interpeló:

—¿Te referías a mí?

—Sí. Pero…

—Pero nada —dijo la mujer en tono cortante—: que yo no soy Palmira y que tú eres un pesado, que no debe tener nada más que hacer que meterse, molestar a las mujeres.

Por un momento, ente las palabras tan contundentes de la joven, no acertó a contestar, en cambio, viendo que ella no reanudaba su marcha, lo que significaba que esperaba sus disculpas o, tal vez algo más propio de hombre a mujer.

—Bueno…yo le pido… perdón por mi despiste. Es que es usted tan guapa que la confundí con mi hermana que ando a buscar por todo el mundo.

Las últimas palabras de Pablo cambiaron el talante de la joven, pasando del reproche al interés.

—¿Buscando a tu hermana? ¿Qué pasa que se ha perdido? —quiso saber con voz amistosa, añadiendo como eufemismo—: bueno, no te preocupes, porque en Madrid se encuentra a todo el mundo.

—Huy, sí: eso me dijeron. Pero este caso es mucho más difícil —aseguró, dejando caer la cabeza con el peso de la pena.

—¿Y eso por qué?

—Por qué yo la busco a ella y, seguro que ella también me busca a mí; eso hace que la cosa sea más complicada.

—Desde luego —asintió la joven cambiando su aspecto de cardo por el florecer de una sonrisa que denunciaba su atracción la atracción por hombre—. Bueno: mi nombre Rosana, y aunque este encuentro no ha sido de los más agradable, me gustaría que nos volviéramos a ver en otro momento. ¿Dices que yo me parezco en algo a tu hermana?

—Mucho en la elegancia de los andares —corroboró Pablo con voz de lisonjera.

—Siendo así quizás pueda darte alguna información sobre su paradero —prometió Rosana con voz experta en el manejo de hombres.

—Muchas gracias. Mi nombre es Pablo y estoy encantado de conocerte. ¡Madre mía! Qué maravilla —contestó él embargado por la emoción—. Oye, y ¿por qué no me lo dices ahora que...?

—No puedo, tengo mucha prisa porque me están esperando —dijo volviendo a su posición primera.

—Un momento. ¿Dónde y cuándo nos vemos? —se atrevió a preguntar.

—Si quieres: a mí me encantaría. Mañana a la 8 de la tarde te espero frente al número 10 de calle de... —y se fue meneando el culo, con al aire de paloma en vuelo.

Pablo la vio alejarse con la sensación de haber tocado una lotería, a pesar de que sólo era una pista para encontrar a su hermana. También la atrajo la belleza de la mujer cual paisaje impresionante recién descubierto. Pero, de pronto surgió Sarah, entrando por la puerta principal de su memoria, produciéndole dolor en la huella imborrable que de ella en su corazón llevaba. Por todo ello, ni siquiera recordó que respiraba en Madrid y el día 21 de Marzo, comienzo de la primavera que tanto apreciaba a lo mejor por haber nacido y crecido en la florida aldea de «as Campás». Pero lo peor —aunque ya lo había descartado— fue que tampoco recordó que a las 20 horas de aquel mismo día debía reunirse con los comunistas en la sede central.

A pesas de haberlo descartado en beneficio del amor, el hecho de renunciar a sus ideales por los que tanto había luchado, y al dinero que le habían prometido, le preocupaba de día, y le roban el sueño por las noches; de tal modo que muchas veces tenía que valerse de tranquilizantes para evitar reacciones inconvenientes y, sobre todo para soportar el amor en la distancias.

Semejante vorágine de acontecimientos, hacían mella en su memoria. Sin embargo Pablo no se olvidó de asistir a la cita del día siguiente. El haberse enterado que la calle de La Reina era campo de acción y escaparate de mujeres de la «vida», es decir, prostitutas, el lugar de alejarlo, el rumor o verdad, le atrajo cual hembra animal atrae al macho. Sólo de pensar en el «guiri gay» nocturno que una noche únicamente había estado por casualidad bienhechora, en _Moullin Rouge de París,_ se estremecía de placer como si recordara un sueño maravilloso. Pero la calle de La Reina nada tenía en común con el citado cabaret ni con las noches de

Paris, pues los mejores espectáculos eran 4 de las llamadas «barras americanas» (bares algo especiales puestos recientemente de moda) donde algunas chicas provocativamente vestidas y palaras o gestos provocativos atraían detrás de la barra o en sitios más ocultos… a los «sedientos» clientes. Chicas bien empleadas, mientras otras sin empleo deambulan por la calle buscando hombres que deseasen emplearlas… En la calle de La Reina todo parecía de acuerdo con su nombre; sin embargo algunas noches, entre unas y otros, se montaban orgías evocadoras de los aquelarres de la edad medieval.

Al ver aquello (era la primera vez que llega a Madrid), Pablo sufrió una gran decepción. «Esto es una vergüenza, una miseria que nada tiene que ver con el lujo de París», pensó con tristeza, sin caer en la cuenta que, pese a los 10 años transcurridos y al supuesto desarrollo del año 59, España continua sufriendo la pobreza de la posguerra. Su corazón vibró entre la alegría y el miedo al oír su nombre: ¡Pablo! ¡Pablo! Por el timbre de voz sospechó que podía ser Rosana. «No puede ser, pero si no hemos quedado en ninguna calle en concreto», se dijo, dándose cuenta del error cometido al delatar solamente el número del edificios, entonces. «A lo mejor no ha sido un error, sino una estratagema por parte de la joven». «Como quiera que fuese, nos encontramos y eso es lo importante», continuó al ver que era Rosana quien se le acerca bien vestida a la moda; en cambio, sin ningún signo que la delatase como empleada de la principal «industria» desarrollada en la calle de la Reina. Después acelerar ella el paso ambos se detienen en posición paralela y, efectuando un giro, se miran frente a frente, Pablo cual si fuese algo nunca visto.

—¿Qué pasa, qué no te lo crees, eh?

—Ahora, sí. Pero, carajo, es tan raro que no me lo pueda creer absolutamente. Es como si calleras de la nueves. Mira que encontrar una chica como tú en un sitio como éste…—contestó el joven.

—Tal vez sea un milagro de San Pedro o de otro santo de los mucho que tenemos gracias a Dios —respondió con evidente ironía, prosiguiendo—: Además, si mal no recuerdo, yo te dije en la calle de La Reina, ¿no? —mintió—. Y, si mal no veo, ésta es. Lo que me extraña es que tú hayas asistido a la cita, así sin más. Bueno también has podido venir, no por mí, sino por las mujeres que por aquí se pierden; igual que otros muchos o, peor aun pensando que yo soy una de ellas.

—Oh, no: por esas no doy ni chavo, y me enteré de que están, cuando llegué aquí, antes no tenía ni idea. Vine a por ti, sabiendo que todo era una aventura. Pero como las aventuras me encantan, aquí estoy, aquí me tienes —declaró en tono algo petulante.

—Vaya, eres aventurero. Con lo que a mí me gustan los hombres a lo *Click Dreaming* —dijo Rosana con una sonrisa pícara, continuando—: sin embargo, yo creo que a lo que has venido a por tu querida hermana, ¿a qué sí?

—Bueno, la verdad que por ella voy siempre y todos las partes, aunque para ello tenga cosas cuya renuncia puede costarme cara, como me está pasando…

—Oye, ¿qué cosas son esas? —lo interrumpió como si el tema fuese para ella de sumo interés.

—Nada, nada. No te preocupes: son cosas mías, de mi trabajo exclusivamente —y luego de un breve silencio, preguntó con cierta precaución—: entonces tú vives en esta calle.

—Oye, no: vivo en la plaza de Callao. Perdona, te dije aquí para saber tu reacción, con malicia —y estalló en una leve y musical carcajada, añadiendo—: y a Callao te invito a tomar lo que quieres; allí hay buenas cafeterías servidas por profesionales.

—No, no: la invitación es cosas de hombres, así que invita mi menda —replicó Pablo, alegremente determinante.

—Y se ve que tú no crees en las excepciones; pero por eso tampoco vamos a reñir.

Caminaron en silencio, sorteando cuerpos, vehículos y semáforos. Y en silencio tomaran la única mesa que había libre en el rincón más apartado en el café Imperio, hasta que vino el camarero: un joven bien parecido cuyo uniforme, por su calidad y confección, bien podía confundirse con el de un jefe de cualquiera de los tres ejércitos. A las preguntas del de uniforme:

—Para mí una fanta de naranja.

—¿Y usted?»

El joven dudó un rato, mirando a su compañera, que se encogió de hombros.

—Bueno, como la ocasión se lo merece y la compañía más, que sea un whisky.

Rosana le devolvió una mirada entre afirmativa y burlona.

Terminado el camino del silencio que les había unido desde la calle de la Reina:

—¡Tengo una intuición! —exclamó la joven en voz baja, abriendo tanto sus ojos que el verde de los mismos era un espejos.

—Dime, ¿qué intuición?

Pasando por alto la pregunta de su interlocutor:

—A ver, por favor, ¿quieres describirme otra vez la belleza de tu hermana?

Antes de responder Pablo ingirió el primer trago del licor americano, y ella le imitó con la sin alcohol. Después de terminar la descripción:

—La misma: por la descripción que tú haces no puede ser otra no puede ser otra más que tu hermana.

—¿Mi hermana?

La pregunta fue como si se la hiciera, en soledad a la noche o, después de un sueño, al amanecer. Y luego de un rato de silencio, como si pasara de la ficción a la realidad:

—Por favor, Rosana, no me hagas reír. Mi hermana ni el Demonio sabes dónde está. Debe estar tan lejos que, después de haber recorrido medio mundo no he encontrado ni una huella de su vida.

—Claro, y muy lejos la encontré —aseguró la joven sin darle mayor importancia.

—Lejos, ¿dónde? —interpeló Pablo con el interés al borde de la desesperación.

—En Bueno Aires.

—Estás loca. ¿En la Argentina? —quiso saber el joven, entre la incredulidad y la esperanza—. Ni soñando podría pasar de «as Campás» de la que nunca salió, a Buenos Aires, así por la buenas: sería tanto como pedirle peras al olmo. A buena hora. —terminó como si hablara consigo mismo.

Y permaneció en un silencio, como era su costumbre, aparentemente reflexivo. Sin embargo era que, considerando inconcebible el hecho, no podía comunicarle a nadie lo que sentía anta la posibilidad de que su querida hermana estuviese tan lejos de él. Le preocupaba la distancia, pero lo que no podría soportar era que por culpa de tanto kilómetros sería imposible el encontrarse. Eso le producía por primera vez, un estado inenarrable: entre la nostalgia y el desasosiego. Por otro parte pudo pensar que para tan largo traslado debió intervenir una fuerza muy grande y extraña; tal vez la fuerza de otro hombre, lo cual aumentaba su mal estado, desconcertándolo, al punto de no saber que hacer ni que decir.

Aburrida de esperar sus palabras:

—Bueno, la verdad es que yo no sé si fue por las buenas o las malas, a mala o buena hora, lo que sí estoy segura es de que era tu hermana —afirmó la joven dispuesta a levantarse de la mesa y marchase.

—¡No... te vayas! ¡Espera..., por favor! —masculló Pablo.

Rosa volvió a tomar asiento con suspiro de placer, lo que demostraba que el intento de marcharse era el producto de un arrebato femenino.

Recuperadas sus constantes vitales, Pablo continuó:

—Dime, guapa, ¿y tú por qué estás tan segura de que es Palmira?

—Porque ella misma me dijo su nombre.

—Ah, ¿es que hablaste con ella y todo?

—Por supuesto, y no sólo me dijo su nombre, sino que me relato muchas otras cosas más: que tenía un hermano gemelo, muy guapo al cual buscaba desesperadamente. Por eso cuando nos encontramos tú y yo, no tuve ninguna duda en que eras el sujeto de mi amor —afirmó la mujer con sonrisa indescriptible.

—Pero, ¿qué dices, Rosana? ¿Te enamoraste de mí sólo por eso? —interpeló el hombre en tono crítico.

—Hombre, sobre todo por lo de guapo, porque me encantan esas historia raras y apasionantes como que ella está enamorada de ti y tú de ella —explicó Rosana esbozando una risa suspicaz.

Las últimas palabras de su interlocutora dejaron a Pablo sin petrificado y respiración, con la sensación de que el cielo se le venía encima y la tierra se le borra de debajo de los pies. Y todo porque con ellas acaba de descubrir la aterradora realidad, aunque se negaba a admitirlo, de que aquella atracción que sentía por su hermana y ella por él, en realidad era la fuerza del amor. Realidad que se le hizo aún más clara cuando en aquel mismo momento recordó que no había sido capaz de enamorar de ninguna otra mujer, ni siquiera de Sarah con toda su belleza, pues por más que pareciera el amor de su vida y por muchos esfuerzos que hacía, siempre estaba entre ambos aquella especie de barrera que no le permitía saltar a otro lado, donde sólo veía sombras que no le dejaba saber el por qué. A pesar de todo no estaba dispuesto a admitir tan aberrante y antisocial situación. Por otra parte, al descubrir que, dada la distancia, allí y en aquel momento terminaba la búsqueda, la envenenada situación fue en amento hasta el punto de sufrir un desmayo que no dio con su cuerpo en el suelo gracias a la silla en que se sentaba y a la mesa en la que se apoyó.

—¡Dios mío! ¿Qué te pasa, cariño, qué te pasa? —preguntó la joven muy alarmada.

Transcurrido un momento de silencio durante el cual, el mundo giró para él a mucho más velocidad de la normal.

—Tranquila, tranquila que no pasa: sólo fue un pequeño mareo por culpa del calor —que no hacía—, seguro…

—¿Seguro que estás bien, cielo?

—Estoy para comerme el mundo si hace falta. Bueno, mejor dicho para comerme unos buenos callos madrileños, que ya va siendo la hora —y ambos se carcajearon alegremente.

—Cuanto me alegro, cariño. Soy muy feliz —completó la joven, coincidiendo su voz con la de un pájaro que cantaba en alguno de los muchos árboles.

—Perdona, Rosana, pero lo que acabas de decir es una tontería ofensiva: mi hermana y yo no estamos enamorados, simplemente no queremos como hermanos, para más gemelos. Por eso nos hemos buscado con afán de perros de caza. Lo digo en pasado porque estando tan lejos la búsqueda en el porvenir parece hacerse imposible.

Las palabras después del punto y seguido, le vinieron a Rosana como anillo al dedo para no volver a mencionar el amor entre los hermanos, y en tono reconciliador:

—Oh, no dejarla. Tenéis que encontraros, porque así lo exige el hecho de ser hermanos gemelos, y ahora con más motivo porque, al menos, tú ya sabes que ella está en Buenos Aires.

—Estaba; pero desde que tú que tú la viste, sabe Dios dónde estará, donde vivirá, ella que es tan culo inquieto —dijo Pablo con voz desesperanzada.

—Sólo hace 3 meses que nos hemos encontrado por casualidad. Y según me dijo pensaba establecerse allí, definitivamente, cosa por la que te será más fácil encontrarla, aunque Buenos Aires sea muy grade —dijo la mujer después de toser para librarse del obstáculo que le había producido el último trago de su bebida.

—Oye, ¿y no te dijo nada de buscarme a mí? —quiso saber el hombre con el ansia de un niño que echa de menos a su madre.

—Pues, sí de ti me habló mucho: de que habías nacido juntos, de que eras muy listo, sobre todo muy guapo —y lo eres—. Pero, oye, de buscarte ni palabra —aseguró Rosana disponiéndose a ponerse en pie otra vez para iniciar la marcha.

Pablo no la imitó porque la afirmación de ella, lo habían dejado paralizado; tan sedentario como el más sedentario de los habitantes de Mesopotamia. E inmóvil permaneció, incluso cuando una voz desgarradamente autoritaria, preguntó:

—¿Es usted Pablo Aldo Cosme?

—¿Quién lo pregunta? —quiso saber la joven sin poder ocultar la preocupación.

—Y a ti, ¿quién coño te dio vela en este entierro, bonita? —interpeló el otro de los 2 hombres con pinta de agentes de la muerte, añadiendo—: mejor que te vinieras conmigo que perdieras el tiempo con este desgraciado de mierda.

Tras un breve silencio peligroso, durante el cual, los dos recién llegados aprovecharon para hacer gala de su fuerza con gestos delatores de las armas que portaban.

—Sí, soy yo, el mismo —declaró por fin Pablo incorporándose—. A ver: ¿qué es lo qué queréis?

El más bruto de los dos, contestó con una carcajada semejante al rebuzno de un burro, mientras el otro bramó:

—Pero si ya lo sabes, cabrón. Así que: ¡venga andando si no quieres que acabemos contigo sin ir más lejos!

De pronto, el sedentarismo desapareció del cuerpo de Pablo, y todos sus músculos se pusieron en marcha, en principio para pelear a vida o muerte si fuese necesario. Pero viendo que sus posibilidades de vencer eran nulas, optó por obedecer, pensando que tiempo tendría para hacer de las suyas. Aprisionándolo entre los dos cuerpos y tomando por ambos brazos como queriendo demostrar que eran un trío de amigos, se dirigieron a un turismo Fiat 1.500 que le esperaba con un hombre de la misma catadura al volante, en el otro lado de la calle. Rosana le seguía a corta distancia, hasta que:

—Eh, bonita, a ti también te necesitamos para cosas más sabrosas, ay, pero no tenemos tiempo a darnos el gustazo, así que lárgate —vociferó el que parecía ser el mandamás, al tiempo que el otro esbozaba una risa dantesca. La mujer se detuvo y para exonerar el dolor del preso, y también su propia pena, adujo:

—Tranquilo, cariño que no te va a pasar nada. ¡Siempre me tendrás a mí!

XV

El centro comunista se ocultaba en pleno centro de la ciudad, en una casa del siglo XVIII, de 5 pisos sin ascensor; pero bien conservada, sobre todo las escaleras por las que, gracias a su poca pendiente se podía subir con el minino esfuerzo. El bajo se disfraza con una tienda de ultramarinos ofreciendo productos a precios asequibles, y los pisos con un gran rotulo en el que se leía ASOCIACIÓN DE JUVENTUDES ESPAÑOLAS.

A paso normal, Pablo fue llevado al 5º piso donde para su amarga sorpresa se encontró con *Thonjake* instalado en un despacho cuyos muebles y demás adornos, incluso, algunas obras de *Giotto y Leonardo de vince* desentonaban con el resto del edificio; en cambio, acreditaban a su dueño como un gran aficionado a la pintura —paradójicamente lo era—.

Por lo contrario, *Thonjake,* cual si lo tuviera previsto, no se sorprendió en absoluto al encontrarse con Pablo, como demostró al empezar antes del saludo, después de una sonrisa hipócrita y de taladrarlo con una mirada:

—Joder: sabía que tú no eras el hombre, pero… —lo que demostraba que no era él mandamás—. Pero, bueno, que le vamos hacer; ya que estás aquí: buenas tardes, hombre —saludó en tono aparentemente amistoso, levantándose de su asiento y rodeando la mesa para ponerse a la altura del recién llegado.

—Ojalá fuesen, en cambio tienen el color de todo lo contrario —ironizó el joven.

Apuntándose al sarcasmo en lugar de al consejo de la violencia que, en aquella soledad, le ardía en sangre.

—Pues, mira encima, por tu buen comportamiento, te vamos a concederte el mejor premio. Vamos a brindar, primero, con la estancia feliz en un pequeño paraíso, y después, galardonarte con la medalla de la otra vida que es la que le corresponde a todos traidores como tú —anunció el jefe con voz ampulosa

—Oiga, jefe que yo no soy ningún traidor. Sé que no me va a creer; pero del mal que hice en el encargo, tuvo la culpa el amor por Rosana.

—¿El amor? Claro que te creo, hombre. Ya sé que el amor es la hostia y que por él se puede hacer maravillas y burradas, burradas que le pueden costar a uno la vida. Burradas telepáticas como la cometida por ti sin amor… —contestó *Thonjake* cambiando fanfarronería por elocuencia.

El timbre del teléfono de encima de la mesa, interrumpió la conversación. El jefe volvió a su asiento para atenderlo, y tras el «dígame» y la escucha: «no, cuando haga falta ya os avisaré» — respondió y volvió a su posición vertical.

Durante el minuto de atención al teléfono, Pablo se había subido al escenario de la furia, por ello al integrarse su interlocutor:

—¡Le he dicho que fue por amor! —estalló con voz desafiante e intención de juez, como si el amor fuese el acicate de todo.

—El amor de verdad es cosa de dos por lo menos, y en este caso fue sólo tuyo, hombre que no te enteras.

—¡Oiga! ¿Qué quiere decir con eso? —interpeló el joven, dando dos pasos al frente con la llama de la violencia en aumento.

—Quiero decir lo que sabe todo el mundo: que Rosana, o cómo se llame, es una puta de aquí te espero.

Aquella afirmación de *Thanjake* hirió tanto el corazón del joven, que salvando la poca distancia que los separaba, lo amenazo con los puños preparados para lucha. Pero no le fue posible porque mientras su rival retrocedía, como si fueran avisados por un ángel, o un fantasma, dos hombres con aspecto brutal de rusos de la Siberia y profesionales de ring, se presentaron como por ensalmo, colocándose una a cada lado del jefe que ya había vuelto a tomar asiento.

—Venga, cogedlo y llevarlo a la «fonda» hasta que aprenda o le toque su hora negra —ordenó *Thonjake* en tono de guerra.

La palabra «fonda» significaba que, según las normas de la organización, los enemigos del comunismo debían de permanecer encerrados en un lugar ex profeso hasta que aprendieran y asumieran psicológicamente todas las doctrinas de Calos Marx, es decir, hasta convertirse en contrarios a los llamados nacionalistas, vencedores de la guerra, y poder devolver así con éxito, el golpe el día señalado. Pablo no era de derechas ni mucho menos, al contrario, a pesar de su ignorancia o, tal vez por ella, comulgaba con todo lo que estaba en contra del sistema capitalista. Sin embargo por no haber cumplido con lo acordado, sería fichado como falangista y, por lo tanto, sometido a castigo, considerado por los impositores, como escuela depuradora, preludio de la muerte, o sea, pasado el tiempo que según la falta o delito se le imponía, si no había aprendido la lección sería condenados a la muerte en la Unión Soviética.

La «fonda» era una cárcel sumamente utópica por estar disfrazada de granja con sus animales: vacas, ovejas, cabras, cerdos, perros y un par de caballos para que el jefe se luciera como jinete excelente cuando viajaba al pueblo, en lugar de hacerlo en coche. Casa de campo con todos sus atavíos: alpendres, tractores, arados, etcétera, y sobre todo con muchos hombres esclavos de aquel trabajo y de otras injusticias más injustas. Era conocida como centro de beneficencia porque todos los productos que producía eran donados (cierto) a centros de beneficencia. Estaba situada en una pequeña colina bordeada de pastos y toda cerrada con alambre de espino. Colina desde la cual se podía contemplar en su totalidad, el pueblo de Brunete. Brunete, escenario de la gran batalla preludio de la invasión de Madrid, con su bonita plaza mayor y su iglesia de Nuestra Señora de la Asunción. Iglesia que, a pesar de ser tantas veces reformada, quizá porque la Señora lo prefería así, seguía conservando el sello de la guerra.

La entrada de Pablo en aquella prisión especial fue un acontecimiento para los que allí esperaba el camino de la libertad o el de la muerte, pues, reuniéndolos a todos con pretexto de una fiesta, lo presentaron como paradigma de condenado fascista que ingresaba allí voluntariamente para transformarse en el mejor marxista del mundo. Acontecimiento para los demás, en cambio, para él significaba el trauma peor de su vida, ya que, por un lado, siendo un hombre de izquierdas y anticapitalista por naturaleza, le estampaban el sello el peor fascista, y por otro, la pérdida de su primer amor-sexual le producía, además de peligrosa rebeldía, una insoportable sensación de sin ser y de no estar, porque Sarah, malas lengua al margen, le había proporcionado, precisamente por el sexo, cuanto un ser precisa para sentirse hombre. Y todo, a pesar, de con sus malas artes, haberse hecho dueña de, casi todo el dinero que él había recibido del presidente para el desarrollo su misión; motivo que incrementaba su conde en tres años más.

Porque los caminos de tiempo, acompañado de la memoria, a veces conducen al sitio de la solución, pasando los días y, sobre todo las noche soñando o sin sueños, el estado del joven experimentó una metamorfosis, porque contemplando asiduamente el pueblo de la batalla, con su plaza mayor y su iglesia, aunque en poco se parecían porque aquella, al contrario de «as Campás» que lucía lo más puro del románico, carecía de estilo arquitectónico. Metamorfosis gracias a la cual, como en un vuelo cósmico por la ruta de los recuerdos llegaba frecuentemente a la aldea de «as Campás». Y así, volando, volando, exuberante llegó a imaginar que había conseguido llegar y vivir en el mismo lugar donde había nacido y crecido. Por ello los trabajos brutales y el trato denigrante allí aplicados y recibido, se le antojaban una especie de celebración de moros y cristianos; en consecuencia su comportamiento de buen condenado, pasados los 3 meses de prueba, se le eximió de la pena capital, y transcurridos otros 24 meses más, por elección democrática de todos los condenados a muerte por asesinato (aunque oficialmente se presentara por enemigo a la patria, llevado a cabo por los patriotas) del que había sido, *Rohulang Tonkrin,* fue nombrado director de la ASOCIACIÓN DE JUVENTUDES ESPAÑOLAS.

Lógicamente se pensaba que con el cambio de presidente, las condiciones de vida en la «fonda» iban a experimentar un cambio vital, fabuloso. Pero, todo continuó igual, no porque Pablo fuese cruel como el anterior; era más ni siquiera se mostraba consciente de la pretura de presidente. Sin embargo, increíble, las cosas continuaban igual o, tal vez peor, porque él, además de estar en contra de los fascistas, por aquello de brillar en su conciencia las formas y la clase de vida de «as Campas», creía que todo era normal. Aquello y la idea de, casi imposibilidad de encontrarla en la Argentina, habían mermado el empeño de buscar a Palmira, su querida hermana. No obstante el sueño de encontrarse un día, continuaba ocupado el espacio más fértil de su vida. Tanto que, aprovechando las ventajas ofrecidas por su puesto, dejando a *Anthonin* «el bravo» en su lugar por algún tiempo, viajaba a realizar gestiones, aunque fuera sólo para seguir soñando. Así pasaron otros 730 días, y cuando España empezaba a olvidar la tragedia y a remediar los destrozos de la misma con el llamado primer desarrollo, la «fonda» fue atacada por un escuadrón del ejército nacional. En el ataque murieron o fueron presos todos los comunistas, o no, encargados del funcionamiento de la misma. Todos menos Pablo y *Anthonin* «el bravo», el segundo porque supo unirse a tiempo y acción a los invasores, y el primero por chiripa, pues sin tener aquel día previsto ejecutar la danza de la búsqueda, habiendo soñado aquella noche que la encontraría, salió de madruga, dos horas antes de que sonaran los primeros disparos, convencido de que los sueños se harían realidad. Como siempre los sueños fueron cosa de ficción nocturna; mas él pudo darle la gracias a los mismos y, sobre todo a su adorada Palmira por haberle salvado la vida.

Por aquel hecho (rumores públicos se lo había atribuido a una cosa de brujería) y por otros contra vinientes con las leyes a favor de los menos afortunados, se había hecho tan famoso que debía ser liquidarlo al precio que fuese. Para ello la guardia civil y la policía armada lo buscaron por toda España. Pero, a pesar de no salir de ella, nunca lo encontraron porque el joven se refugió, mejor dicho fijó su épica residencia en el cementerio (sin conciencia de que lo era) donde ya descansaban sus padres, privados de la vida, el padre por haberse convertido, sorprendentemente, al judeísmo y la madre por tanto lucha con los disgustos. Haciendo uso de su capacidad biológica de transmutación, consiguió pasar al mundo de los muertos, incluso de establecer con ellos alguna clase de empatía. De noche utilizaba uno de los panteones abandonados, y durante el día, después de adquirir algo de alimentos en «casa do Beigueiro» (el tiempo y vicisitudes lo habían convertido en ser desconocido, incluso para los que con él había crecido), lo posaba en el monte «do Santirso» desde cual se divertía contemplando el mar como cuando era niño.

Un día al levantarse después dormir algo sin soñar nada —en su nuevo alojamiento había perdido la heroica capacidad de soñar—, cuando el sol aún no prometía ofrecer su luz en aquel hemisferio, pudo ver a una mujer toda vestida de negro y con un ramo de flores de todos los colores entre sus manos, que sorteaba tumbas para llegar a su destino. «Jo, ¿quién será a estas horas? Se preguntó acercándose.

Sin duda creyendo que se trataba de un alma en pena, asustada la mujer trató de escapar hacia la calle para buscar refugio.

—No, no se vaya, espere que soy un vivo —dijo el joven sin recordar el otro significado pueril de la frase—. Espere que a lo mejor nos conocemos, y si no, tampoco pasa nada. No soy un fantasma, sino un hombre de carne y hueso.

La recién llegada se detuvo; pero, evidentemente, cada paso más víctima del miedo y del espanto. No obstante puedo preguntar:

—No me... fastidie, ¿y qué... hace aquí?

—Podría decirle: lo mismo que hace usted. Sin embargo, verá, es mucho más complicado y largo de explicar —contestó Pablo, pese a que ella iba reculando, porque él reducía la distancia para distinguir a su interlocutora, y la conoció pese a los años transcurridos—. ¡Sarah! ¡Oh, Sarah! Pero, ¿qué haces tú aquí? —exclamó entre temeroso y exuberante.

Comprobando que, efectivamente, no era un muerto, sino un hombre vivito y coleando:

—Pues ya ve —dijo mostrando la flores, añadiendo—: a poner unas flores a mi...

—Oye, pero, ¿qué pasa? De verdad, ¿qué no me conoces? ¿Tan desfigurado estoy entre los muertos?

Se produjo un segundo de oscuro y duro silencio, al final del cual:

—¡Pablo! ¡Pablo! —musitó ella mientras una lagrima se deslizaba por su mejilla derecha.

—Aleluya; por fin me has conocido —con voz de leve reproche.

—¿Sabes? Te conocí por el tono de voz, en principio, pero ahora ya estoy segura de que eres tú. ¡Oh, Dios, cuanto te eché de menos!

—¡Y yo a ti, amor! Y jamás ni soñé encontrarte en un sitio como éste.

Y los cuerpos, las bocas y los corazones alcanzaron la metamorfosis en un abrazo único.

Efectivamente, un encuentro así en un campo santo era algo absolutamente insólito, extravagante y si se quiere hasta ofensivo, pues pasado aquel tiempo en que por culpa de las doctrinas-milongas eclesiásticas, se pensaba que solamente morían los cuerpos mientras la almas pasaba a un mundo mejor, encuentros tan sumamente placenteros en lugares como aquel, podían incrementar la pena de los que había perdido un ser querido, y corromper las almas que habían viajado a un mundo mejor y, sobre todo más puro. Como quiera que fuese, aquello demostraba que el amor carece de límites y medidas (la medida del amor es amar sin medida), quizá por eso quienes los practican corren el riesgo de sufrir engaños y baquetazos.

Después de separarse con evidente desgana implícita por ser el domicilio de los Muertos.

—Vámonos de aquí cuanto antes —dijo Sarah con el miedo pintado en su mirada.

—Yo no tengo a donde ir. Aquella es mi casa —contestó Pablo señalando con el dedo índice de su mano derecha, el nicho en cual pernoctado más que dormía—. Allí duermo poco, pero lo suficiente para soñar contigo como siempre —mintió porque en el panteón no soñaba todas las noches.

—¿Cómo? Tú estás loco. Déjate de melindres. No me digas que has dormido en el cementerio, teniendo como tienes, lo sé, medios económicos para hacerlo en el mejor hotel. No me lo puedo creer, espero que Dios te perdone por semejante atrocidad —se alarmó ella, acariciando, más como consuelo que como caricia, la frente masculina.

«Cumpliendo años debió haber perdido la memoria, pues del dinero se olvida que la mejor parte se la llevó ella», recordó él; no obstante:

—Verás, cariño: no es un problema económico sino una persecución de vida o muerte, una especie de hecatombe. Lo fascistas me buscan día y noche, hasta bajo tierra para liquidarme, matarme como hicieron con los otros —y le contó con el tono más trágico los acontecimientos acaecidos en la «fonda», prosiguiendo—: así las cosas, el mundo más seguro para conservar mi vida, aunque parezca mentira porque aquí —echó una mirada alrededor— no hay más que muertos, es éste. Además no te preocupes, mi amor, que es una cosa de herencia, ¿sabes?

—¿Herencia? ¿Qué tontería estás diciendo, cariño?

—Tienes razón: es una tontería —asintió el joven, añadiendo—: no es de herencia, pero sí de familia porque mi buen pobre padre, durante la guerra hizo lo mismo para conservar el camino de la vida.

Sarah estaba tan asombrada que no acertaba con las palabras adecuadas. Empezaron a entrar más personas con flores: era día de difuntos.

Después de un breve y confuso silencio, continuó Pablo simulando regocijo:

—Bueno, hay que poner tierra por medio cuanto antes, porque peligra la vida del artista.

—A ver, y ¿a dónde piensas ir? —quiso saber ella.

—Ya lo tengo pensado y hecho: seguir la dirección contraria a la muerte, que es el vuelo al monte de Santirso desde donde puedo vivir contemplando el mar y las barcas de mi infancia —explicó el hombre con voz nostálgica.

Después de salir de la morada de los muertos en silencio y sin utilizar ningún instrumento del amor.

—Tú te vienes conmigo, a mi lado que es donde debes estar —dispuso Sarah con timbre de voz que, pese a su dulzura, no admitía replica.

—Lo siento, mi amor: me encantaría; pero eso es imposible. Como suele decirse, sería peor el remedio que la enfermedad. Esos desgraciados fascistas, nos mataría a los dos.

—¡Oh, no! Apropósito de la mar, conozco un sitio donde podemos vivir juntos sin que nos pueda descubrir ni el Demonio porque solo Dios lo sabe —afirmó la joven posando sus negros ojos en el cielo.

Su actitud y el tono de sus palabras denunciaban que ambos estaban viviendo una situación de amor hiperbólico, que sólo podía originarles problemas aún más graves.

—Me encantaría vivir contigo, estar a tu lado para siempre. Sé que tú conoces las claves de la vida para vivir feliz conmigo hasta en el mar… Pero, cariño yo me he impuesto una misión que está por cima de todo, y sé que no podré ser feliz del todo, ni a tu lado, hasta que la vea cumplida. Después de conocerte a ti creí que había pasado a un segundo plano, en cambio, ahora que me persigue la muerte, vuelve a imponérseme como ineludible.

—Caramba, me gustaría saber qué es de tanta importancia; es como si fuese algo sagrado para ti —quiso saber la mujer con algo de desconfianza.

—Eso mismo: sagrado —confirmó Pablo—. Pero si ya la sabes: se trata de buscar y encontrar a Palmira. Y, sí, efectivamente, debe de tener, no algo, sino mucho de sagrado por cuanto es algo ineludible en mi vida y también en la de ella, según lo demostrado desde que era una niña.

—Bueno, ¿y qué piensas hacer después de buscarla por todo Madrid?

—Pues aunque parezca una locura, buscar en La Argentina que es a donde ha ido a parar después de salir de Lisboa acompañada de un tal

Eduardo. Sí a la Argentina que es donde debía de ir a buscarla desde un principio si no fuera por eso cabrones que no me dejaron —le hizo saber Pablo con notable pesar.

—No parece una locura: es una locura y tú un loco si piensas en ir tan lejos sin tener ninguna seguridad de encontrarla. A ver, ¿quién carajo te dijo a ti que está en la Argentina?

—Es una intuición mía y, que lo sepas: mis intuiciones nunca me fallan —mintió por no delatar a la otra mujer, y con voz que no admitía conjetura, cogidos de la mano como dos niños bien llevados dispuestos a jugar después de salir del colegio en lugar del cementerio, caminaban por la plaza mayor por donde, a pesar de las muchas obras que se había realizada para enaltecer los «méritos» de Franco, quedaban vestigio de la gran batalla, que fue para manchar la historia. Era domingo, la hora de ir a misa para lavar los pecados cometidos durante la semana. De pronto, las roncas campas de Nuestra Señora de la Asunción sorprendieron a los dos jóvenes, advirtiéndole que era tiempo de silencio y de tomar el camino de la iglesia para reunir con el salvador y los santos, como se reunió Cristo con los apóstoles en el Huerto de los Olivos. Y en silencio, mirándose de hito en hito con los ojos de la duda y la pasión, se detuvieron indecisos, sin saber qué hacer, mientras los creyentes de verdad, o de mentira, abarrotaban el templo.

—Bueno, yo he de asistir a misa como está mandando y como me enseñaron mis padres —le avisó Sarah, cambiando de la mira, la pasión por la interrogación, prosiguiendo—: ¿a ti no te enseñaron, por eso no necesitas ese ingrediente para vivir, verdad? Por algo eres comunista.

—Te equivocas: el que sea, o no marxista no significa que no vaya a la iglesia (hay muchos curas que los son). Y sí me enseñaron. Sin embargo, tienes razón, no necesito ese engaño para vivir, porque tengo otros que son realidades más cristianas… Y se identifican más con mi manera psicológica de ser.

—No te entiendo —declaró ella.

—Eso será porque, como tanto otros, crees en un dios; no en Cristo… Pero, dejemos este rollo. Anda, vete a rezar, que es una pasada, entre tanto yo te espero, tomando «chopito» en aquel bar —dijo señalando con el dedo medio de su mano izquierda —era zurdo—, un bar en cuya fachada un letrero decía: BAR LA PAZ.

—Prefiero estar contigo —dijo la joven iniciando el camino hacia el bar, añadiendo—: a misa voy a otra hora.

—Oh, no, no. Como decía no recuerdo quien: «cada uno con lo suyo, tendremos lo de todos». Así que: tú a misa y yo al bar tendremos lo que los dos precisamos para ser felices —replicó Pablo en tono de erudito divertido.

—Bueno, vale. Espérame, y para no desesperarte, recuerda que la misa dura, aproximadamente una hora —asintió Sarah, siguiendo la broma.

—Lo que dura la misa no sé si lo recordaré; lo que seguro no olvidaré es que te esperaré toda una vida, amor —y ambos se despidieron con una leve carcajada al unísono.

Era el tiempo de las hojas muertas, de los cielos nublados y de los días de poca luz. De pronto empezó a llover torrencialmente como si quisiera remedar el diluvio de los 40 días. La plaza se quedó desierta de gente que buscaba refugio en cualquier sitio donde librarse del ataque meteorológico. Movimiento que podía recordar los tiempos de cuando corría para librarse del ataque de los ejércitos que sin miramientos destrozaban todo lo que encontraban a su paso.

Sarah entro en la iglesia cuando el sacerdote, un hombre joven y, si no fuese por al hábito, bien parecido. Joven, pero de la vieja escuela por cuanto que se aliaba con las llamado de derechas, era opositor al último concilio Trento y aprovechaba la iglesia para hacer de las suyas…, que entre otras muchas, eran lanzar desde el púlpito, sermones contra cualquier principio de libertad, y antes de comenzar la misa patrullar el atrio para obligar a asistir al «sacrificio» de la misa a todo el que encontraba su paso.

Por su parte, Pablo se metió en el bar LA PAZ, que quizá por haber pasado muchos años sin guerras, aquel nombre ya no era tan deseado. Estaba abarrotado de clientes, por aspecto algo desharrapado, eran trabajadores o con ganas de serlo. En la barra pudo encontrar un rincón vacío y en él se acomodó con la extraña sensación de meterse en una madriguera donde experimentó cierta comodidad al ver que pasaba desapercibido para todo, menos para una mujer que, desde el otro lado del mostrador, no le quitaba ojo de encima. Era una mediana edad, cuya belleza —si la había tenido alguna vez— la estaba abandonando. Para librase de efectos aquella mirada con el ansia de animal hambriento, en principio Pablo se refugió en el orgullo del hombre que es objeto de la mirada femenina; mas, luego recordando a Sarah, en lugar de placer, le molestaba las miradas de la extravagante mujer. A su lado, bebiendo un gran vaso de vino tinto, un hombre alto y fornido, cuya vestimenta, como la de ella por su buen estado y modernidad burguesa, desentonaba de las demás, parecía hacerle preguntas de cuando en cuando.

Inmerso en el recuerdo de Sarah y pensando que aquellos formaban una pareja normal, el Pablo se olvidó de ellos mientras tomaba sorbo a sorbo una cerveza y esperaba con impaciencia que terminara la misa para reunir con su amor. De pronto:

—Buenos días. ¿Tú eres… el presidente de la «fonda»…, a qué sí? —masculló la mujer, acercándose con voz de hombre alegre por haber chupado unos tragos de más.

La sorpresa lo dejó estupefacto, sin palabras. No sólo la sorpresa, sino el temor al hombre que la seguía en actitud amenazante. Por fin, cuando la mujer iba a iniciar más palabras:

—¿De qué fonda me habla usted? En este pueblo existen por doquier; pero yo no soy el director de ninguna —replicó en tono ampuloso de ser sin ningún miedo.

—Ya te lo dije yo que, cabronazo contestaría con remilgos. Pero no le va a servir de nada… —intervino matón, amenazante.

—¡Oiga, sin insultar, eh! —advirtió Pablo, dirigiendo al otro una mirada de combate.

—Pues si no quieres llamarle la «fonda», llamémosle: Asociación Cultural de las Juventudes Españolas; ¿es más fino, no? Anda que si por vosotros fuese, tanto las juventudes como España, estaban apañadas —contestó el otro.

Viendo que algo peligroso se estaba fraguando, algunos clientes se marcaron en silencio, y otros que por lo que habían oído, se sabían protagonistas por su relación con el asunto de la «fonda», se quedaron dispuestos a coaligarse con el ofendido. Al comprobar que al comprobar que no le faltaban aliados, Pablo dijo en tono amistoso y con una sonrisa que podía mostrar la atracción de 25 años antes.

—Bueno, bueno: tengamos la fiesta en paz, pues sólo se trata de una pregunta —moderó la mujer, y aludiendo a su compañero o escolta susurró—: ves, ya te dije que no era el sitio adecuado; pero tú siempre con tus valentonadas que sólo sirven para fastidiar la marrana—. Y volviendo a los reunidos: tranquilos que aquí no va a pasar nada, al contrario, lo vamos a pasar de maravilla en la fiesta, porque somos todos de la misma escuela.

Las voluptuosas palabras de la mujer tuvieron la virtud de pacificar la actitud de los defensores de Pablo, de tal modo que, dispersándose, cada uno se dedicó en seguida a sus quehaceres. La situación fue aprovechada por Remigio (así se llamaba el esbirro) para, sacando del bolsillo de su gabán una pistola último modelo, encañonar por la espalda, disimuladamente, a Pablo, que ante tan inesperado ataque se quede petrificado.

—Venga, no te muevas y tira «pa lante» —se contradijo, añadiendo si no quieres ir al otro mundo desde de aquí mismo.

Ante las confusas palaras del amenazador y su precario estado, no sabía qué hacer cuando la mujer:

—Vamos, hombre: tu amigo te quiere decirte que camines hasta el coche que te llevará al lugar donde encontraras a tu hermanita, hecha una guinda —intervino llena de sugerencias y cinismos.

Por fin, Pablo se puso en marcha como si el suelo se hundirá baja el peso de sus pies, igual que un animal que lo conducen al matadero. Sin embargo, a pesar de todo sin prescindir de capacidad humana de preguntarse el por qué y el adónde lo llevaría aquello desalmados. Pensando que si, como le había dicho encontraría a su querida hermana, daba por bueno el por qué, el dónde y todo lo que quisieran hacerle. Movido por aquella ilusión decidió colaborar y pudo declarar:

—Sí, he sido director de la Asociación Cultural de las Juventudes Españolas. Pero lo dejé para dedicarme a otros menesteres más acordes con los intereses de la patria —mintió, recordando que los intereses de su acción nada tenía en común con los de la patria, sino que eran los de la mayoría de las personas de todas las patrias, en el mejor de los casos.

—Ah, sí, pues mira que bien —empezó el rufián con voz histriónica, sin dejar de encañonarlo—. Intereses como manifestarse por la calles en Bilbao, contra el generalísimo Franco, salvador de España, y el echar abajo la capilla de la Virgen de la Verdad que estaban construyen gracias a la padres Agustinos, en el monte de Alba —y terminó con sonrisa asesina.

Una vez más, Pablo tuvo que practicar con su propio ser una meta-morfosis para dominar la sugestión de violencia que le amenazaba. Así pudo llegar por el bonito camino de la paz al furgoneta que le esperaba en el aparcamiento. Vehículo que, además de varias cajas de madera que olían a herramientas clandestinas, estaba cargado con 3 hombres que a juzgar por su deleznable aspecto (para pasar desapercibidos no iban esposados) y por la vigilancia armada que otros 2 de uniforme ejercía sobros ellos, llevaban el mismo destino que él: el desino torturador y mortal que antes y después del consejo de guerra, le esperaba a los con-trarios al régimen.

Después de «acomodarse en medio de los otros, el de la gabardina que, sin duda era un guasón más para hacer sufrir a los secuestrados, que por serlo para hacer la risa. («este hijo de puta es un cachondo mental, pensó Pablo recordando las bromas que ya le había gastado») Después de meter la pistola en alguna funda especial debajo de su asiento:

—Bueno, amigo ya estás en el artefacto que, por haberte portado como un señor, te llevará a la casa de Dios donde aprenderás todo lo que hay que aprender para ser un buen ciudadano y, así, cuando te mueras que será pronto, ir a otro mundo mucho mejor que éste; no como a estos desgraciados que, por hacerse los valientes, bajaran al infierno.

Menos la mejer que parecía ser la gobernadora, los demás le carcajea-ron la gracia, mientras ella daba orden al conductor de poner en marcha el vehículo, añadiendo, determinante:

—Oye, Remigio, vale: ya está bien de cachondeo, eh. Ahora vamos a cumplir con lo nuestro en serio que es cómo mandan los reglamentos y las normas de la institución. Ah y te recomiendo que, en sucesivo hagas tu trabajo en serio y, más importante: no saques las armas en público.

—Señora Mariluz. Pero si era sólo una broma para no aburrirse, en cuanto a la pistola, no la vio nadie porque para eso llevo la gabardina y… —replicó el corregido en tono subordinado.

—Vale: no me hacen falta más explicaciones, porque ya nos conoce-mos. Lo que debes de hacer es lo que te digo.

—Sí señora —asintió el hombre y el silencio se impuso mientras la furgoneta aumentaba la velocidad.

XVI

Llegaron a la plaza mayor de Trujillo, con su estatua de Pizarro (año 1929), cuando el sol se escondía tras la sierra de la Estrella para dar su adiós premonitor de la noche. Llegaron en el más hondo silencio, Pablo y los que lo había hecho prisionero, es decir, la señora Mariluz y su ayudante Remigio. A los demás los había dejado en Toledo, al parecer donde debías ser ejecutados, por su ataque al monasterio del Escorial.

La cárcel estaba al completo de huéspedes, y alcaide, que por ser hombre de buen material humano, no permitía que los condenados pernotaran en el suelo ni en otros sitios menos confortables que las miserables camas allí existentes, les negó la solicitud de plaza, negativa causante de un conflicto dialéctico entre jefes.

—¿Cómo que no tiene plaza? ¿Es que cree usted que manda un hotel de 5 estrellas, o qué? —estalló Mariluz, dirigiéndole una mirada desafiante, mientras apresa el pomo de la puerta detrás de la cual espera el preso y el vigilante del mismo.

—No es un hotel de 5 estrellas, al contrario, es un antro inmundo como todas. Pero tampoco quiero que se una cuadra como pretenden usted, sino en lugar para vivir seres humano, y como tal quiero por encima de todo, que pase la noche el que traen ustedes, que bastante habar sufrido el pobre. Por consiguiente, busquen otro sitio porque aquí no hay plaza —repitió incorporándose tras la mesa de su despacho, mientras dos hombres saliendo de otra estancia con disposición defensiva, se situaban uno a cada lado.

—¡Llamaré a la guardia civil! Y será usted el que pasará lo noche entre rejas, en el suelo o el infierno, por negarse a cumplir una orden judicial y por no cumplir con lo dispuesto en la Ley de prisiones.

—Llame usted a quien le dé la gana. Sin embargo, yo le recomiendo al padre

Norberto del convento de Santa Clara. Seguro que él le resuelve el problema —terminó en actitud conciliadora.

El padre Norberto, antes mayor del monasterio de San Juan de los Reyes de Toledo, por disidente y osado colaborador de los desahuciados por el régimen, había sido destinado, más como castigo que como destino, al de Santa Clara. A pesar de todo no dejo de hacer de las suyas, ayudando a cuantos —eran muchos a pesar de los tan cacareados 25 años de la vendita paz— sufrían pobreza, condena y marginación. Así en convenio con Gregorio, el alcaide, había habilitado una parte del convento para que los presos por muy condenados que fuesen, no durmieran en el suelo, y si llegaba antes de la hora de irse a dormir, no les faltase algo que llevarse a la boca.

Vista la testarudez del alcaide y la necesidad de deshacerse del condenado después de todo el día de tanto tiempo de trabajo en su vigilancia, a la encargada de la conducción a la prisión, cedió en su empeño, amenazando mientras salía por la puerta:

—Es usted un insolente. ¡Esto lo pagara usted muy caro!

—En la última de sus frases, seguro que tiene usted razón; pero no me importa con tal que sea para por hacer algo para que el ser humano conserve algo de la esencia que Dios le ha dado.

Había salido a la calle donde estaba aparcada la furgoneta, y el frío del anochecer empezaba a hacer mella en los huesos.

Evidentemente el alcaide, Gregorio, además de culto y audaz, era un ser más nacido para ser santo —si los santos existieran— que para carcelero, pues vivía con todos sus neuronas dedicadas a buscar el bien y entregarlo, sin pedir nada a cambio, a quienes lo necesitaban, como él decía: «para conservar el humanismo que Dios le ha regalado». Y no lo hacía ni porque sea creyente, sino porque «lo lleva en la sangre», como él también aseguraba con humildad cuando alguien elogiaba su conducta. Lo había nombrado alcaide por sus méritos durante las dos guerras (española y mundial). Su lema era: «no matar, sino por salvar de la muerte sin discriminación».

—Bueno, vamos a buscar ese tal padre Norberto, ya que con este cabrón nada se puede hacer —le dijo la Jefa al vigilante, Remigio.

—Vale, pero el problema es encontrar el convento, iglesia o lo que sea —contestó el nombrado.

Pablo que apenas había dicho una palabra en todo el viaje, tuvo la sensación acariciante de oír hablar de algo familiar e hiperbólico. Tuvo la sensación, pero no los motivos ni el porqué de la misma. Sin embargo, el bien estar producido por aquel viaje que siendo niño había hecho con sus padres, por ser el padre gran aficionado a la historia del descubrimiento de las Américas, antes de llegar al mismo pueblo, su intuición le mostró le monasterio de Santa Clara y el cómo llegar a él.

—Oigan, no se preocupen: yo sé bien donde está situado ese convento, y también sé cómo llegar —arguyó cambiando la simple sensación por la certeza y la tristeza por la alegría, aunque temporal.

Lo incredulidad se reflejó en las miradas de sus captores, y lo que era peor, la sospecha de ser engañados.

—Tú que vas a saber, lo que pretendes es quedarte con nosotros, y que el tiempo pase en tu favor —dijo el vigilante con voz acusativa.

Más prudente, Mariluz, y con mayor necesidad de resolver la situación, aludiendo a su subordinado:

—Deja, deja, a ver…

—Bueno, ¿y tú cómo sabes todo eso, bonito? —quiso saber tocándole a modo de caricia las manos esposadas a la espalda.

El preguntado le expuso el motivo y el camino gracias al cual pudieron llegar sin más problemas, al convento de Santa Clara situado en la calle del mismo nombre. Como si la guerra nunca hubiera pasado por allí el edificio conservaba toda elegancia monumental y su valor de gran museo.

Al llegar fueron recibido por el prior, un hombre pequeño y delgaducho: una birria de hombre; de tan poco peso que daba la impresión de ser capaza de volar. En cambio, se movía con la lentitud de un elefante reumático. Su tono de voz sonaba tan falta de hormonas que más parecía la de un muñeco «chiquili cuatro». En cambio era firme para no admitir réplica, como demostró cuando, tras los saludos y presentaciones pertinentes, aludiendo a Mariluz:

—¡Qué quiten las esposas, inmediatamente!

—¿Cómo? Pero si no se hace hasta que entre en celda —contestó la aludida con un gesto negativo de su mano derecha.

—Bueno, eso es cosa de la España donde ustedes vienen. Pero aquí en el monasterio de Santa Clara no hay presos ni condenados maniatados, como no los hay que duerme en el suelo en la cárcel mandada por mi amigo. Sólo hay, sólo personas libres como Dios manda. Ah, y de celdas nada: tenemos habitaciones para soñar y rezar como recomienda la virgen María.

La aludida se quedó tan estupefacta que no supo o no quiso contestar, ni una palabra: si lo hizo con un ademán de rechazo. Y dirigiéndose esbirro con una señal perfectamente entendible, aquél, sacando con muchas dificultades —tantas que temió haberlas perdido— la llave de uno de los bolsillos de su estrafalario atuendo, libró al preso del martirio.

A pesar de ello, Pablo no se sintió libre porque, a medida que el tiempo y las circunstancias reducían la posibilidades de encontrar a Palmira, se querida gemela, aumentaban y se intensificaban los vínculos telepáticos entre ambos.

El jefe del convento, poniendo sus manos en posición de altavoz, hizo una llamada extraña.

—Dígame su eminencia —contestó, llegando apresurada una monja, mujer todavía joven y tan hermosa que ni siquiera el hábito monjil era capaz de a afearla; más bien la enaltecía como el vestido de una artista, el día de su estreno.

—Acompañe a este joven —lo señaló con un movimiento de cabeza— al dormitorio, su habitación; ¿ya sabe usted cuál es, no?

La preguntada asintió con una reverencia afirmativa semejante a la de Santiago cuando Cristo le mandó que llevara el Evangelio por el mundo, en el Huerto de los Olivos. Pablo la siguió con paso alegre como si en lugar de ir para ser encerrado en un calabozo, fuese para bailar en la verbena de las fiestas de la Virgen de la Luz en la aldea de «as Campás». Caminaron en silencio hasta que al despedirse, antes de atrancar la puerta con la llave:

—Que Dios le acompañe —le deseó la monja.

—Mejor sería que me acompañaras tú —contestó el preso, olvidando el oficio de ella, y únicamente imbuido por el deseo y la belleza femenina.

La puerta se cerró con un chirrido y la soledad invadió el espacio y el corazón de Pablo, que por unos momentos fue presa del dolor e incertidumbre, incluso de la decrepitud que la triste e injusta situación llevaba consigo. Pero, como era hombre de recursos humanos indomables, pronto volvió al mundo de la otra verdad y de la esperanza. Así puedo ver en la pared del fondo, un rosetón románico lleno de barrotes metálicos para evitar fugas, sin duda. En cuento al resto de las paredes de la «habitación» estaba desnudas de pintura; pero vestidas de imágenes sagradas que, sin ser creyente, le prometían un futuro mejor. De una mesa que, dotada de papel y lápiz, le permitiría volver a los versos de aficionado que tanto había echado de menos los últimos días, y de una cama con un jergón que le auguraba lo mejores sueños. Pero, la mejor promesa ofrecida por la esperanza, era la de que un día no lejano, inauguraría el camino de la fuga para buscar y encontrar a su querida hermana.

Mientras todo aquello ocurría en España, en Argentina, Palmira, valiéndose de de la información y los medios económicos proporcionados por Eduardo, su amado, lo buscaba hasta la saciedad por todos partes; especialmente por todo pueblos y ciudades del Río de la Plata; mas, ni un rastro, ni una pista: nada encontró de su querido gemelo. Cansada y decepcionada de tanto buscar sin resultado; después de muchos años volvió a España a recomenzar con la ilusión renovada.

Los años pasan para todos y, por supuesto, también pasaron para Pablo en la «habitación», pues, a pesar de la aparente suavidad de la celda y de su ilusión de libertad, nunca encontró la senda ni la luz para la fuga. A veces los años pasan para que otros traigan tiempos mejores. Así, Pablo Aldao, por fin pudo beneficiarse del reconocimiento de su inocencia, y con ella de su amnistía y su libertad. Así, pese al tiempo trascurrido, subyugado por el imborrable recuerdo de Palmira, su querida hermana, puedo reanudar por doquier la antigua búsqueda; debido al cambio político—social experimentado, con la sensación de hacerlo por otro mundo, pues acostumbrado a estar en una nación especie de inmensa cárcel, gracias a la muerte (a veces la muerte también tiene sus ventajas) de su manda más, se había convertido en un país de puertas abiertas y lleno de senderos para llegar un mundo de la libertad.

Aunque los años habían dejado la inevitable huella en su cuerpo y en su alma, hasta el punto que, sin dejar de ser un hombre de porte y bien parecido, ya había dejado de ser el joven volador, lo primero que hizo fue tomar un autobús de línea regular y presentarse exultante en la comisaría de policía de Cáceres, después de haber pasado lo últimos 5.475 en la «habitación» del monasterio de Santa Clara de Trujillo. El policía de puertas lo recibió con una amabilidad hasta entonces desconocida en una institución que, más por oficio por convicción, había sido instrumento del sistema. Tras las presentaciones de rigor:

—Pues, sí soy Pablo Aldao, el inquilino habitual del bonito convento de Santa Clara... —anunció el recién presentado con una irónica y placer, añadiendo—: ¿Qué le parece?

El policía, después de chascar la lengua y mover la cabeza de un lado a otro en sentido negativo.

—Muy mal: una víctima más del régimen que todos, de una u otro manera, todo hemos sufrido. Lo siento por usted.

Después de un silencio que ninguno de los 2 parecía saber cómo romper, por fin, recordando que su objetivo no era otro que el de reanudar después de 25 años la búsqueda:

—Vale. Pero no sé si usted sabe que yo busco a una persona: mi hermana y que ella, a su vez, me busca a mí —explicó Pablo, metiendo la mano derecha en el bolsillo de su ajada chaqueta, como si quisiera sacar algo con que justificar sus palaras.

—Sí: algo sé. Dios, fue noticia nacional hace años. Pero, espere, que lo paso con el comisario porque él sabrá mucho más. Espere un momento por favor —pidió el policía antes de entrar en un despacho próximo.

Transcurrido un rato que a Pablo se le antojó un siglo:

—Ya puede pasar: pase, pase.

El hombre (comisario) que estaba sentado detrás de una mesa tipo isabelino, tras lanzarle una mirada penetrante y terminada en espanto, levantándose de un salto:

—¡Pablo! Cuánto tiempo y cuánto me alegro de verte —exclamó intentando abrazarlo; más viendo los reparos del recién llegado, le tendió su mano derecha; mano que Pablo estrechó en silencio mientras el comisario proseguía—: sí muchos años, pero en ti parece que se han detenido, joder...

—Oiga, pero usted ¿de qué me conoce? —preguntó, por fin, añadiendo—: que yo sepa es la primera vez que no vemos.

—Pero, bueno: ¿tanto he cambiado, tan viejo me hice o es que con los años tú perdiste la memoria, amigo? —quiso saber, Alfredo, ejecutando un gesto de incredulidad.

El agente de la puerta los miraba alegremente abstraído hasta que el jefe le recordó en tono opulento cuál era su puesto, y se fue pidiendo disculpas.

—Pero, hombre, ¿de verdad qué no recuerdas el colegio de «as Campas», lo bien que lo pasábamos jugando a la pelota y cuando ya éramos mozos en la verbena de la Virgen de la Luz? No me digas que todo aquello se te borró de la memoria.

Evidentemente, Alfredo más que un cambio normal, había experimentado una catarsis, pues de un niño más bien feo, y de un mozo a lo bruto festivo, se había convertido en un señor al estilo de aquellos del F.B.I. que se podían ver en las películas americanas. De lo de antes solamente le quedaba, en verdad, el color de los ojos de un azul ya nublado.

—En absoluto —contestó el recién recibido, después de un silencio reflexivo, prosiguiendo—: lo recuerdo todo como si fuese ayer; sin embargo, usted ha cambiado tanto… ¡ay! Que no me parece el mismo por fuera, y por más que lo miro, sólo se parece algo en el color de los ojos. Bueno, supongo que lo será por dentro…

—No me trates de usted; vamos a dejarnos de formalidades.

—Es que para mayor sorpresa, tú eres jefe de policía y yo soy todo lo contrario. Claro que ya entonces era un buen estudiante.

—¿Quiere decir con esos de todo contrario? Quiso saber el comisario sin demasiado interés.

—Que soy un perseguido de la justicia por contrario al régimen de antes —contestó Pablo.

—Bueno, habrá sido como tanto otros. Pero eso afortunadamente ya pasó a la historia —dijo el agente sin darle mayor importancia.

Volviendo al sillón y señalándole la silla de enfrente a su interlocutor:

—Bueno, Pablo, cada uno es lo que es: dejemos las categorías y hablemos del pasado y del presente —recomendó el comisario en tono de amigo, como si no estuviese acostumbrado a mandar.

—Cierto, tienes razón —asintió Pablo tomando el asiento señalado.

Después de pasar un buen rato recordando y riendo sus andanzas de niños y de mozos.

—Oye, a ver, ¿y qué te trae por aquí, amigo? —quiso saber Alfredo.

—¡Uy! Es una larga historia, y estoy buscando ayuda para resolver la parte más importante de ella.

—La tendrás en lo que se pueda… —prometió el comisario, y como si algo muy importante acudiera de pronto a su memoria—: Oye, oye, ¿y tú hermana Palmira, que es de ella? Qué guapa era y que salero tenía. Coño: traída a todos los chicos de cabeza, incluso a ti como hermano, claro. Siempre ibais juntos a todas partes —y como si de pronto le picara un interés esencial—: ¿Dónde está ella, dónde está?

—¡Oh, Palmira! Es la protagonista principal de esta historia que parece de ficción. Ojalá supiera yo dónde está. Hace muchos años que la busco con algunas alegrías y muchas penalidades. Pero, ni rastro; como si la hubiera tragado la tierra.

—Oye, ¿qué puñetas me estás diciendo, qué ha desaparecido? —interpeló el policía con interés desmesurado, añadiendo como si, pronto tuviera noticia de un secreto de estado—: ¡Cuéntame, cuéntame!

Después de un tenso y oscuro silencio, aunque Pablo era un neófito en narrativa, pues como decía él en relación con otros acontecimientos ajenos: «son todos rollos que ni me van ni me vienen», le contó a su amigo de la infancia todo lo que había y estaba pasando con Palmira, obviando supuestos que tuviera relación con la justicia, incluso, aquello de que él salía de cumplir una pena del monasterio de Santa Clara.

Como si conociera de antemano los hechos, a medida que Pablo los contaba, el interés de Alfredo iba en detrimento. A pesar de todo, cuando Pablo terminó afectado por fatiga dialéctica, cual si hubiera emitido un discurso político frente a una muchedumbre.

—Joder, la cosa tienes miga, porque, como hacía siempre en cuantito tú desaparecías, ella te buscaba como loca, ¿no? Además, aunque os encontréis, a lo peor no os reconocéis, porque lo años ya se sabes…

«Tiene razón éste, ya que el tiempo inclemente habrá hecho sus estragos, no sólo en la figura, sino también en algo más vital como es el alma. Sin ir más lejos yo, por ejemplo, perdí mucha capacidad amatoria; lo noto en relación con las últimas mujeres que he conocido, sobre todo en relación con Palmira, que antes la buscaba con todo el amor del mundo, en cambio, ahora lo hago más como obligación y costumbre», pensó Pablo con nostalgia y pesar.

—Cierto, y ese es el problema de ahora, pues nos podemos pasar la vida uno de tras del otro. Bueno, quizá en una de esa coincidamos —terminó Pablo agarrándose a la esperanza.

—Claro, hombre, y con la ayuda de Dios la encontraremos. ¡Debemos de encontrarla! —aseguró el comisario en tono esperanza y promesa.

—Muchas gracias, Alfredo. Siempre fuiste un amigo muy valioso, y ahora, con a lo que has llegado, lo eres mucho más.

—No sé: en eso tal vez te equivocas porque antes estaba más libre… —apostilló el comisario con el propósito de eludir responsabilidades, añadiendo—: No obstante, ahora mismo vamos a trazar un plan, aprovechando que, precisamente, hoy están dos especialista en esa clase de servicios: Juan y Serafín.

Pulsando el botón de un aparato instalado encima de la mesa, sonó un timbre, e inmediatamente se presentó el que hacía vigilancia en la puerta.

—Que vengan Juan y Serafín.

El poco rato el rato, el mandado volvió diciendo:

—No están: se fueron de servicio.

—Joder, ¿cómo que se fueron de servicio? Si tenían libre, coño —bramó el jefe.

—Pues, creo que no, señor. Según lo que yo entiendo están en un servicio especial.

Del cajón de la mesa, el comisario sacó un cuaderno, por sus portadas, especie de misal evangélico, y después de hojearlo:

—Joder, pues tienes razón están a la captura de esos cabrones compinches del hijo puta de Bin Laden.

—Alfredo, no te preocupes que ya me las apañaré. Gracias por todo —dijo Pablo disponiéndose a marchar.

—Hombre: lo siento —contestó Alfredo sinceramente—: mira mañana te vienes por aquí y, hala: lo ponemos todo en marcha, ¿Vale?

—De acuerdo —miente Pablo, ya que viendo que su necesidad allí, pese a la buena acogida y voluntad de Alfredo, era un estorbo.

—Lo siento —repitió el comisario, y colocando el dedo pulgar de su mano derecha en la frente, continuó—: ¡Ah, ahora recuerdo¡ Hace días del restaurante Iberia me dieron cuenta que se alojaba allí una tal Amalia Pedroso, señora de unos 50 años (bueno lo he visto en su DNI), con disposición de buscar a alguien y con acento muy gallego.

—Hombre, el nombre no coincide; pero por eso del acento, ¿quién sabe?

—Te aconsejaría que dieras una vuelta por allí... Espera te llevo yo en el coche, en un momento.

—Oh, no. Dios me libre —rehusó Pablo—: no te preocupes, tomaré un taxi —volvió a mentir.

—No te olvides de venir maña, para trazar el plan, sobre todo para indagar y buscar en lo que atañe a mi demarcación, por lo menos.

—Descuida.

Cuando Pablo volvió a la calle hacía frío y llovía con gotas que amenazaban nieve. Levantó el cuello de su gabardina. Pero como la lluvia se hacía cada paso más copiosa, temiendo convertirse en andrajo mojado, tomo un taxi que llevó a su destino. En el hotel Iberia fue recibido como en todos los hoteles por una recepcionista que, después de saludo de rigor, le preguntó:

—¿Quiere, usted reservar una habitación?

—Pues no: lo que quiero es hablar por una señora que se aloja aquí hace unas noches. Se llama Amalia Pedroso. Por favor.

—Un momento —pidió la recepcionista, yéndose al centro de la barra a consulta el libro de entradas. Cuando volvió:

—Lo siento, pero esa señora se marchó ayer —informó la chica.

—Más lo siento yo —dijo Pablo con una sonrisa seductora, que a la mujer no le pasó desapercibida.

Mientras aquello ocurría, el hombre recordó que gracias a su puesta en libertad, después de salir del monasterio de Santa Clara, no tenía claro a donde ir. Par eso y porque Cáceres con su Casa Mudejar, su plaza de San Jorge, su torre Bujaco, etcétera, le atraía como imán y se sentía formidable entre tantos monumentos, tras carraspear como para librarse de algún pólipo, dijo:

—Sí, me quedo. Resérveme una habitación; si es posible la que ocupaba la señora Amalia.

—Muy bien, señor. Y tiene usted suerte porque la habitación de la señora, todavía está vacía. ¿Por cuantas noches la quiere?

—Pues no lo tengo claro: depende de las exigencias de mi trabajo —respondió en fingido tono de señor de alto copete.

Cáceres se la antojaba cada día más deleitoso e inefable; deleitoso por su historia y por su ambiente humano (había encontrado unos amigos para ir todos las noches de juerga), e inefable porque era incapaz de expresar con palabras lo que veía y le estaba pasando. Tanto era así que, a pesar de tener como sofisma la potencia, sufría la sensación de impotencia. Después de pensarlo mucho y de soñar que jamás encontraría a quién buscaba, un fuerza intangible especie de misterio le mandaba abandonar la búsqueda y volver a la aldea de «as Campás». Aquella fuerza ajena y el no saber bien por qué, le produjeron una vorágine de culpas y presentimientos desconocidos. Como quiera que fuese todo, lo que tenía claro era que Cáceres le había producido en poco tiempo, una especie de metamorfosis kafkiana. Pero aquello no era lo más importante…

A veces la empatía es tan fuerte y atrevida que puede traspasar miles de kilómetros para hacer de la suyas con otro ser. Así la decisión de abandonar la búsqueda era de Palmira, su querida hermana, y venía idéntica desde la calle Biamonte de Buenos Aires, Argentina, para estacionarse en el corazón de Pablo, con sus consecuencias, aunque, por supuesto, él no lo sabía, y como la ignorancia es muy atrevida, creía que todo se debía a su mutabilidad y los sueños blindados por el misterio, cada noche.

—Pues, si hace el favor, ya me avisará —dijo la recepcionista con una sonrisa que respondía a la anterior, masculina.

XVII

La decisión, por Palmira tomada, de abandonar la búsqueda después de treinta y dos años recorriendo medio mundo, la sorprendió en la agreste playa de Pinamar (a ella, quizá por razones genéticas de haber nacido en la solitaria aldea de «as Campás», o tal vez porque su cuerpo, pese a conservarse acorde con la moda «impuesta» por el poder comercial para el mundo femenino, prefería los sitios alejados de la movida turística). La sorprendió; pero, al contrario de la sensación de vulnerabilidad que le produjo a su hermano gemelo, lo que le generó fue una idea de creatividad y bienestar por habérsele ocurrido algo maravilloso que, por fin terminaba con el terco rastreo de algo que, por el tiempo y los indicios ya se había apagado su existencia. Por otro lado y para más valor, sin saber el significado de la empatía, tuvo el presentimiento, casi la certeza, que su decisión traspasaba sus fronteras individuales, para ocupar el lugar que le correspondía en el alma de Eduardo.

Sus pensamientos fueron interrumpidos, primero, por el ruido de un helicóptero volando en círculo sobre la playa para tomar arena al final de la misma, y luego, por una mirada que aterrizaba en silencio sobre su, todavía, bien amañado cuerpo. Incorporando de un tirón su busto:

—¡Hombre, tú tenías que ser! —exclamó fingiendo miedo y sorpresa— Siempre perdiéndose por donde no anda nadie.

—Buenas tardes, señora. En primer lugar, soy pájaro que vuela con brújula, y en segundo, estás tú que eres todo.

El protagonista de la sorpresa, era *Afanasi* funcionario veterano de la embajada rusa, que acababa de bajarse del helicóptero y, con su romanticismo ibérico, pretendía favores amorosos de la española. Por ser, de siempre, una gran aficionada a la poesía, mejor dicho, una poetisa fracasada, a Palmira le fascinaban las palabras de *Afanasi*. Pero no soportaba los veinte años de diferencia a su favor; ni tampoco le hacía feliz la nacionalidad de él, pues ella, sin saber por qué, se declaraba anticomunista. No obstante, dado que, valiéndose de su puesto, había cooperado con ella en la búsqueda, mantenían buena relación, incluso, lo utilizaba para apagar el fuego sexual que, a veces, la quemaba. «Pero, ahora que he decido cancelarla y volver «as Campás», ¿para qué me sirve? —se preguntó disparándole una mirada de «se acabó».

—Muchas gracias, *Afanasi*…

—Que significa la vida terna —le interrumpió el ruso.

Palmira se encogió de hombros y luego, concluyente:

—Pero nuestra relación acaba de terminar.

—Pero, ¿Por qué, amor?

—Es muy largo de explicar; sólo puedo decirte que el pan que la alimentaba se acabó.

Afanasi aceptó la decisión femenina como suelen aceptar los rusos lo imposible, y subiendo de nuevo el helicóptero desapareció entre las nubes que empezaban a empañar la tarde.

Al día siguiente, tras preparar el rico equipaje y guardar bien el dinero y, sobre todo las valiosas joyas regaladas por Eduardo, Palmira tomaba el avión con destino a «as Campás; destino en aquel medio de transporte, por supuesto imaginado; pero que desde Santiago de Compostela, en autocar de línea, se hizo real como lo había sido su nacimiento en aquel mismo lugar. En Santiago, después de visitar la catedral y otros monumentos que, a pesar de su proximidad nunca había visto, tomo el autobús que después recorrer parte de la «costa de la muerte» terminaba en Ferrol del Caudillo (llamado había nacido el que fuera jefe de esta, y que, a pesar de su muerte, no le había cambiado el nombre al pueblo).

A través de la ventanilla podía comprobar con cierta satisfacción, que su tierra tampoco había sido ajena al desarrollo de España, pues proliferaban muchas casas nuevas y otras tantas abandonas con sus alpendres y hórreos. Entre unas y otras le permitían la doble sensación, por un lado, de entrar en un mundo nuevo, y por otro más satisfactorio, de llegar a la tierra que le había visto nacer. Cuando más inmersa estaba en la inducción telúrica, el vehículo se paró y el cobrador la sorprendió anunciando: «señores viajeros hemos llegado «as Campás». La insólita sorpresa se transformó en espanto cuando vio que en lugar del campanario de las cuatro campanas, emergía la chimenea de una fábrica. «Este desgraciado se equivocó», pensó y lo maldijo con rabia, en voz baja y mirando como el autocar se alejaba. Pero el cobrador no se equivocó, sino que mintió inconscientemente, porque la aldea de «as Campás» ya no existía; pues había sido tragada por el mal llamado desarrollo, poniendo en su lugar una sería de fábricas, almacenes y bares, entre ellos, uno de mala nota donde algunos obreros apagaban su fuego sexual los días de cobro.

El sol, después de luchar todo el día con las nubes propias de aquel trozo de cielo, se despedía pleno de luz, en el horizonte; contemplándolo con sus ojos ansiosos de poesía, Palmira supo que la noche andaba cerca y que, antes de su llega, debía de hacer algo para salir de aquel atolladero. Los obreros ya habían terminado su jornada y, por consiguiente, la soledad reinaba a su anchas, excepto en la casa de lenocinio donde quedaba algunos rezagados, incluso, de la vida. Lo único y primero que podía hacer con el peso de la soledad, el enfado de ser engañada y el temor, era buscar un lugar donde pasar la noche.

Pablo estaba satisfecho en Cáceres: le gusta la ciudad, la casa en la que vivía, poseía el dinero suficiente para, sin ser rico, vivir dignamente y tenía el amor de una mujer que, en el momento del fuego sexual, no se cansaba de decir decía sobre: «te amor», «te amo». Sin embargo, últimamente le faltaba algo para ser feliz. Después darle muchas vueltas, descubrió que todo lo que le faltaba era el mar que le había visto nacer. Mar cuya bravura únicamente permitía la pesca de roca: lapas, mejillones, percibes y poco más. Sin perdida tomó el coche recientemente adquirido de segunda mano, y se dirigió con la exuberancia de viajar a un mundo maravilloso: al de «as Campas» con su mar famoso por su oleaje y por ser punto negro en la técnica de la navegación. Como si a donde iba le espera un tesoro o un Dios, circuló saltándose los límites de velocidad, por cuyo motivo, fue visto por los aparatos de radar presentes y denunciado por los agentes ausentes, con cantidades de euros que provocarían al queja de su cartera y pérdida de puntos que auguraba la cancelación de su permiso de conducir después de 25 años de su expedición.

Cuando llego a su destino, aparco el auto en un espacio fuera de la calzada; se apeó y tras echar una vistazo, lo que observó el resultó un todo inefable, tanto que primero que pensó fue que con las prisas se había equivocado. «Bueno, estoy gilipollas, o qué: esto no son «as Campás», se dijo, pasando un buen rato inmerso en sus propias culpas. Cuando se disponía a reanudar la marcha para hallar una solución:

—Buenas tardes —oyó una voz a sus espaldas.

Dando media vuelta comprobó que se trataba de una mujer, y respondió con voz insegura:

—Buenas, señora. ¿Es usted empleada de este laberinto industrial?

—Lo mis le pondría preguntar yo a usted. Pero no porque creo que ambos estamos perdidos —replicó la señora con una de esas sonrisas seductoras que, aun incongruente con su edad, (hay mujeres que siempre la usan frente a los hombres).

—Ah, ¿usted también va al Paraíso de «as Campas»? —quiso saber el hombre con ironía.

—Bueno, iba, señor. Pero sin duda me he equivocado.

Paseando la mirada por el complejo industrial:

—Bueno, pues estamos iguales, evidentemente. No obstante ya que estamos aquí,

podes mirar a ver qué es esto, para luego contárselo a nuestros amigos —propuso él, riendo.

—Temo que no nos va a dejar la noche —dijo ella mirando al sol que ya incendiaba las aguas del mar.

—Sí, que nos deja, porque aún queda mucho día; además esto estará todo iluminado —dijo el hombre señalando los focos colgados de postes y esquinas.

—Bueno. Vale —asintió la mujer, disponiéndose a moverse.

Empezaron caminar como movidos por una trayente fuerza familiar, que, inconscientemente, le empujaba desde cuando se habían conocido.

La contaminación generada por las múltiples industrias contrarias a todo lo biológico, había matado la flora de todas las clases, incluso el tojo invasor, convirtiéndolo todo en una especie de desierto lleno de industrias.

—Qué pena, verdad. Con lo bonito que sería esto antes —apostilló el hombre en tono compungido.

—Desde luego. Y esto no lo peor: todo está cada día más contaminado. A esta marcha vamos acabar con el mundo.

—O, el mundo acaba con nosotros, será lo más cierto —añadió la mujer.

—Pues, sí. Según el pronóstico de los científicos, el ser humano es el único animal que se está autodestruyendo, es decir: el único que se está matando hasta que no quedemos ni uno —añadió él, interrumpiendo su paso, de pronto para, casi gritar—: ¡Mire! —señalando con el dedo índice de su mano derecha, y luego, la emoción le impuso silencio.

—¿Qué?

Recuperada la palabra, exclamó con la sorpresa pintada en su moreno rostro y el brazo derecho levantado y extendido en horizontal, para volver a señalar lo mismo:

—¡El castaño de los mil años! (los pocos que eran duchos en historia arbórea, aseguraban que solamente contaba 100 años. Pero los muchos aficionados a inventar historias, le había bautizado con el nombre de «El castaño de los mil años»); nombre que, por supuesto, causaba un mayor impacto.

—Que bien. Eso demuestra que no nos hemos equivocado, que estamos en «as Campás» —dijo ella con el júbilo gravado en su voz, más luego de un breve silencio—: bueno, mejor dicho: lo qué fueron «as Campás», porque ahora no es nada… —terminó cambiando el júbilo por la nostalgia.

—Claro yo lo sabía porque se publicó en la prensa; aunque no me lo cría, por eso estoy aquí. Bueno, aunque sea sólo por ver el castaño, merece la pena, ¿no?

La mujer contestó con movimiento de cabeza, afirmativo, mientras ambos se acercaban al viejo árbol como quien se aproxima a símbolo sagrado. Y lo abrazaron con el gozo de abrazar a ser querido.

El árbol vivía en un pequeño cabo que servía de observatorio de un paisaje de belleza inefable, sobre todo a los visitantes, y contra el cual se destrozaban las grandes olas, formando una montaña de espuma. El castaño, tal vez por motivos telúricos, era estéril, es decir, no engendraba castañas, y por eso más por los años, se decía que era tan alto y frondoso.

Después de permanecer un buen rato abrazada al árbol, y el hombre contemplando el ramaje donde descansaban algunos pájaros; ambos en un silencio lleno de recuerdos, con de pregonero del pasado:

—¡Dios¡ Cuantas veces estuve jugando a las canicas en esta sombra, con mi hermana Palmira…

—¿Cómo qué dice? —interpeló ella con la sorpresa y la incertidumbre dibujada en su morena cara.

—Joder —empezó él para restar dramatismo—: he dicho que estado aquí muchas veces, jugando a las canicas con mi hermana Palmira. Ella jugaba mejor que todos los niños juntos, y, claro, siempre me ganaba —añadió él volviéndose.

—Oye, ¿tú nombre no serás, por casualidad, Pablo, Pablo el de los Aldao? —quiso saber ella, comenzando el tuteo y librando el árbol de sus brazos, para mirar escrutadoramente a su interlocutor de pies a cabeza.

—Por casualidad, no: me llamo así por derecho, señora.

Se produjo un silencio tenso y desconcertante. Superada la tremenda impresión, recurriendo a la audacia y juego femeninos, Palmira quiso saber más:

—Dime, ¿y qué más cosas hacía bien tu hermana? —preguntó con una sonrisa pícara.

—Uy, muchas: a las cartas para ver la suerte, al corre que te pillo —nunca la pillaban—, al escondite —nunca la encontraban.

—Bueno, eso de niña, ¿pero de mayor?

—Ay, de mayor, sé que bailaba muy bien: nos hacía coro en las verbenas cuando balábamos los dos, que gusta la poesía, que hacía como ninguna cantarle a la Virgen de la Luz. De los demás… no sé más que lo dicho por los rumores y cotilleos, ni quiero saber porque es cosa privada.

—A ver, ¿y qué dicen los rumores?

El hombre se mostró reticente.

—Venga, hombre que no pasa nada de nada.

—Bueno, verás… decían que era muy amorosa, que besa muy bien y por ello, muchos mozos estaban chalados por sus huesos; sin embargo, ella, al final siempre prefería acompañarme a mí, y eso le reportaba una estupenda consideración familiar.

Hubo otro silencio como por saber que decir, o para decirlo de modo que cause el mayor impacto posible. Al final es la mujer quien lo rompe entre sorprendida y trascendente:

—¡Pues, anda, toma¡ La Palmira, tu hermana gemela —enfatizo lo de gemela— que jugaba a las canicas y besaba tan bien, ¡aquí la tienes, frente a ti, en cuerpo y alma! —se presentó tocando la teta izquierda con la mano derecha para señalar el corazón, continuando, señalando las partes más vitales de su cuerpo—: y aquí, y aquí, y aquí, y aquí —y así hasta un poco antes de llegar a la entre pierna, que se detuvo—: cómo puedes ver: toda tuya. Bueno, casi… —y terminó con una irónica carcajada.

Fue tal su desconcierto, que Pablo no encontró palabras en su rico diccionario, y permaneció unos minutos en silencio incómodo, al término de los cuales pudo decir:

—¡Imposible! ¡De Palmira, mi hermana gemela, no hay nada, ni una pizca! O los años te han desfigurado tanto que no eres la misma…

—No ha fastidiado, y a ti, no me veas —lo interrumpió sacudiendo su mano izquierda en señal de exceso—: Lo que pasa es que sólo se ve la paja en el ojo ajeno.

Efectivamente, Palmira estaba, en verdad, muy desfigurada. Bueno no mucho más que lo suelen estar muchas mujeres a los 52 años, que ella contaba. Le sobraban bastante kilos, flacideces y arrugas, y llevaba el pelo —melena— muy teñido para esconder las canas; incluso, aquello verdes ojos —único tesoro que era como el de su hermano—, que antes eran como un pequeñito trozo de cielo al amanecer de un día de sol, habían perdido mucha luz; incluso siendo muy aficionado al futuro como era Pablo, se podía augurar que, con el tiempo pasaría de verde al gris.

—Tienes mucha razón, siendo así, sólo nos puede identificar y presentar.., los recuerdos guardados como en caja fuerte por este castaño, que, aunque parezca mentira, también vaticina mejores… tiempos para nuestra imagen —masculló Pablo, añadiendo en tono firme—: a pesar de todo yo sigo sin creérmelo.

—¡No, eh! Eres el diablo, como padre. Pues, ¡mira, mira, condenado! —le increpó la mujer apartando con la mano su melena, dejando al descubierto su blanco cuello.

Poniéndose a su espalda y tomándola con ambas manos por los hombros, pudo ver, al principio con cierto escepticismo, y después con impactante seguridad, la huella imborrable y en forma de pequeña estrella que, como si la naturaleza quisiera atribuirles algún parecido por ser gemelos, llevaba igual que él, desde el día que habían nacido.

—Y es verdad —y luego, volviéndola a mirar de arriba abajo—. Vamos: es increíble —dijo Pablo, acompañando sus palabras de una sonrisa.

Hubo un monto de reflexión durante el cual, en su rostro se podía leer el cambio que experimentaba su interior, pasando de la incredulidad a lo cierto por la senda de los recuerdos. De pronto estalló:

—¡Palmira! ¡Palmira, perdóname!

—Pablo, Pablo: por fin nos hemos encontrado, gracias a Dios —dijo ella con menos pasión.

Sin pérdida de más tiempo se abrazaron y permanecieron en aquella demostración de cariño durante tres minutos. Sin embargo, ambos con la sensación de que no eran los mismos de cuando eran jóvenes practicaban el mismo gesto.

Se apartaron y, al mirarse de nuevo, se confirmó la sensación. Pero como la realidad anda por encima de las sensaciones y los parecidos, continuaron como hermanos gemelos.

—Sí, y cuando ya no nos buscábamos, nos. Tienes razón: algún milagro ha intervenido para que nos encontremos así, nada menos que en lugar donde nacimos —asintió Pablo, tomándola de la mano, prosiguieron con la inspección de lugar.

—Bien dices, hermano, lugar, porque de «as Campás» ya no queda nada: sólo recuerdos y más recuerdos —le recordó Palmira con voz desplomada por la nostalgia.

Antes de contestar, superada la ardiente emoción, pensó que el tiempo había hecho con la aldea, más o menos, lo que había hecho con ellos, es decir, transformarlos hasta dejar de ser lo que habían sido, incluso, tal vez, el para qué habían venido a este mundo.

«Ella no es la misma, ni muchos menos. En cuanto a lo que hizo, hace y hará, nada tiene en común con lo para qué ha nacido; claro, y a mí me pasará tres cuartos de los mismo», se dijo Pablo.

—¿En qué piensas? —preguntó Palmira.

—Cosas mías que son muy difíciles de explica —y para no explicarlas desvió la conversación—: decías que no queda nada de «as Campás»; pues queda algo muy importante…

—Ay, sí el castaño de los «1000 años», gracias al cual nos hemos encontrado, ¿no?

—Y mucho más, no menos importante… —aseguró en tono hiperbólico.

—Me tienes intrigada a más no poder. Va, ¿qué es?

—¡El mar, o la mar! Como quieras llamarle.

Volvieron a abrazarse sin besos, con la certeza de haberse reconocido más allá de las apariencias físicas.

—¡Oh, sí! ¡El mar nos quedará siempre! —contestó Palmira emocionándose también.

No tenía aldea ni casa. Pero, por fin se tenía uno al otro, se había encontrado al margen de «la búsqueda».

—Sabes, querido Pablo, es impresionante: el azar hizo más en esto, que nosotros durante los 30 años dando vueltas por el mundo.

—Claro, en esto y en todo, porque el azar es algo determinante e incontrolable en la vida.

El aforismo de Pablo no admitía controversia, era auténtico. Pero en aquel caso en concreto, había tardado demasiado en hacer de la suyas.

—Bueno, la gran empresa ha termina. Por fin, nos hemos encontrado desperdiciando la mejor parte de nuestras vidas. Ahora toca buscar y encontrar a nuestros queridos padres; ¿A dónde habrán ido a parar? —hizo saber Palmira en cuyas palabras reinaba la esperanza.

—¡Ho, sí nos hemos encontrado! O mejor dicho nos ha presentado el azar. Nosotros hicimos mucho paro no serbio de nada. Sí, nos encontramos y si alguien nos preguntara el por qué, no sabríamos qué decir porque el azar es mágico un enigma —disertó Pablo en tono disgustado.

Lo que tú quieras. Pero hemos de encontrarlos —contestó ella con voz que no admitía replica.

—Ojalá no, sin embargo, a lo peor ya los encontramos bajo tierra —dijo él acongojado.

—De eso nada. Alguien me dijo que están de pie y bien conservados, no sabe dónde. Pero vivos —informó Palmira con voz exultante.

—Formidable. Seguro que no será muy lejos porque como al resto de los pobres vecinos, estos cabrones —y volvió a señalar el polígono industrial— le habrán dado una vivienda, siquiera.

—Es lo menos —asintió Palmira.

—Tal vez en esto el azar no sea tan generoso…

—Tal vez —asintió Palmira, añadiendo—: pero los encontraremos como sea, vivos o muertos.

www.ingramcontent.com/pod-product-compliance
Lightning Source LLC
Chambersburg PA
CBHW050505260626
47157CB00004B/1193